山乡传灯人

王自勖校长与李店中学

包建军 樊 瑛 —— 主编

敦煌文艺出版社

图书在版编目（CIP）数据

山乡传灯人：王自勖校长与李店中学 / 包建军，樊瑛主编. -- 兰州：敦煌文艺出版社，2024. 6. -- ISBN 978-7-5468-2558-8

Ⅰ. I251

中国国家版本馆CIP数据核字第2024VB2803号

山乡传灯人——王自勖校长与李店中学

包建军　樊瑛　主编

责任编辑：杜鹏鹏

封面设计：马吉庆　张　祺

敦煌文艺出版社出版、发行

地址：（730030）兰州市城关区曹家巷1号新闻出版大厦

邮箱：dunhuangwenyi1958@126.com

0931-2131397（编辑部）　　0931-2131387（发行部）

兰州银声印务有限公司印刷

开本 710毫米×1020毫米　1/16　印张 13.75　插页 4　字数 210千

2024年6月第1版　　2024年6月第1次印刷

ISBN 978-7-5468-2558-8

定价：58.00元

王自勖

王自勋简介

王自勋，生于 1936 年，静宁李店人，曾任李店中学校长、党支部书记，中学高级教师。1962 年毕业于平凉师专，先后执教于原安、白草咀、梁马、深沟、治平、雷大、李店等中学。从教 36 年，其中任校长 32 年。他爱岗敬业，勤勤恳恳，无私奉献，为静宁乡村教育做出突出贡献，曾 16 次获县级"先进教育工作者"和"优秀教师"奖，6 次获地级"先进教育工作者""优秀党员""先进教师"称号，受到平凉地委、行署奖励。1991 年荣获国家教委、劳动人事部授予的"全国教育系统劳动模范"称号。1994 年被评为甘肃省中学特级教师。

王自勋生在农村，长在农村，从教也在农村，对家乡的贫穷落后有深刻的感受。他任教以来，把全部心血与精力都倾注在教育事业上。他面向全体学生，坚持德育为首，教学为主，育人为本的教育思想，以身作则，严于律己、科学指导，培养学生树立远大人生观，以教师本身的人格力量和情感熏陶感染学生，充分调动每个学生的积极进取性，挖掘学生的非智力潜能，针对不同学生的不同情况有分别地教导，使每个学生既明理又动情。他更注重从多方面关怀资助学生，鼓励学生奋发有为，争做有益于社会和人民的人。

在 32 年的校长岗位上，他以德团结师资，以情感染学生，抓管理，抓教改，带动广大师生苦教苦学，建立一支师德好、重教研、业务强、出成果的队伍群体；创设和谐优良的教学环境。常规管理与目标管理相结合，通过科学管理全面提高教学质量。初中教学质量稳步上升，高考上线率多年名列地县第一、第二。使教育教学质量稳步提高；仅有两个高中毕业班建制的李店中学每年向大中专院校输送人才 70 多名，其中获硕士学位 20 名，获博士学位 7 名，出国留学 2 名。学校先后 10 余次受到静宁县委、县政府表彰奖励。6 次受到平凉地委、行署表彰奖励，1990 年获甘肃省委、省政府嘉奖，李店中学由一所农村普通中学成为全区教育界的一面旗帜。

王自勋校长为振兴地方教育兢兢业业，克己奉公的敬业精神得到全社会的广泛赞誉，他的事迹被《陇原园丁颂》收录。

李店中学旧学生宿舍

1999 年学校全貌

2002 年学校全貌

2004 年学校全貌

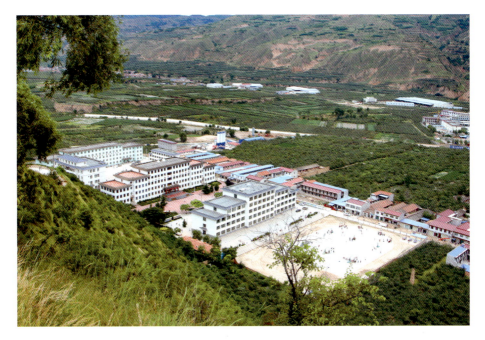

2016 年学校全貌

2023 年学校全貌

从王自勖校长治校治教治学中
感悟教育家精神

绵绵广爷川，数千年历史润文脉；巍巍关堡山，历百载传承育桃李。

一眼望去，李店河曲折蜿蜒流过，冲刷而成的斑驳河道，牵连着古成纪遗址的城垣，向世人诉说着千百年来的历史沧桑。在这片土地上，有这样一所学校，临山而建，傍河而立，福泽万家，名盛一时，德化润泽学生心田，书写凤龙山下的教育传奇。有这样一位长者，以拳拳赤子之心、殷殷桑梓之情，躬耕教坛数十载，践行弘扬"三苦"精神，以广博胸怀点燃农家孩子梦想，创育人佳绩享誉陇上。有这样一群莘莘学子，勤奋刻苦，逐梦而行，以顽强毅力、进取精神成就自我。有这样一方百姓，不畏艰辛，倾力助学，共育尊师重教、文教化人的热土。

作为一名晚辈，自 20 世纪 90 年代工作之初，虽未曾谋面，但时常听到原李店中学（现成纪中学）王自勖校长的感人事迹。近期欣闻各位校友倡议，从不同角度撰文，叙写老校长治校治教治学的"丰功伟绩"，自己能够参与其中，重温一位长者智者贤者的育人历程，感悟深蕴其中的教育智慧和教育精神，既感到十分荣幸，更觉得诚惶诚恐，总是担心言辞表达不到位，辜负了大家的期望。王自勖校长，一直是静宁教育的传奇人物，多次荣获教坛殊荣。有幸与王自勖校长结缘是在第三十八个教师节慰问时，登门看望，得见本人。老校长精神矍铄，身体康健，眼中饱含炯炯之光，

1

言谈间深藏对教育的高度关切，始终保持着一份睿智、一份对教育的热爱。退休以来，对静宁教育近年来的发展仍如数家珍，哪些教师发展现状如何，哪些学生又有了新的成就，在哪个城市哪个行业有何建树，都熟知于心、了然于胸，娓娓道来的不仅仅是一种成就和荣耀，更是对每位学生的牵念和期许，正是有这样的激励关怀，从李店中学走出去的学子才在各自的岗位上不断创造、进步和成长。

一个人遇到好老师是人生的幸运，一所学校拥有好校长是学校的光荣。前段时间，"成纪不老松"公众号连续登载了数篇李店中学校友、同事或社会有关人士撰写的关于王自勖校长、李店中学老师的回忆文章，字里行间都是对往昔岁月的温馨记忆和真挚怀念，一篇篇饱含深情。那些发生在自己和同学身上的故事，在岁月的回响中依然弥久珍贵。其中有留美学生薛林隆回想王校长的激励教育，那一句朴实的话"我认为你会有远大的前途"，让他点燃了奋斗的小火苗，"我想改变自己，我一定要改变自己……"是这一信念伴随着他一路前行，那次谈话成为他刻骨铭心的记忆。正高级教师李桃花在回忆文章中，感叹王校长不仅成为她人生道路上的恩师，更是她教书生涯的导师。尤其是数位同学回忆说王校长的超常记忆力，能记住每位学生的名字已然甚是难得，能记得那些特殊学生的家庭情况、性格特征、邻里关系，更是实属不易。细细想来，如若一校之长，都像王校长一样能把所有学生装在心里，把学生的成长当成一种自然而然的事去做，那么这所学校不发展是绝不可能的。其实，作为一名教育工作者，最大的成功莫过于被学生记着、感动着，教育人的成就来自精神的向往和渴求，对于品质和自我价值的认可，是从一堂堂课和一个个学生成就出来的，当学生们以这样的方式致敬敬爱的师长，我同样深切感受到王校长是幸福的。

在第三十九个教师节到来之际，习近平总书记致全国优秀教师代表的信中明确指出："教师群体中涌现出一批教育家和优秀教师，他们具有心有大我、至诚报国的理想信念，言为士则、行为世范的道德情操，启智润心、因材施教的育人智慧，勤学笃行、求是创新的躬耕态度，乐教爱生、甘于奉献的仁爱之心，胸怀天下、以文化人的弘道追求，展现了中国特有的教育家精神。"从中仔细体味教育家精神的丰富内涵，王校长是当之无愧的教育家精神践行者，是扎根成纪大地的一株教育精神之树。

同心桑梓情，力行母校恩。感念于王校长的尊师爱生、情满成纪的博大教育情怀，众位学子书写文章感怀师恩、铭记师情、追忆母校，结集出版，这既记载着曾经不平凡的奋斗岁月，更激励着后来者奋发进取。在静宁教育砥砺发展的当下，教育的高质量发展需要教育家的品格、教育家的智慧、教育家的思想启迪和激扬。诚愿此书能以微光聚星火，唤醒指引全体静宁教育人在这片沃土上躬耕前行！

是为序。

静宁县教育局局长、党组书记、教育党工委书记　梁斌

2023 年 12 月 18 日

目

录

Contents

1　记忆中的王自勖校长 / 文　武

7　耕读广爷川 / 孙兴和

17　记忆深处的影像 / 杨　华

22　我在李店中学的一年 / 李世恩

30　难忘的岁月 / 李世锋

36　我知晓的王自勖校长 / 杨堆良

41　追随王校长的足迹成长 / 张喜运

47　遇见恩师 / 李利香

53　广爷川的传灯人

　　　——记"人民教师奖章"获得者王自勖校长 / 李桃花

61　高中记事 / 胡汉东

69　我最为敬仰的先生 / 柴仓库

76　一颗在奔跑中前行的"苹果" / 胡小红

80　忆母校·思恩师 / 胡汉东

89　我的母校，我的校长 / 王来治

94　母校杂忆 / 薛林隆

100　凤龙山的脊梁 / 郭守才

105　　老校长和他的同事们 / 杨党继

108　　人生最美有贵人 / 杨建荣

127　　桃李不言，下自成蹊 / 李丰华

132　　他在我的前一个驿站 / 胡栋香

135　　黄土高坡上的"拓荒者"

　　　　——记李店中学老校长王自勖先生 / 王玉生

141　　师爱如歌

　　　　——记我的中学校长王自勖老先生 / 樊向阳

148　　关堡山下　青葱岁月 / 樊彦荣

158　　中学往事随笔 / 马放均

163　　真情教书，真心育人

　　　　——记李店中学校长王自勖 / 李德能

167　　忆母校 / 樊世科

170　　每每想起，总有温暖 / 樊满怀

173　　我的"劳动模范"爷爷 / 王　阳

178　　我人生的导师、成长的恩师 / 王多利

186　　提灯引路点亮乡村　追梦教育赤子情怀

　　　　——记全国教育系统劳动模范、原李店中学校长王自勖

　　　　　　　　　　　　　　　　　　 / 静宁县成纪中学

200　　贫困山区学校的楷模 / 平凉地区教育处

　　　后记

记忆中的王自勖校长

文　武

　　王自勖是静宁县教育界颇有影响的优秀校长，是平凉地区的知名校长，还是新中国成立以来静宁县第二位"全国教育系统劳动模范"。

有责任，有担当的校长

　　1978年底，为及时落实党的十一届三中全会精神，平凉地委召开了全区教育工作暨表彰先进大会，王自勖和我作为受表彰的优秀教育工作者参加了大会。在小组讨论中，王自勖首先发言："老百姓把子女送到学校，我们当校长的要有责任、有担当，严格要求教师把他们培养成有知识、会做人的合格学生；如果连这点都做不到，这个校长就不是一个称职的校长。"我是小组记录，将他的发言整理后报送大会秘书处，第二天印发的会议简报刊登王自勖的发言。他的发言引起了与会者的共鸣。时任平凉地区文化教育局局长在会议总结时说，静宁县1977年、1978年连续两年的高考入学率都在全区首位，之所以能取得如此成绩，其根源是有一批和王自勖一样有责任、有担当的校长。对此，与会者给予了高度认同。在长达三十多年的学校管理工作中，王自勖始终如一地坚守着一位校长的责任和担当，初心不改。

静宁教育"三苦"精神的先导者

1983 年是静宁县教育发展的起始年。年底，时任县委书记在县第九届人民代表大会第一次会议上提出"再穷不穷教育，再苦不苦孩子"的口号，发起了集资办学、捐资助学的高潮。面对这一前所未有、举全县之力大办教育的新举措，教育系统也提出了"全民办教育，我们怎么办"这一必须直面的问题，在全县中、小学教师中广泛深入地开展了"忠诚党的教育事业""三心、四对得起"等一系列大讨论。通过讨论，锤炼出"忠诚、热爱、奉献"的六字师德。要求各级各类学校、广大教育工作者，切实践行，以优异的成绩向全县人民"还情献礼"。

李店中学在"三心、四对得起"大讨论中，坚持把教育质量作为学校一切工作的中心，向课堂要质量，向教学过程的每个环节要质量，向调动每个学生的学习兴趣要质量；制定出高中生高考升学率每年上一个新台阶、初中毕业生六科合格率五年内力争达到 50% 的教学目标，明确了努力方向；在抓法上，初中、高中并重，同规划、同安排、同落实。面向全体学生，不让一个学生掉队。在王自勖校长的带领下，李店中学逐步形成了"求真务实、敬业爱生"的校风。学校领导班子成员发扬率先垂范，带头教主课、满负荷工作的"苦抓"精神；全体教师发扬情系家乡、无私奉献的"苦教"精神；广大学生发扬立志成才、励志进取的"苦学"精神。正是在这"三苦"的精神引领下，以后的十多年里，李店中学的教学质量明显提升。高考上线率接近县办重点中学，平均上线人数是全县乡下六所高中总上线人数的多一半；1990 年，李店中学被甘肃省委、省政府评为"教育先进单位"。

1986 年是静宁县普及"初等教育"的攻坚年。静宁县委、县政府把这一年定为"教育年"，要求全面总结 1983 年以来的教育工作，重点是教师队伍师德建设，特别是总结推广李店中学提高教学质量的先进经验。

县教育局成立了李店中学教学质量调研小组，我是小组成员。在为期半年的时间内，调研组深入学校，通过听课、评课，看教案、看作业，召开教改研讨会、老师座谈会、校领导班子办学经验讨论会,全面总结李店中学的办学经验。用王自勖校长的话说:李店中学的办学,实质上只有三句话,"领导苦抓,教师苦教,学生苦学"。这个"三苦精神",即后来静宁县举全县之力大办教育的"三苦精神"(领导苦抓、教师苦教、学生苦学)、"四苦精神"(增加"家长苦供")、"五苦精神"(增加"社会苦帮")的发轫和滥觞。

1987年初,县教育局不失时机地在全县教育工作会议上,号召全县所有学校、广大教师学习李店中学"三苦精神",践行"忠诚、热爱、奉献"师德,全面提高教育教学质量。在以后的几年里,全县在学习李店中学的"三苦"精神上达成了共识,掀起了热潮。在"三苦"精神感召下,全县教学质量有了显著提升。特别是高考上线率连续15年稳居全区第一,比其他各县明显高出一个台阶,排在全省前列,引起了省、地及社会各界的高度重视。

"三苦"精神也改变了静宁县高中办学的格局。1985年以前侧重抓两所重点高中,向重点校要高考质量;1986年至2000年的15年,变为城乡高中同步建设、同步发展、同步要高考质量,形成"县一中保本,李店中学支撑,校校开花"的新格局。虽然每所高中在具体抓法上各有侧重,各具特色,但"三苦"精神始终是贯穿其中的灵魂。

1990年8月,静宁县委、县政府召开全县教育工作会议,在全县大张旗鼓地树立起李店中学这一面旗帜,大力推广其"三苦"精神,号召全县各级各类学校向李店中学学习。县委书记在总结讲话中,把李店中学办学的"三苦"精神,上升为全县办教育的一种精神,要求全县各级党委、政府发扬"三苦"精神,办好人民满意的教育。

李店中学的"三苦"精神,随后在全区得到推广。1995年9月,平凉地区在李店中学召开全区各重点中学校长、县(市)教育局局长参加的现场会,大力推广了李店中学的"三苦"精神,在全地区掀起了向李店中学"三苦"精神学习的高潮。在这次会议上,静宁县被平凉地委、行署命名为"教育质量先进单位",李店中学被命名为"教育质量先进学校"。

1996 年 2 月,《甘肃教育》刊载了平凉地区教育处撰写的《贫困山区学校的楷模》一文,把李店中学的"三苦"精神推向了全省。同年 3 月,"甘肃省'贫三'项目(联合国对贫困地区实施教育扶贫的第三个项目)工作现场会"在静宁县召开,县长介绍了"领导苦抓、教师苦教、学生苦学、家长苦供"的"四苦"精神、大办教育的经验和做法,给与会项目县以极大的启迪。国家教委外资贷款办负责人在讲话中指出,贫困地区办教育就应尝试静宁县的路子。甘肃省教委主任在总结讲话中,号召全省 28 个贫困县学习静宁经验,发扬"四苦"精神,在项目实施中推动教育迈上一个新台阶。

教师的楷模,校长的典范

我在县教育局工作期间,一直联系南片乡教委和李店中学的教学工作,跟王自勖校长相处十多年时间,他光明磊落的人品和呕心沥血的工作往事至今历历在目。

老校长以校为家,默默奉献。寒来暑往,不论在起床钟响之前的晨曦里,还是在熄灯钟之后的寂静校园里都能看到他的身影。只要有一块砖、一片瓦、一根柴,他总会弯下腰捡起放在一定的地方。他把年迈的父母托付给妻子,腾出更多的精力专心办学。

老校长坚持教学工作第一线,多年教思想品德课,给学校领导班子成员、全体教师起到了表率作用。校班子成员全部挑大梁,带高三毕业班主课。在每年度县局质量目标考核中,高三教师"教学能手""优秀教师"的评比、初中学生"六科合格率",李店中学均名次靠前。

老校长注重培养骨干教师,培训全体教师,爱惜人才,举贤任能。1980 年,他刚调入李店中学任校长时,学校只有 2 名大专学历的教师。通过在岗自学、离职进修等措施,他鼓励教师积极参加培训,帮助他们解决好工学矛盾,提升自身的学业水平。他把学历培训与评优晋级相结合,对按期达到本科学历的教师给予不同方式的奖励。老校长的做法深受教师的欢迎,他们积极参加不同类型的学历培训。到他离任时，李店中学高、初中教师学历合格率基本达到国家标准。学历达标提升了教师队伍的学历层次，提高了教师的教学水平，保证了教学质量，高中教师形成了一支实力超群的骨干队伍，其教学水平赶在全县前列。静宁县教育局从全县大局需要出发，每每与他协商，调动某个骨干教师去县办重点中学任教时，他总是以大局为重，毫不吝啬地说："人才是国家的；长江后浪推前浪。"对于家里有困难的教师，他总是主动伸出援助之手，予以力所能及的帮助。对有疾病的教师家属，在条件许可的情况下，由学校出面帮助安排住宿，解决就医困难，从而使教师安心教学。

对待学生，他同样给予了真爱。他经常深入课堂、宿舍了解他们在学习、生活中的困难和问题，想方设法给予及时解决；他常用励志名言鼓励学生刻苦读书，增强信心，实现梦想。

恢复高考制度以来，李店中学为高一级学校输送约5000名学子。如今，他们奋战在祖国的各条战线，为实现科技强国奉献着自己的力量。留在家乡的学生，因受教育程度高，接受新生事物快，脱贫致富愿望强，他们在科技兴农，发展苹果产业，打造"静宁苹果"品牌中成了一批主力军和致富带头人。

淡泊名利，两袖清风

老校长严格要求自己，行端走正，从不贪占国家便宜，生活简朴，一身旧衣，干净合身就行；一日三餐，和老师一起进学校食堂，从不搞个人特殊化。他谦虚严谨，务实低调，从不贪功推过，而是把功劳记在大家身上，失误自己承担责任。他一心扑在工作上，从不计较个人得失，每年县局下达的职称评定名额，全部给了教学一线做出突出贡献的教师，而他自己，一位20世纪50年代的老牌大专生，到退休没有评上高级职称，也毫无怨言。他把教师的困难放在心上，但对自己的困难，从不向组织开口。特别是家属或子女就业方面，他从来没有给组织出过难题，没有要求解决子女就业、住房等私事。静宁县政府从 1986 年至 1999 年前后两次为全县老教师在城区划拨土地近百亩，争取项目资金，新建 158 套教师安居房，但老校长没有申请享受，退休后只住在不足 60 平方米的商品房里。

王自勖校长在教育战线辛勤耕耘了近 40 个春秋，守望着自己的理想，把毕生精力奉献给了教育事业。他因长期伏案工作，患上了严重的腰椎劳损病，退休后，两肋撑着拐杖才能蹒跚走路。尽管这样，他仍然心系教育，以一腔难以割舍的教育情怀，时时关注着全县的教育事业。与人闲聊，聊的是教育；每当学生、同事，亲朋好友来家看望他时，话题也总是离不开教育。

王自勖校长为教育事业做出的贡献，人们不会忘记！

2023 年 12 月 18 日

作者简介

文武，男，汉族，静宁县灵芝乡前湾人。静宁县政协原副主席、县教育局原局长。

耕读广爷川

孙兴和

　　广爷川，这个流传千古的地名，跟成纪古城有着不可割舍的联系。成纪古城位于今静宁县治平镇刘河村，是西汉成纪县治遗址，汉将李广的诞生地，也是传说中的羲皇故里。后人为纪念李广将军，将成纪古城东西三十里的狭长地带称之为广爷川。

　　历史上的广爷川，属于犬牙交错的边关地带，秦时有犬戎、汉时有匈奴、唐时有吐蕃、宋时有夏金，狼烟不息。加之所处中部干旱地带的地域特征，这里的人承受着战乱和自然条件的双重磨难。清末民初的广爷川，旱灾地震、战乱纷扰，民不聊生。但是，广爷川人既有不屈不挠的奋斗精神，又有摸着石头过河的探索精神，他们没有丧失生活的信心，也有自己的诗与远方：一方面用近似刀耕火种的耕作方式解决温饱，一方面节衣缩食供自己的儿孙读书。广爷川弦歌不辍，薪火不灭！一部广爷川的方志实际上就是一部耕读传家史。

一

　　千百年来，温饱一直是广爷川人的头等大事。风调雨顺、政治稳定之年尚可，一遇兵荒马乱、天灾人祸就面临饥饿的困扰。延续数千年的农耕文明时代，解决温饱的有效途径就是开荒种地。中部干旱地区的生态本来就十分脆弱，乱砍滥伐过度开采只能加快荒漠化的进程。由于地方历史史料的缺失，对于老百姓的生存状态，我们不可能有一个清晰的了解，但是根据一些学者描述的清末民初老百姓的生存状况，可以推知先民的生存状态。这里摘要列举1952年毕业于西北师院（今西北师范大学）中文系的治平镇樊家大庄樊和的有关描述：

从记事时起，我家长年累月吃带糠的粗粮——高粱、谷子、糜子，连玉米也种不成，烙馍的主要原料是糜面。还种大量的洋芋，洋芋是主、副食两用。只有过年和过大节才能吃到白面。那时候，我家大量吃菜，而且大半是野菜，家中备有几个头号缸，或装酸菜，或盛泡菜。酸菜用家菜、野菜甚至洋芋叶做原料，几乎每顿饭必须调进大量酸菜，如果高粱面或谷面蛋蛋里面不调酸菜，简直难以下咽。春天做酸菜的原料，除上年储备的干甜菜叶、萝卜叶外，还有在地里捡拾的苦苣芽。我家十来口人，一年食用、照明能用十几斤清油（即胡麻油）。至于食用清油的情况，可以用我家灶爷板上的油抹布来说一说：油抹布是用麻辫串成的，一个巴掌大小，每次做饭前，在锅里滴两三滴清油，然后用油抹布在锅里擦来擦去，这样可以避免饭食粘锅铲不下来。久而久之，油抹布上的油泥渍厚了，就直接用抹布擦锅。抹布干得实在无能为力了，再往锅里滴一点清油，擦上几擦。这块油抹布用的时间很长，十几年或几十年才更换一次。那时候，我家食用的"盐"，是从山野里的崖埂下挖来的咸土加水过滤得到的"盐水"，只有过年的时候，才用青盐。全家人都穿着补丁摞补丁的衣服，冬天，男女老少没有棉裤，男人穿的毡袄四处透风。到了暖和天，脚上不是穿草鞋就是光脚板，只有过年的时候才穿新鞋。新鞋是用土布做的"千层底"。妇女的境况就更加凄凉了，上下身衣裳全是单的，连在上身加一件薄背心都求之不得……（樊和《我的童年》，见公众号"成纪不老松"）

20世纪六七十年代，除了工业化带来的衣着、铺盖、照明、食盐等方面的改善，吃饭住宿耕作方式并没有大的改观。糠菜仍然半年粮，甚至到了依靠国家救济每人每天八两红薯片的地步。耕畜集体喂养不善，死亡严重，农忙季节，不得不采用二人抬杠（俗称"拉抬担"）的原始社会耕作方式。

我高中毕业后回乡，就从事过这种繁重的体力劳动。

十一届三中全会以后，人民温饱问题得到解决，但是经济状况没有得到根本的改变，没有规模化的产业带动经济，农民尚未摆脱贫困。

但是，广爷川人并没有停止自己的思考和探索。就拿栽种苹果来说，早在1956年，当地就从天水引进国光苹果，取得成功。20世纪70年代建立的大队林场，几乎都种植苹果，为所在地的群众传授苹果嫁接技术，提供砧木甚至苗木。凡此种种，实际上都是为几十年后大力发展苹果产业进行的有益探索。

二

广爷川人说不出"知识就是力量"的名言警句，却知道读书是改变命运的捷径。通常是父亲统筹弟兄协作，或父子接力，或兄弟分工，耕田读书各司其职各尽其能，血脉相传，文脉赓续。清代末年，广爷川的秀才数以百计，贡生（俗称老爷）达到两位数，举人保守估计也是个位数。据考证，静宁名士王尔全祖上是新店乡王家沟人，与王堡王家、刘河王家同宗，如此说来，广爷川进士及第者也是大有人在。科举制度发展到清末，获取功名的人较多，仕途职数有限，就连举人担任一个县的学正还要通过大挑（面试与考核），绝大多数的秀才只能长年在书院、义学、义塾、私塾中执教。这些"穷秀才"，多数为人正直，学识渊博，清贫自守，克己自励，乐育英才，为治穷治愚奔走出力。当时，广爷川地区的私塾容纳不完这些秀才，他们中的一部分人又去了西海固地区办学谋生，有些在西海固大地震中罹难，有些定居当地。

李店镇白草亢人刘席珍（1921—1987年前后，民国时期的小学毕业生）的先辈迁入的同时，也把文化知识带到了这里。从迁居来的第二代起，刘氏三辈贡生，薪火相传，在白草亢创办了私塾。光绪二十年（1894年），时任庄浪县知县滇西刘树基任内，通过考试，刘氏私塾变为义学，由官府出资。闻名广爷川甚至全省的教育家李早勤就是在这里启蒙，兰州师范毕业后回乡创办了云萃小学。该小学与兰州兴文、天水亦渭、武山蓼阳并称甘肃四大乡学。

治平镇孙家沟人孙世英生有四子，长子、三子、四子田间劳作，二子孙子蕃早岁入泮，笃志诗书，系廪膳生员（读书期间享受朝廷资

助）。长孙孙模子承父志，光绪乙亥（1875 年）获得恩贡功名，也在本庄办起私塾。20 世纪初，私塾由他的关门弟子大先生（秀才，姓名不详）接任，20 世纪三四十年代之交，因王堡初小创办而停办。后来创办刘河初小的王听南、王堡初小的孙永清先后在这里启蒙。

民国廿三年（1934 年），广爷川号称有六大书房院：古城所在地庠生王听南创办的刘河书房院、岁贡（贡生）李兰轩创办的店子上头书房院、王振家创办的南城门书房院、庠生黎生祥创办的黎家学堂、刘树堂创办的白草亩书房院、杜家河湾杜润身创办的杜家学堂。杜家学堂后合并于刘河保国民学校，是治平小学的前身（王明《治平乡贤王听南》，见公众号"成纪不老松"）。

刘河小学一度改称治平小学，成为广爷川地区文化教育的引领者，担

负着该地区教学知识和传播文化的双重任务。20 世纪 50 年代末期，白草亩小学附设初中班，时称戴帽中学。60 年代后期白草亩学校改为九年一贯制学校，称为李店白草亩中学，王自勖担任校革委会主任。1971 年新成立的李店中学校址在公社所在地五方河村。"文革"初期，刘河小学设有初、高中班，后来，治平公社所在地的农中改办治平高中，

刘河小学又回归小学。

20世纪60年代末，王堡小学也改办为初中，70年代改设为深沟初中，新校址建成以前，在上杨家小学临时教学一年。

1973年治平中学高中部合并于李店中学。高考制度恢复以后，李店中学责无旁贷成为广爷川的文化教育中心。

不难看出，李店中学是在原治平中学和原李店中学的基础上建立的；而原治平中学、李店中学又是以刘河小学、白草峁学校为基础建立的；刘河小学、白草峁小学、王堡小学、上杨家小学又是在早期的书院、义学、私塾的基础上建立起来的。高考制度恢复初期，这些早期办过私塾的村庄，考取大学生人数明显高于其他村庄，人们把原因归之为"风水"，实际上一个不可忽略的问题，则是早年办私塾办小学对一代又一代村人潜移默化的影响。

广爷川人对文化教育的热情，甚至到了痴迷的程度。这种现象不能简单地认为是地方偏僻信息闭塞导致的，而是一种刻在骨子里的文化坚守。

"破四旧"时，孙文清被迫交出孙氏家谱，刘席珍闻讯，说服孙文清，从他手中要来即将上交的家谱，挑灯夜战，在约定的时间誊写完毕交给支书，又邀集庄上的几位老者，住在远离村子的山庄王家湾，一边订正一边续写家谱。刘席珍早年因妻子病故受到打击，虔诚向佛，不食腥膻，孤身一人，四处流浪。但是，他誊写的家谱一笔一画，工工整整，续写部分脉络清楚。这本经他修订的孙氏家谱一直保存到现在，成了广爷川不可多得的历史资料。

"文革"时期，广爷川地区学校的教学秩序相比其他地区的同类学校，受到的干扰较小。当时，我正在王堡小学读五年级。老师们还是想方设法地教学，没有课本就用报纸上的文章、毛主席诗词、老三篇做教材。刚从平凉师范毕业的文武老师（大约三十年后担任静宁县教育局局长）教数学课，没有教材就用旧课本，因为形势需要，还给我们加开了会计知识。有这样扎实认真的老师，我们班的教学没有受到太大的影响，当时我们班21个同学，恢复高考后3人被高校录取。

孙家山村在大山深处，距离学校远，学龄儿童大都不能上学。20世纪70年代初期，为了方便附近高咀、庄儿下、八个湾、马寺洼、王家梁几个山村的孩子上学，治平公社决定在这里办一所小学。在国家几乎没有投资的情况下，这些生产队出钱出力，土法上马，因陋就简，打土围墙，修简易教室，垒泥土坯桌凳，建起了一所小学。

至于老百姓办学的热情，称得上是我见到的唯一。首先是学生上学的热情。我当时已经高中毕业两年，是该校的民请教师，给大约十个人的五年级教语文。班上有两个学生和我同龄，一个比我长一岁，如果他们参加生产队的集体劳动，可以挣得一个全劳力的工分。但是，他们选择了读书。年龄较大的这个同学来校迟了些，没有订上课本，每天晚上都要从我处借回课本，抄写第二天的课文。其次是家长的支持。由于边建学校边上课，今天需要土坯，明天需要泥墙，这些属于学校的活计就成了孙家山生产队的活计，需要劳力张口叫合口到。公派老师刚到任时，饭由各家轮流承担，以后有了锅灶，做饭用的柴火烧炕用的麦衣无须打招呼，直接去集体社场取用。三是对老师的感恩。由于五年级是第一届毕业班，年底毕业时，家家好像过大年，或者请老师到家里吃饭，或者怀揣两个热气腾腾的锅盔送到学校。那时候，家家吃红薯片救济粮，一顿长面、两个白面锅盔得用多少时间积攒呀！况且当时老师接受家长请客属于犯错误！我们给家长解释了一遍又一遍，他们就是不答应。马寺洼一个学生家长非要请我们到家里做客，好言相劝无果，盛情难却，校长杨统唐和曾经担任过大队支书的民请教师王振华几番商议，只好冒着被批判的风险去一趟。当天下午放学后，我们一行四人抄小路翻过山梁，钻入一条人迹罕至的溪水沟，沿着蜿蜒曲折的溪水，满身泥泞，来到沟畔的马寺洼，提心吊胆地满足了家长的请求。

三

近年来，成纪研究由本土走向全国，成纪变迁史由文献研究进入发掘实证研究。随着2006年古城附近五方河村东鱼池侧成纪容的出土，成纪第一城得到越来越多的专家学者认同。无独有偶，静宁县的两张名片——全国文化教育先进县和红富士苹果，犹如古成纪的两翼，使得成纪效应相得益彰，静宁的知名度越来越高。这个现象看似偶然，实则必然：古城之所以成为成纪的首选地，是因为其依山傍水、易守难攻的地理位置。而为静宁大地的文化教育、红富士苹果这两张名片增光添彩的广爷川，则既有其历史的积淀，地理环境的优势，还有生活在这块土地上的人们秉持的耕读传家信念。今天，广爷川的历史揭开新的一页，我认为王有华、王自勖两位土生土长的广爷川人称得上"功臣""乡贤"，所以，在停办四年的公众号重新开通之后，首先想到的是反映他们的故事，以使更多的人了解他们、感念他们、记住他们、学习他们。

深沟乡王堡村王有华家境贫寒，受耕读传家文化的熏陶，虽然小学未毕业就辍学务农，但仍然能坚持自学，走上基层领导岗位后，还在20世纪70年代，就能意识到改变山区面貌必须以植树造林为抓手，在任职的公社，植树造林工作搞得有声有色，果业种植也进行了一定的探索。改革开放以后，在县林业局局长任上，适逢平凉地区出台发展果业决策的大好机遇，凭着多年乡镇工作的群众基础和工作经验，他典型引路，以点带面，在有一定果树栽植基础的广爷川先行一步，为全县发展果业实现产业结构调整做出示范。作为职能部门一把手，他既要为县委县政府的决策当好参谋，又要制订可行的实施方案，还要身体力行地贯彻执行。他像一个产业结构调整战役的先行官，遇山开路遇水架桥，挖树坑、购树苗、果树管理培训，甚至果品推销，攻克一个又一个难关，终于不负众望，在任期内实现全县果园面积20余万亩，盛果期的达13万余亩，年产苹果2100万公斤，收入4000多万元。涌现出6个万亩乡，38个千亩村和400多个收入过万元的农户，果品远销广州、深圳、上海等东南沿海地区。静宁县被列入甘肃省40个林果业建设基地县之一，评为全国优质果品基地。静宁苹果亮相甘肃省首届林果产品展览交易会，静宁富士苹果荣获铜奖。

当一堆堆的苹果换成一沓沓的钞票，一排排小洋房拔地而起，一辆辆小汽车进出果园时，传统的农耕文化被赋予新的内涵！

王自勖早年毕业于平凉师专，一直耕耘在教育战线，在教育大转折的重大关头就任李店中学校长，可谓天降大任于是人也。20世纪七八十年代教师的文凭普遍低，王校长经常向上面"要人"，从其他学校"挖人"，但收效甚微，便把重点放在培养本土年轻人上（相当一部分是中师、高中毕业生），"自考"也好，"进修"也罢，"不看文凭看水平"。为了让教师把精力花在教学上，他关心教师生活，关心教师的老人孩子，关心中年人的身体健康，关心年轻教师的成家立业。学校来了青年教师，过了两三年还没有对象，他会多方打听，"慧眼识人"，借着自己的声望、人脉，牵线搭桥，成功率很高。有许多年轻人在王校长的"努力"下在学校安家落户，扎根学校教育，一干就是十几年甚至一辈子。

教学工作中，王校长以人为本，"以教师为本"，以"学生为本"，鼓励"百家争鸣，百花齐放"，"八仙过海，各显神通"。在他的带领下，教师们团结一心，学生们刻苦勤奋，家长们全力以赴，学校以其独特的"三苦"风貌在这片乡野上展现着风采，就是这所名不见经传的乡村学校，高考成绩及上线人数一直稳居全地区前列，一茬又一茬的广爷川学子通过高考，鲤鱼跃龙门，遍布长城内外大江南北，甚至大洋彼岸，让家乡人从未如此强烈地感受到"读"文化带来的巨变（李桃花《广爷川的点灯人》，参见微信公众号"成纪不老松"）。

诚然，不论是红富士苹果的发展壮大还是文化教育享誉全国，都是在改革开放的大背景下，在各级领导班子团结一心的奋斗下，全县干部群众、师生齐心协力干出来的。但是，不能由此否定领头人坚持推动，上情下达，组织实施的作用。

我在家乡生活了22年，作为高考制度恢复后的首届大学生，得益于耕读传家文化的熏陶。离开家乡45年来，一直关注着家乡的发展变化，退休前夕完成了反映家乡历史巨变的长篇小说《广爷川》。《广爷川》主要着墨于耕和读两个方面。耕的方面反映广爷川人因为生存以破坏生态为代价进入饿肚子困境，20 世纪 60 年代后期遭受自然灾害，自发地实行下放牲畜分配土地，改革开放以后大力发展苹果产业，走上了生态恢复，发家致富的路子。读的方面反映百年教育走过的办私塾、办新式教育、职业教育、开门办学、恢复高考、千军万马过高考独木桥的历程。

复刊以后的公众号"成纪不老松"，选题着力点放在家乡的发展变化，尤其是耕读传家文化的真人真事方面。之所以想再现王自勖、王有华两位乡贤的事迹，是因为记载这些事迹的材料多为纸质，沉睡在一堆堆的文字档案中无人问津，而资讯高度聚集的网络上有关记载几乎为零！也就是说，随着信息时代的到来，早期的文字资料濒临失传的危险。基于此，我与李桃花老师商议，在公众号上介绍王自勖校长、李店中学师生的感人事迹。李老师欣然同意，短期内组稿、编辑、撰写，经公众号刊发的有《广爷川的点灯人》《我在李店中学的一年》等 16 篇文章。关于王有华先生的材料，由于行业的缘故，熟悉情况的人或年龄偏大，或不善动笔墨，而王有华 2023 年春节期间病危，为抢救第一手材料，我亲自在病榻前完成采访。仓促之中，写出《成纪大地播绿人——记甘肃省种树种草先进个人、原静宁县治平乡党委书记王有华》《静宁红富士苹果的昨天——记全国绿化奖章获得者、静宁县林业局局长王有华》两篇文章。上述文章一经发表，立即引起强烈反响，读者踊跃留言，参与回忆，数度成为热点。

郁达夫说："一个没有英雄的民族是不幸的，一个有英雄却不知敬重爱惜的民族是不可救药的。"我觉得，这句话同样适用于广爷川一方水土养育下的一方人。王有华、王自勖在各自的领域内不负使命，忠于职守，敢于担当，为改变广爷川乃至静宁县的面貌洒下了汗水，付出了心血，取得了成效，他们是新时代耕读文化的代表，当之无愧的乡贤！

我们应该感念他们！把他们的事迹传扬！

我们的后辈应该感念他们！让耕读传家文化与时俱进，发扬光大！

作者简介

孙兴和，1956 年出生于静宁县深沟乡王堡村孙家沟，1982 年 1 月西北师范大学数学系毕业，在平凉师范任教至退休。高级讲师，特级教师，甘肃省新长征突击手，甘肃省中学数学学科带头人，全国中师数学竞赛优秀教练员。著有《就业择业创业》《职场必修九堂课》及长篇小说《广爷川》。

记忆深处的影像

杨　华

2023 年 5 月，作者（左）看望王自勖先生（右）

提起王自勖先生，我的脑海里会不由得浮现出四帧影像来，这些影像，是先生不同时期的形象留在我的记忆深处。也会自然而然想到一串带着温度的词汇：本色，关爱，诚朴，豁达……可无论这些影像和词汇透射着怎样的光芒，总感觉都无法映照先生的全部。如果人可以是一部书的话，先生便是一部大书，需要静下心来，带着虔诚与崇敬之情慢慢拜读，且时间越久，涵育越深。

1984 年秋季的一个早晨，平凉师范校园。我正在操场背书，校长牛相乾先生从我身边走过，突然转身问我："同学，你是哪个县的？"我窘迫地回答："静宁。""静宁哪里？""李店。"——少年的我，尚有不为人知的虚荣心，自知家乡深沟是偏僻小地，说出来怕人家不闻其名，索性搬出李店这个大地方来。"哦，李店我知道！你们李店中学的校长王自勖是我的老熟人，他可是全区的名校长呢。我们暑假还组织平师的老师去李店中学参观过。"牛校长的这番话，仿佛"芝麻开门"一般，一下子打开了我记忆的洞门：一个冬天的下午，雪后难得的晴朗，雪已消融，通往李店的路上泥泞不堪。一个挽着裤腿、一双黄胶鞋沾满泥巴、个头不高的人，站在路边和人说话。听说，这是王自勖校长。我那时也许没有上学，也许上村小，也不知道他是哪个学校的校长，更弄不清他为啥站在那里。总之是，先生绾着裤腿、鞋上沾满泥巴的影像，在我的脑海中固执地留了下来。此后，在一个很长的时段，只要有人提起，我的眼前浮现的，总是先生的这个形象，即便过了多少年，仍然毫不含糊。

我就读深沟中学的那些年，只知道先生是李店中学校长，也明白我初中毕业后要考的高中就是李店中学，其他情况所知不多。那么，究竟是一位怎样的校长带出了一所怎样的学校，连平师这样的全区老大，也会放下身段，屈尊去参观学习呢？带着疑问，我开始留意先生及先生执掌的李店中学。于是便知道了，在先生执校的那几年，李店这所农村中学从名不见经传成长为闻名遐迩的全区示范中学，高考质量曾一度超越静宁一中，可与省内知名高中相比肩，一时享誉全区，名噪陇上。多少农家寒门子弟因为有了李店中学，有了先生这位领军人物，有了一支践行"忠诚、热爱、奉献"六字师德的教师队伍，在千军万马过独木桥的时代，顺利通过预选、幸运闯过高考，走出大山，走向外面更加广阔的世界，成为社会、国家的建设人才，彻底改变了命运，获得了别样的人生。可以说，高考制度的恢复，是国家之幸，时代之幸；而李店中学的低位异军突起，占领农村教育制高点，创造乡村中学新神话，则是静宁教育之幸，南片农家之幸。我中考的1984年，李店中学蓄势勃发，高考第一次出彩亮相，高居全区中学榜首。如此，平凉师范组织老师去李店中学参观学习，也就是情理之中的事了。

　　1988年，我师范毕业，分配到母校深沟中学任教。深沟距李店不远，十公里路程。教学之余，常去李店中学找同学、朋友聊天叙旧。有一天，竟要跑去见先生。其时，先生正在露天的开水灶和学生们一起排队打水，等他提着水壶去办公室，一见我，竟脱口叫着我的名字。让我惊讶的，还不是先生能叫出我的名字，更在于他带着些许鼻音，用一种低稳平和、略带拖腔的语调，把我的一些情况说得头头是道，一清二楚。我很是惊异，不知道先生何来对我如此了解？闲聊中，先生说到了1984年中考后，李店中学高一新生发榜的那天，他在中学门口见到了我，对我说过我不该报考师范而应上高中之类的话。这些，我都毫无印象，可先生竟记得那样清晰。还说到了不能调我到李店中学教书的无奈，一再告诫我："教书不能偷懒，要踏踏实实。偷懒一次，慢慢就有了惰性，工作就走下坡路。"殷殷烛照之情，让人感动。那时，先生已逾知天命之年，正是他任李店中学校长的影响力热度持久的时候。先生管理学校、关爱师生、体恤家长的感人事迹和为人风范，早已传誉杏坛。尽管与先生很少正面接触交往，但从心底里感觉与先生已神交多年，熟同故人。告别时，他送我出门。于是，先生戴着老花镜、亲切的目光从镜片上边沿透射出来、向一侧微斜着走路、步幅不大却很稳健的一帧影像，便定格在当年的时空。

　　2011年，为了写深沟中学办农场的一篇闲文，我专程到先生的老家李店后湾去拜访他。那时，先生已退休多年，回老家干一些力所能及的农活。去时，先生正在照看门前的一地庄稼，头戴草帽，手握摺鞭。穿着一如既往的朴素，精神气色也没有丝毫改变。要不是熟知先生，你会觉得他就是一位整天和土地打交道的朴实老农。先生这一帧特别的影像，同样恒久地留存脑际，难以消失。坐在先生家里有些塌陷的老沙发上，听着先生对当年他任深沟中学校长时创建农场情况的细致回忆，不得不对先生超常的记忆力心生赞叹。这自然印证了有关先生记忆力超群的传闻。他从县上学习"朝农经验"、召开会议部署工作，到公社协调土地、学校组织师生白手起家、自力更生建场；从农家借抬担耕种、铲青草沤绿肥，到秋后收割上缴；从放羊娃的日常，到他们之间发生的小故事……三十多年前的过往，在先生轻松愉快的讲述中，一幕幕清晰如昨。当看到先生仍然住在老旧的房子里，我心里有了一些莫可名状的滋味，说起县上曾考虑过在他临退前几年解决级别待遇他却坚辞不受、在城里安置住房也被他婉言谢绝的往事时，先生爽朗地笑着说："一辈子干教育，别的单位不习惯；城里的住房好是好，就是觉着没有老家自在。欲望也没有止境，有些事要能想得开，在老家住着，接地气！老胳膊老腿了，在地里转转，还能将就些日子。"先生拉家常一般的闲谈，平实无华的话语，常常自带睿智和哲理，如琼浆玉液一般，闻之令人周身舒泰。

2021 年，县上组织慰问知识分子，教育界选定了先生。其时，先生已经是 80 多岁的高龄了，因为住在乡下实在不方便照顾，被儿子、孙子接到城里颐养天年。距上次见先生，已有 10 年之久。先生的身体明显大不如前，腿脚不便，听力下降，但先生永远不变的是他的精气神，不变的是他的如炬目光。说着过去现在，涉及天南海北，轻松愉快，风趣幽默。听先生说话，总能感受到一种天然本真的热诚，发自心灵深处的敞亮。说慰问，感谢组织，受之有愧；说奉献，功归他人，不争不揽；说身体，自嘲解颐，生死看淡。低调，乐观，淡泊，通透，这些词汇用在先生身上，我认为再恰切不过。这一次，先生拄着拐杖、朗声说笑的影像，留给我的记忆有如刻刀勒石，棱角分明。

我虽然无福做先生的学生，也无缘做先生的同事，仔细想来，我与先生的交往次数不多，且时间都很短暂，即便如此，我仍然被先生强劲的人格力量所折服。听一听有关先生的口碑，会发现对先生的评价众口如一，这一点难能可贵。先生虚怀若谷，谦逊严谨。学校管理一丝不苟，细致入微；对同事温暖如春，平等相待；对学生俯身关怀，慈如父母；对事务不急不躁，平和稳妥。正是缘于先生历任多校校长，特别是任李店中学校长期间对静宁教育的突出贡献，也是缘于他一腔朝圣般的教育情怀，静宁各界尤其是以李店为中心的南部干部群众衷心推崇，冠以"教育家"的名号；国家授予先生"人民教师"的崇高殊荣。这些名号和殊荣，对先生而言，授之应当，当之无愧。在先生身上，不难找到静宁教育的来处和根基。正是有以先生为代表、为静宁教育不计功利、默默奉献的教育工作者群体，奠定了静宁教育的基石；这也是对教育应当由"教育家"来办、由有教育情怀的人来办这一理念的最好注脚。

2023 年 5 月 30 日

作者简介

杨华，男，生于 1967 年 11 月，静宁县深沟乡深沟村人，1988 年毕业于平凉师范，研究生学历。现任静宁县人大常委会一级调研员。

我在李店中学的一年

李世恩

1989年6月底，我从庆阳师专（今陇东学院）中文系毕业，按当时高校毕业生的分配政策，被分配到原籍静宁县的李店中学教书。

李店

李店乡（今改为镇）在县域西南，与通渭县接壤。大致地形即"一道小河川，两边全是山"，自然条件比较艰苦。这里虽说是有名的"瓜果之乡"，但当时因苹果产业尚未大面积推广，农民还是以种粮为主，兼种辣椒、茄子等蔬菜和西瓜，日子普遍都很拮据。

由于人多地少，土里刨食，须得吃苦耐劳。当时无论川地还是山地，种菜的地块都铺了一层细沙，据说能保墒保水保肥，铺一次，用三年。这沙子，都是人们利用冬闲季节，从河里的冰窟窿一锨锨捞洗，并一担担挑到地里的。交通当然也是落后的，从县城到李店的公路全是铺沙的老路，大约六七十公里，除县城到我老家威戎的二十公里外，几乎全是弯弯曲曲的山路，仅经过一个江家湾的小村庄就得绕十多里的弯道。

李店发往县城的班车，每天只有早晨和中午两次，如果赶不上，就只有骑自行车或步行了。记得当年冬天周末回了一趟家，未料遭遇大雪。返校时，班车走到雷大梁再也不敢前行了，我们几位同车的教师只得步行了几十里的捷径，才赶上周日晚上的例会。

我到李店中学教书之前，从未到过这里，所以有几分失落，也有几分好奇。

学校

李店中学在乡政府所在地的五方河村西北角，与街道集市及村庄拉开了一定的距离，成为一个相对独立的读书之地。它背倚官堡山（山顶有旧时避匪的堡子，当是几个村庄共筑，乡间称"官用"，意即公用、共用，故名。今多写作"关堡山"），陡峻的山坡成为校园天然的西围墙；东墙外，紧邻李店通往通渭的公路。从这里，可望见深沟河与治平河交汇处的古成纪城遗址，残垣之外，遍地果蔬庄稼，有一种"彼黍离离，彼稷之苗"的感觉。

校园坐北朝南，分为两进，大门较矮，是由两根水泥桩固定的两扇铁栅栏，进去后左右分别是果园和菜园。再往里走，是横跨甬道的两排相连的土木结构平房，路两旁的砖柱和房顶形成二门，窄而高。进去后，这才到了学校的核心。当时，全校只有一座两层单边教学楼，居于甬道尽头正中位置。其前面，以甬道为中轴，两边分别建有几排高中教室、师生宿舍、办公室、阅览室之类；其后边，西边高而为操场，东边低辟为菜园，由当地一位姓王的村民承包经营，给灶上和教师优惠供给。

教师宿舍，有些还是1971年学校从白草町迁到今址时所修的土木结构，有些是后来与高中三个年级教室先后新修的砖木结构。我的宿舍，在学校办公室的隔壁，与校长王自勖先生隔甬道而并排，是砖木结构，据说是一名赴外地进修的教师刚腾出来的。

高中部每级只有两个班，我带新招的高一级语文，并兼一班班主任。学校给教师分发的办公用品，有教材，教参，蘸笔，粉笔，蓝、红墨水，教案本，各一份。另加10张全开白纸，可以自己剪裁装订笔记本。当看到同事们每人胳膊下夹着一卷白纸，恍惚有一种回到初中以前自订作业本的时代。

当时工资低，我每月含乡下补贴才是96元，记得买过一双很普通的皮鞋，就花了30元（一月工资也就三双皮鞋的价值）。更不要说那些家在农村的老教师，以及娶了农村妻子的年轻教师，几个工资还要供给全家人的吃穿用度，囊中羞涩，可想而知。学校为了减轻教师的生活负担，将宿舍前的空地辟为菜园，以房为界分给大家，学校供给土肥，地边种花，地里种菜，既美化生活，又补贴伙食。还给师生们每天供三次开水，减轻了做饭的成本，也节省了大家的时间。我上班的第一学期，就遇上学校更新开水锅炉，停过一两天，越发感到开水带来的便利。学校办有教师灶，饭菜很简单，每天就是面条或炒洋芋茄子之类。那句阳春白雪的"三月不知肉味"，完全是我们伙食的写真。我就是那时才学着用煤油炉做饭的，也无非是面条或炒洋芋茄子之类，但能省几个小钱。当时乡下教师的生活，大概都是这样。

那时的办学经费很紧张，学校和教师都堪称"清贫"。但校长苦抓、教师苦教、学生苦学，校风正，教风佳，学风好，正如一个长幼和睦、齐心向上的寒门，虽然日子过得苦，但有底气、有希望。

有一次，县教育局局长段吉昌先生带着秘书王毅斌来到学校，要总结李店中学的办学经验。王校长让我协助毅斌收集资料，起草初稿。我这才知道自己供职的这个学校原来早已是个老典型，不光在县内闻名已久，更是被誉为"平凉地区农村中学的一面旗帜"。后来，平凉电大校长朱万荣先生再次住到学校客干室，对县教育局提供的初稿进行补充完善，将李店中学艰苦办出高质量教育的经验再次推向全省。

先生

陶行知先生说过："校长是学校的灵魂。"李店中学之所以成为偏远山区的一块教育高地，且赢得父老乡亲的良好口碑和地、县各级的充分肯定，是历任校长筚路蓝缕、以启山林的结果，更是王自勖先生率先垂范、苦心经营的结果。在李店中学的办学历史上，王自勖先生厥功至伟。

王校长是李店本乡人，家在官堡山后一个较偏远的小山村，所以和我们一样，常年住校。他毕业于早年的平凉师专，一直辗转于好几个乡镇的基层中小学，当老师，也当校长，他的工作历程其实就是20世纪60年代到90年代静宁农村教育史的精简版。他曾在李店中学初创时期，担任过4年校长。后来，于1980年再度归来，执掌校务直到1993年。这13年的时光，足够将一名校长与一所学校融为一体，让学校也散发出校长的人格和气质；也足够让一名校长的心血和汗水，浇灌出与其付出相匹配的果实。

"经师易得，人师难求。"王校长是"我的第一个上级"（老一辈作家马烽代表作），也是我们这些刚刚参加工作的年轻人的"人师"。作为一名年高资老的校长，他的威望，不是凭借职务管出来的，而是踏踏实实带头干出来的。在讲到班级和学生管理时，他有一句口头禅："其身正，不令而行；其身不正，虽令不从。"这是孔夫子的老话，也是人生的经验之谈，更是他几十年工作的真实写照。对年轻教师，他经常听课、查看教案、翻阅批改的作业，发现问题，及时谈话纠正，以期养成良好的工作习惯，系好从业的第一颗纽扣。对学生，不论年级高低、出身贫富，一视同仁，既有声色俱厉的批评，也有爱似儿孙的劝勉，尤其是入校不久的新生，他都能叫出名字、知道家世、了解脾性，并与班主任交流针对不同个体因材施教的心得。他的这个特点，已经成为李店中学历届校友至今口耳相传的一个传奇。我们班就有一名学生，分数可以达到静宁一中的分数线，但因家贫，选择了李店中学。对此我毫不知情，是王校长告诉我，对这样的学生要特别关注。他虽然校务繁忙，但坚持带课，可谓忙上加忙。即使这样，他有空就进各班教室检查自习情况，哪个认真学习，哪个调皮捣蛋，甚至墙壁上掉了一块皮、窗户上破了一块玻璃，都难逃他的法眼。他也经常在学校四周转悠，哪里有学生翻墙的痕迹，哪里卫生打扫得不够干净，一定要查证落实，以儆效尤。

记得开学初，王校长在例会上要求每个班级必须布置教室，美化环境。当时，既没有现成的宣传画，也没有电脑喷绘技术，怎么办？我与一同分配来的师专同学、二班班主任闫学文商量，让他利用回家机会在县城买来宣纸，我写些励志类的名言警句，再用彩色虎皮宣贴个边框，看起来就有装裱的效果。我们两个教室就这么简单布置了，没花几个班费。国庆节前夕，王校长突然让我给学校大门、二门写两副对联，我说在这么显眼的地方张贴，我不敢写。他说你们教室的书法作品很不错，我问过你们学生了，都说是你写的，大胆写，没问题。于是，我就到后勤老师那里领了几张红纸，根据宽窄高低裁剪粘贴。但书写时却没有写大字的笔，无奈只得把两支毛笔来了个"拉郎配"，捆扎在一起使用，算是完成了校长交办的任务。这件事，我曾写过一篇小文《泼墨记》，被上海的一位编辑推荐在《海口晚报》发表。事情虽小，但也反映出王校长细致入微、鼓励新人的办事风格。

那些年，乡下教师短缺，专科生都少，本科生更是凤毛麟角。李店中学的教师，除先后新分配的大中专学生外，还有一部分是民请教师转正的，甚至还有聘请的代课教师。但不同的文凭和出身，丝毫不影响他们满腔热情、教书育人的奉献精神。王校长曾多次自豪地说过："我们李店中学的教师，文凭不高水平高。"应该说，是校长的带头作用和全体教师的含辛茹苦，共同擎起了这面飘扬在平凉农村教育界的旗帜。

我到学校报到时，正值新麦打碾，家住附近的老教师们戴着旧草帽，穿着下田衣，来参加会议，看来都像是刚从麦场上赶来的农人。在李店中学的"先生们"中，老一辈人的精神尤可钦佩。他们有的是我的父辈，有的比我年长十多岁，生活简朴，敬畏事业，望之俨然，即之蔼然，是教师行道的一股清流。以大致的年龄为序，他们如程效贤先生，写一手漂亮的隶书，曾与名家刘炳森先生有过交流，我亲见他们往来的信件；如李瑾居先生，批改学生作文的字、句、段和评语都十分仔细，满篇皆红，这需要付出多少心血？可惜几年后，他倒在讲台上再也没有醒来。如张安先生，与其子张宏广分别给我们高一级带化学和英语，精神饱满，经验丰富；如教导主任李兴业先生，是早年甘肃师大俄语专业的本科生，那时还带着数量不多的俄语生，教务教学都很优秀；如副校长朱春林先生，以最初的高中文凭而任高中物理把关教师，教学相长，业务精良，其单科成绩多次在全县以及全平凉地区名列前茅。这样的老教师还有很多，限于篇幅，恕不一一罗列。

李店中学的年轻教师们，受前辈们的言传身教，见贤思齐，黾勉奋力，都一心扑在教学上，我至今还记得大家在房檐下用自己刻制的蜡版油印学习资料的情景。他们中后来走出了好几位在全县叫得响的"名师"，这得益于他们自身的努力，也与他们起步阶段受老校长的影响和校园文化的滋养不无关系。

这些默默无闻的老中青先生们，在学生们的心目中都是一部部关于爱和奉献的大书，值得终生回味。

学生

因为李店中学教学质量高，且声名在外，附近村庄的初中生都在这里就近入学。高中学生，除本乡附近村庄的走读生外，大多是治平、深沟、后梁、余湾、雷大等乡的，他们距家二三十里或六七十里不等，只能住校。

开学报名那天，高一新生和我有着共同的新鲜感。学生都是自己来报名的，哪怕走几十里山路，也没有一个家长陪同。住校生中，还有自己用扁担挑着被褥和食物来的，这些自幼过惯苦日子的孩子，挑着担子行走在校园中，对人们投来的异样目光浑然不觉。这一幕，给我留下了十分深刻的印象。

我们班的学生，无一例外都是农村孩子，他们比我小六七岁，虽然称师生关系，其实差不多都是同辈人。他们中住校生大约占一半以上，那时没有学生灶，即使有灶也吃不起。十六七岁的孩子，在紧张的学习之外，还要操持自己最为简单的一日两餐，而烧炉子用的煤油又往往断供，其艰苦和困难可想而知。但能考上高中的孩子，都是经过大浪淘沙筛选出来的，没有一个不想通过发奋努力跳出"农门"、改变命运的。所以，他们都很懂事，我每天不定时去检查早、晚自习时，但见灯火通明，一片静谧，个个埋头学习，很少有吵闹的情况。当时就感慨，与学生们相比，我这个当老师的上学时哪有这么用功啊！

那时的课堂教学，基本上是"满堂灌"，很少有师生互动的环节，我自然也不例外。但我在课堂上，尽量能在书本之外稍有拓展。学生听讲认真，笔记也记得勤，基本没有打盹瞌睡的。我的板书，为节省时间，多用行书，偶有草法。老校长告诉我，二班有个王姓学生，作业十分潦草，他问缘故，说是学语文老师的字。这让我想到了老校长"其身正"的口头禅，真是惭愧得很。

但学生们对我的支持和认可，这份情，我永远记得。有一次，学校按惯例安排集体听评我的课，我做好准备后，也没有提前告诉学生们得特意配合。但当学生们看到校领导和语文组的教师们鱼贯而入后，立刻明白是怎么一回事了。我讲的哪一课已经忘了，但学生们回答问题比平时踊跃多了，声音也出奇地响亮，课堂气氛特别好。站在讲台上，我也明白这是学生们用实际行动给老师鼓劲，也给老师加分，我有一种莫名的感动。

学校还有许多劳动，比如卫生大扫除、平整场地、送粪到田等，都是安排学生们利用课外活动干的。这类活计，对乡下孩子来说，要比在家里干活轻松多了，所以没有人不卖力。

我与学生们的关系，不是特别亲密，但相处倒很融洽。有一次晚自习时，一位女生突然腹痛严重，看症状很有可能是急性阑尾炎。我赶快在后勤上借了架子车，和几位同学一块送到乡卫生院，经检查果然不出所料。输液后，我安排了守护的女生，并设法通知家长，术后顺利出院。时隔不久，孩子的家长特意到校感谢我，说我们送医及时，治疗有效。这样的事，给哪一位教师都会这么做的，实在不足挂齿。但家长的淳朴厚道，是这一方水土的民风体现，更是孩子们成长做人的底色。

到第二年四五月间，因县委宣传部报道组缺一名通讯员，要从教育口选调，大概是我从中学时代起就发表过一些所谓的诗歌、散文，算是与文字有缘，只有一面之缘的段吉昌先生就推荐了我。当然，在考察时，校领导和同事们也一定是不吝美言。6月初，学校组织期末考试，我认真出题、阅卷后，给学生们上的最后一课是试卷讲评，我讲得特别仔细。因为从这一刻起，我就要告别教师生涯了，也要与朝夕相处的学生们分手了，但我又不能明确告诉学生们我即将调离的消息，竟有几分眷恋和不舍。

到下学期开学时，我先后收到好几封学生寄来的信，诉说着少年人的离情别绪，我也感念这些孩子们的纯真和朴实。后来，随着工作变动，与学校、同事和学生们联系得越来越少了，但偶尔听到他们的消息，总会勾起我对这段美好时光的回忆。我感谢在我的人生历程中，有这样一个受益终身的起点。

前不久，旅居上海的李店中学老同事、老朋友李桃花突然联系我，说要约写一批有关老校长和李店中学的文章，在"成纪不老松"微信公众号次第刊发，我是应邀作者之一。我觉得，这是对前辈们的致敬，也是对教育的感怀，又何尝不是对我们这一代人青春的回望？我与桃花老师曾在同一教研组共事，虽多年未曾谋面，但对她的好学上进、勤奋敬业素所钦敬，也只能俯首听命，勉为此文。

2023 年 9 月 1 日

作者简介

李世恩，甘肃省静宁人，曾先后从事教育、新闻、政务文秘和文艺工作，现供职于平凉市政协。大型纪录片《西北望崆峒》总撰稿之一，著有散文集《芳邻》（1996 年兰州大学出版社）、文史随笔《尺墨寸丹》（2021 年商务印书馆）、文艺评论《松茂柏悦》（2022 年吉林人民出版社），编辑《李庆芬诗文集》（1999 年三秦出版社）、"人文平凉丛书"之《春秋逸谭》《陇头鸿踪》（2018 年人民文学出版社）等。

难忘的岁月

李世锋

创建于 20 世纪 70 年代初的原静宁县李店中学，现已更名为"静宁县成纪中学"，是一所全日制完全中学。建校初期，高初中均为两年制，全校共有四个年级，条件相当滞后。当时一出教室，走不了十步，就来到了平田整地留下的土坡坡跟前。此时的学校，没有大门，甚至连校墙都没有。如若谁能拍下这时的照片，必定能激发人们的无尽感慨，因为她酷似当年于战火中一再南迁的西南联大的旧照。

在王自勖校长脚踏实地、身先士卒精神的引领下，全校师生开启了轰轰烈烈的办学之路，为国家培养合格的建设者、接班人，造福桑梓，提振地方。遵从教师苦教、学生苦学、家长苦供的"三苦"原则，形成了一道亮丽的风景线。

王校长忠于党，忠于人民，是教育战线不可多得的好领导、好老师，他自始至终把人民的利益放在至高无上的位置。"一切为了孩子们，为了孩子们的一切"就是他兢兢业业，忠诚党的教育事业的真实写照。

王校长个头不高，很齐整，黑里透红的国字形脸上闪烁着智慧的光芒。他为人忠厚，和蔼可亲，惯常倒背着双手在校园里踱步，得以发现别人无从知道的许多秘密。他大多时候穿着或蓝或灰的中山装，给师生、乡亲们留下了端庄正义、平易近人的朴素形象。可师生们如若不尽力课业，不努力学业，无论谁都会领教到王校长那不怒自威的巨大压力。

我是 1971 年底由治平中学转入李店中学的，为的是能彻底克服住校、自己做饭、每周末生硬地吃下变质食品等一系列弊端。没有王校长的首肯，我是断然上不了李店中学的。在这里上学，我可以住在姐姐家，生活起居方面的一应事宜都被姐姐、姐夫包干了，我又一次获得了住在家里，就近上学的便利，距上一次这样的便利，已经整整十年了。

姐姐家在当时李店公社王沟村，去李店中学只一两里地，着急的情况下一个猛跑就搞定了。这样优越的上学条件，在当时的静宁农村并不多见，尤其是上高中阶段，那简直是可遇而不可求的。这样的待遇，就是王校长一手奉送给我的，令我此生难忘！

1972 年春，我们开始上高二，成了学校的毕业班。但由于学校新建，公益劳动此起彼伏。我们经常性地要为学校抬檩条、橡木等，有的时候，即使正在上课，工地上的某种建筑材料供不上了，就让我们去搬运，抱土坯、拉黄土几近家常便饭。

春夏之交，静宁县要举行中学生运动会，按绝大多数师生的理解，咱刚办起的农村中学，好多事情都还没有上路，就不去蹚这趟浑水了。可王校长却有不同于常人的观点：新学校，新面貌，总得去向人们展示，取得怎样的成绩，我们并不在意，贵在交流，贵在参与嘛。在欢送运动员的动员会上，王校长的讲话就充分地表达了这层意思，要求我们顽强拼搏，注重形象，坚持友谊第一，比赛第二的原则，宁可输球，不能丢人，赛出真实的水平，展现应有的品格。

选拔参赛运动员这天，王校长早早地就来到了终点，手里捏着一块秒表，煞有介事地等待着。被初步选来的二三十名同学都在做着赛前的必要准备。新铺垫的操场，用力踩踏尚有软的感觉，我索性脱掉了并不合脚的鞋子，赤足上了场。随着起点老师的一声令下，我们几十个不同年级、不同班次的同学瞬间就扑腾起来。我发挥出了最大体能，仅在几秒之间就已经一骑绝尘了，耳边的风在呼呼作响，一门心思地奔向终点。我获得了第一的成绩，王校长高兴得一把抓住我的胳膊，大声地说："就让麦顶梁上的李世锋去参加赛跑！"

王校长有着非凡的记忆力是被大家公认的。他能叫出我的名字，是因为他当时给我们代政治课，可我是小山村中麦顶梁人这一点，却无论如何都不应该从他的口中道来，这一点让我十分震惊。在好几个月前的转学报名时，我悄悄地告诉他，我的故乡在麦顶梁，仅这一次，就让他牢牢地记住了，而且做到了脱口而出。

运动会开幕式上，全县二十多所中学的代表队都展示了自己的风采，李店中学却引起了大家的特别关注。有好多现场的观众当时就议论起来：

"咱们县啥时候还有了一所李店中学呀？"

"李店是南片的一个公社。"

"请你千万别小看这些农村的娃娃，他们中间可是有厉害人的！"

到这时候，我才一下子领悟了王校长的良苦用心，想起了他在动员会上的侃侃而谈，这就是高瞻远瞩。县城群众的议论竟然一语中的：农村的娃娃万万不可轻视。而李店中学的日后崛起，是他们无论如何都没有预料到的。

政治课上，辩证唯物主义和历史唯物主义的经典原理，辩证法的基本原则，价值规律，相对论等马克思列宁主义的基础理论，都被王校长深入浅出的连珠妙语揭示得真真切切，潜移默化成了学生的世界观和方法论。现实世界里的形形色色，也能被王校长有机地与马克思列宁主义结合起来，解释得清清楚楚，取得良好的教学效果。王校长的这些讲述大大地提高了学生们的人生观念，他们坚定地认识到：将来无论做什么，都是为祖国做奉献，都不能有一丝一毫的懈怠。他常常教导我们：树立远大的革命理想，走出精彩的人生道路。他常以"无志之人常立志，有志之人立志长"的古训鞭策我们，做一个有用的人，做一个有志的人，对得起自己曾来过这个世界的岁岁年年！

有一天，李店中学来了一位不速之客，他矮小的身材，面黄肌瘦。他是秦安县魏店公社人士魏虎掌，后来却有幸成了我的同学。他也不知是为何，竟莫名地失去了学业，要求插班来李店中学。对这件事，当时的好些师生都颇具微词，以为仅剩多半年了，收容一个来路并不明确的外乡人，恐怕会有麻烦，而王校长却力排众议，坚定地说："他是来求学的，又不是偷鸡摸狗，有什么麻烦？但规矩还是要有的，应该通过必要的测试，如若不行，我们也绝不姑息，就请你另谋高就。"

王校长立马派擅长理科的物理老师杨国安去执行这项艰巨的任务。不测不知道，一测吓一跳，魏虎掌在与杨老师的接触中，让杨老师大为震惊：数理运算合理通畅，一气呵成，方法灵活多变，恰如其分；许多理科方面的分析方式颇为超前，似乎还超出了高中的范畴。杨老师郑重其事地向学校反映了这一突出情况，并建议学校：想尽一切办法，留住这不可多得的人才！

后来，我们就和这位魏虎掌，同学了七八个月便分手了，毕业以后，就再也没有了他的音讯。他在理科方面的造诣得到升华了吗？他后来取得了什么成就，我至今无从知晓，但我一直记得这件事，也一直感慨着王校长"得天下英才而育之"的情怀。

就因为我们这一级在学校新建的过程中出了大力，流了大汗，为学校帮了大忙，在我们毕业的时候，王校长花大力气经多方筹措，弄来一批资金，为全校师生和七二届同学举行了庄严的毕业典礼，还组织了别开生面的毕业生大会餐：白面杠子馍管够，红烧肉炖粉条尽着吃，那温馨祥和的热烈气氛，那依依惜别的师生情谊，至今都令人难以忘却。

我们1972届是李店中学的首届毕业生，全班共44人，当年参军走了樊建华、韩昭通等4位，其余的基本回了各自的老家，参加农业生产劳动。这些同学在日后的国家历次遴选中，绝大多数都获得了赖以生存的公职：干部、教师、企业职工等不一而足。

经过仅仅七八年时间的苦斗，广种薄收，厚积薄发，当国家恢复了高考制度后，李店中学就一下子火起来了，沸腾起来了。

1980届的樊健，治平樊家大庄人，几经辗转便留学了欧美，现在恐怕是数得着的顶级科研人才了；孔家沟村的孔昌生，一考进了西北政法大学，本科毕业后，又考入中国政法大学读研究生，毕业后，进了国务院，在政策法规司任职。这两位都是我弟弟李世元的同班同学。

从这时起，李店中学便一发而不可收了，于20世纪末的一二十年间，取得了极其辉煌的成就，为国家的各级各类高校输送了数以千计的高中毕业生。得到的组织的奖项我就不在此赘述。我只是为我的母校骄傲，为我的王校长骄傲。

王校长从不吸烟，也很少饮酒，但他却有一个独特的嗜好："嗑麻子"。每当麻子成熟的季节，学校周边村庄的老奶奶、大婶子都会趁着难得的时机，选择出上好的大麻子，留下来伺机送给王校长。我就曾经遇到过一次，一位老奶奶把精心准备的一碗麻子递到孙女手里，并郑重地告诉孩子："娃娃，不是王校长的帮助，你凭啥能上高中？咱们的祖坟都冒烟了。这不是几颗麻子的事情，是咱们一家几代人的心意呀！人家不吃咱这几颗麻子，照样会活得很滋润。"

"奶奶，不是我不想送，是王校长坚决不要呀，很难送出去的。"

"瓜女子，你不会趁着他不在的档口，悄悄地放在他的桌子上吗？"

"要是人家把门锁了呢？"

"瞅机会嘛。"

我总觉得，无论是谁，无论你从事什么职业，只要心中装着人民群众，那人民群众的心里也就一定有你。

自从李店中学毕业以后，我在家乡农村劳动了五年，又去静宁县深沟中学当了近两年社请中学教师。1979年，我考上了平凉师范，两年后毕业留校，被分配到了平凉师范附属小学任教，也跟随着王校长的足迹，走上了教书育人的道路，做了一名小学教师，没有达到王校长的期望，很是遗憾。

一路走来，李店中学已经风风雨雨地跋涉了五十余年，但愿我魂牵梦绕的母校，现在的静宁县成纪中学，能够赓续传统，再创辉煌，奔向光辉的未来！

作者简介

李世锋，男，汉族，生于 1954 年 9 月，甘肃静宁县深沟乡麦顶梁人。中共党员，小学高级教师。1981 年 6 月毕业于平凉师范，后留校在平凉师范附属小学任教至退休。

我知晓的王自勖校长

杨堆良

我对过往的事情，不易留存在脑海。随着岁月的流逝和年龄的增长，记忆中残存的一些难肠经历的片段，因某人某语某个场景的触发而显现。但这时所呈现的，已不是苦和难的底色，反而变成了喜和乐，常常让人忍俊不禁发自内心地大笑。这时，底色上的人也随即活动起来。

1975 年前后，我 10 岁左右，在治平公社深沟中学（戴帽初中）读小学。校园内几排坐西向东的土教室，里面垒着些土桌凳，窗格里的玻璃常因破损用废旧纸遮挡。最西一排是教师宿舍，从室内伸到屋檐外的烟囱长年不拆，东西排教室之间矗立着一根长长的木旗杆。"八"字形的校门口两边墙壁上赫然写着"团结、紧张、严肃、活泼"八个美术大字。校门东面踩出了一块不大的操场,沿围墙还间种了一排白杨树。从校门口走到马路上，要经过一段陡坡，那是同学们下雨泥泞时玩乐的地方。放学了，雨似停非停，调皮的学生把书包迫不及待地甩给旁边的同伴，踢掉已钻出大拇指的布鞋，挽起裤腿，铆足劲，刺溜一下，一个个鱼贯而下，或摔到旁边沟渠里，或堆在别人身上，四仰八叉，浑身泥水，在同学们的哄笑声中翻滚起来揉揉头揉揉屁股，龇牙咧嘴，做个鬼脸，装出一副若无其事的样子。至于是否摔疼了抑或回家怎么交代，都不得而知，只记得此起彼伏的欢声笑语在空气中荡漾。

新学年开始不久，刚发到我手的新书不久就会下角向上、上角向下蜷起来，最终从中间断为两截。那都不重要，因为一本书里除了插图因十分喜爱而有印象外，其他的内容好像一年也不曾看过一遍。

　　"这是谁的书？这是谁的书？"上课铃摇过三遍，老师提着教鞭已经跨进教室门了，在外面互相推搡、翻滚的学生们，才带着满身尘土向教室冲去。一位戴着褪色蓝帽子、穿一身也已褪色且肘部和膝盖处有大补丁但十分干净的蓝色外套的老教师，一边弯腰拾地上的一本书，一边大声问。见无人应答，便自言自语地说："书都丢了，还念什么书？！"我坐在第一排，一眼望过去，对这位老教师突然有了深刻的印象。说实话，我对每位老师的年龄差别既不知情也没有概念，在我看来，都是老教师，甚至好长时间还弄不清哪位老师教哪门课。

　　"你都不知道？那是新来的校长，害怕得很！"说这话的同学，还特意把"很"字加重了语气拉长了声音。我虽顽皮，但很胆怯，只要远远望见老校长戴着褪色蓝帽子，背着双手，在校门口或教室周围转动的身影时，或根本就没看见老校长，却因心虚胆怯很快顺墙根溜走了。但直到半年或更长时间与老校长近距离接触前，始终没有发现老校长有什么害怕之处，也没有听到同学们说起过什么具体的害怕之事。

　　暑气渐退秋天来临之际，拾羊粪运动渐告一段落。学生们一粒粒拣拾的羊粪蛋已堆满了一小土房，那是要运送到属于学校的几亩地里作肥料的。班上突然分了几组要到雷爷山上去放羊，每组大约三四人，每次一周左右或更久，我当然高兴。临出发前，为自己赶制了一根自认为称心的放羊鞭，前端还缠了一圈不知从哪得来的红布带。当然，同组的几位同学也都拿着自己称心的"兵器"，有红缨枪，后来才知道他们是为了防备山上的狼。

　　出发的那天，阳光从高粱秆扎成的围墙缝里透到院子里。母亲特地为我赶做了玉米面和谷面混做的饸饹，以及玉米面和少有的黑面做成的菱形面片，或许还有高粱面，因为面片呈暗红色。母亲叮嘱了又叮嘱："出去跟上大伙，不要单个乱跑。""饭慢慢匀着吃，不要一两顿吃完了挨饿。"

我不住地点头又点头，但当我提上装有面片的篮子，握上自己的"兵器"，穿着"提高警惕"的裤子与同学们一起上路时，母亲的嘱咐早就抛到九霄云外了。

农场在学校的西南山上，到农场要围绕着一个大水坝向山上爬行，现在看来并不遥远的地方在当时好像很远，沿着羊肠小道要走好长时间。一路当然欢声笑语，还不时大吼大叫，呼唤山崖的回声。

到了农场，跟上一组的同学简单交接并被告知了一些注意事项之后，我们便安顿下来。说是农场，其实就是在一块较平展的地上靠地埂修了一排低矮的土房，一间是一个大通铺，住人的，一间堆杂物农具，是否有羊草间或单独的厨房不记得了。我想厨房应该有，因为有几口大缸里面压着酸菜。离房子不远的地方有个羊圈，用木棍扎成的围栏围着一个窑洞。羊有多少？或许二三十，或许更多，或许还不到。房子前面有几块地，高低层次分布，种的全是洋芋，还点种了很多萝卜在里面。

放羊的热情很快就过去了。放出来的羊，又饿又馋，到处乱跑，几个人分头都堵不住，还要防农场和周围社队的庄稼被糟蹋。地里洋芋叶绿绿的，花白白的，萝卜叶子也翠绿，有的萝卜顶已经从地里冒出了一大截，和田埂上的野花相辉映，别有一番情趣。但秋天山间的气温很早就落下来了，站在地埂边感觉浑身凉飕飕的，肚子也咕咕直叫唤。山对面还没褪尽的夕阳红和挂在天边的火烧云以及不远的山顶上大尾巴狼的嚎叫声，把冷清的山间映衬得更加幽静可怕。好不容易把羊群赶进了羊圈，拔个大萝卜，捋些深绿的洋芋叶，再捞些有点怪味的酸菜，和着已经发霉的面片填饱肚子。晚上，昏暗的煤油灯下大家的眼皮再也睁不开，顶牢门闩倒在土炕上呼呼大睡。晚上，狼会寻到农场来，用爪抠门，伴着凄厉的叫声，胆怯的我们也顾不了羊群的安危，蜷曲着身子蒙着单薄的被子挤在一起挨到天亮。

不知是哪一天的哪一刻，我们放羊回来的时候突然看到老校长来了，还是那身打扮。他看到我们，边摸我们的头边问："娃娃们回来了？"听到这从嗓门后部发出的稍带沙哑但很有磁性的声音时，我一点也不害怕，突然心里有点委屈似的想要哭。"快洗手！谁给咱拔萝卜去，我给咱们做饭。"我们一听高兴得快要跳起来，一天的疲劳一扫而光。其中一位已从一丈多高的地埂边跳下去拔萝卜了。

晚饭很丰盛，是过年才可以见到和享受到的那种。一大锅的面片，白面的，方形的，里面烩有洋芋，不但没有洋芋叶和酸菜，更重要的还漂有韭菜和油花。老校长是否吃饱，我不得而知，但我们吃得个个挺起了大肚子，很惬意！后来听人说，那是老校长要来山上时，学校刘师傅用老校长每月不多的份子面擀的。

到了晚上可就热闹了。老校长和我们同挤一炕，给我们讲故事。我挨着老校长，老校长那旧的缎面被子的一半加盖在我的身上。我们从来没有听到过那么多有趣而又好笑好听的故事，一个个抢着插话问故事里的人或事的结果。

夜渐渐深了，但由于晚饭吃得太多了，加上还吃了不少萝卜，这时此起彼伏，响屁不断，你想不放都不行。老校长突然坐了起来，手捏鼻子，掀开被子，一边喊："臭死了！臭死了！"一边巴掌拍在我们的精屁股上。我们哈哈笑着从炕这头滚到另一头，乱作一团。"快睡下！快睡下！别感冒了！"我们仍然嬉闹不断。直到睡眼蒙眬，才又一个个躺下，一觉睡到大天亮。

第二天，老校长给我们做的是他拿来的另一种黑面片，也就是麦子的第三四茬面，那也香得不得了。第三天我们把剩下的白面片全吃光了，接下来老校长就和我们一道吃剩下的已经发了霉的杂面片。

现在回想起来，还有好多事情弄不明白，也没有去询问过知情人。比方说，老校长为什么在山上住那么多天？是轮流带班吗？那为什么我不记得有其他老师在山上住过？大概是我忘了吧。我也只记得老校长姓王，叫什么也不知道。

后来，由于我贪玩和逃学，被大哥领到县一中去读书。王校长什么时候离开深沟初中，去了哪里，都是我平凉师范毕业回到深沟初中当老师时才弄清楚的。王校长那时已是李店中学有名的校长，治校严谨，深受教师和学生们的爱戴，每年有大量的学生考入各类名校，有时还抢占县一中的风头。周围的学子们要报考李店中学已经是压力很大。

王校长在李店当校长时，我去看他，他一眼就能认得我，并叫上我的名字。他退休后有时去平凉和儿子一起住，我去看他，感觉他还是老样子，变化不大。说话的神态和动作以及样貌跟我记忆中的一模一样，我提起当年的事，他也笑得很开心！

他虽然桃李满天下，莘莘学子干什么的都有。但他为人一直那样谦虚低调，穿着一直那样朴素，对人一直那样和蔼，熟知他的人都尊敬和敬佩他。

这就是我尊敬和爱戴并在心中一直牵念的王自勖老校长。愿他的晚年生活幸福，事事如意！

2023 年 5 月 24 日

作者简介

杨堆良，男，生于 1965 年 9 月，深沟乡深沟村人。1986 年毕业于平凉师范，甘肃省委党校研究生。现任平凉市商务局二级调研员。

追随王校长的足迹成长

张喜运

身处异乡年过半百的我，常常会想起家乡的山山水水和父老乡亲，也怀念曾经读过高中的李店中学，想念那里的老师和同学，更想念尊敬的王自勖校长。

有一次，跟李店中学的李桃花老师微信聊天时，提起了王校长，她提醒我：有好多同学把王校长的感人事迹写成文章发表于"成纪不老松"公众号上，让家乡人永远记住他对静宁的教育所作的杰出贡献。于是关于我少年时追随王校长读书的点滴片段便浮现于眼前了。

一

1981年秋，因父亲在雷大上班，我有幸来到了雷大中学读初一。开学第一天，召开了全校师生大会，走上三面土墙围起的主席台讲话的就是王校长，他个子不高，红光满面，神采奕奕，穿一身洗得发白的蓝色中山装，为我们作了简单的开学动员报告。王校长讲话抑扬顿挫，表情丰富，目光偶尔环视一下整个会场，台下那些不听话捣乱的学生，他都能准确地叫出名字提醒，大家很快就安静下来。他当时讲的内容我大多数都忘记了，而一句话我却牢牢记住了，那就是"若要人不知，除非己莫为"，意思是教育我们不能心存侥幸去做损人利己的事。当时我觉得他在吓唬人，谁没有干过几件坏事，不都平安无事吗？

不久，有件事就应验了他的话。那是秋天的一个周末，我从学校回到家，约了几个伙伴去偷二爹家的梨子，当时我们本来合计好的，等大人们上工后行动，可是我们早上得手，晚上就被叫去受罚。看来是他的话显灵了吧。总之，从此以后，那句"若要人不知，除非己莫为"的格言成了我做人的准则，而且成为我给孩子们上的必修课。

二

其实，王校长的育人方式不只是这一点。读初二时，有一天晚上放学后，语文老师布置好晚自习的作业就回家了。那时候守晚自习的老师是全校轮流安排的，王校长也不能例外。我们班教室里，大家都在紧张地背诵老师布置的课文《口技》，王校长巡查过来了，我提高嗓门读课文，想得到他的表扬，谁知他走到我旁边停下来，翻过书看了看我写在上面的姓名，和蔼地让我坐下接着读，下午才上过的课文不太熟，一紧张更读不成句了。"忽……一人……大呼……'火起'，夫起大呼……""停，都起火了，你还慢悠悠地。要读出着火后夫妇二人从梦中惊醒的紧张感。"这时他招呼同学们都停下来，听我继续朗读这一段，我定了定神，大胆地读完这一段，他满意地说："读得好，有那么点感觉了。"他接着又说："你能不能把这段内容讲给大家听呢？"我下午上课时本来就没有认真去听，哪里能讲出道道来？王校长环视了一下其他同学，大家都赶紧低下了头，王校长笑了笑，就为我们详细地讲解了这篇课文，最后他说："上课认真听讲，是你们最重要的事情，记住，好成绩是老天爷给那些认真学习的同学的奖品。"原来王校长不只会巡查和在大会上讲话，他还会讲语文课。从那以后，我们班的课堂上，同学们都很认真，尤其是语文，大家觉得每一篇课文就是一出戏剧是一场电影，跟着老师学习就像看戏看电影一样精彩而愉快，语文成绩名列前茅是理所当然的了。

我升到初三时，再没有看到王校长的身影，听大家议论，他调到李店中学去当校长了。

三

说来也凑巧，初三毕业的那个暑假，我在家养了两只兔子，不久就有了很多小兔子，就想捉几只去卖掉，又怕集上遇到熟人，就跟着三爹去较远的李店赶集。大大的太阳下，我蹲在街边不敢出声。"张喜运，啥时候学会挣钱了？"突然，王校长熟悉的声音吓了我一跳。我赶忙站起来，拉下了草帽檐遮住了脸，不敢抬头，也不敢搭话。他看出我的窘态，转换了话题："你不读书了吗？"我喏嗫着说："我……没考上高中……"他鼓励我说："不要紧，回去补习一年，明年就考李店中学吧。你很优秀，只要踏实认真，没有做不好的。不要错过读书的机会嘛。"我的鼻子一阵发酸，泪珠早已扑簌簌滚下来了。

回到家里，我把见到王校长的事说给妈妈，妈妈坚定地说："你去补吧。"在双岘中学补习的日子一点都不轻松，但王校长的话一直激励着我，一年很快也就过去了。

四

1984年的夏天，我毫不犹豫来到李店中学参加中考（我们那个时候，你愿意报考哪所中学，就去哪所中学参加考试）。考试时间是在第二天，但我们几个还是急着想去看考场，也想去看看将来有可能就读的学校。原来在山上读初中，学校比较小，也比较破旧，来到新的学校，对一切都感到很新奇，校园很大也很整洁。一排排人字梁的教室排列在中道两边，中道是用小石子铺成的，上面有用石子砌成的各种各样的图案。中道一直将我们带到操场，宽阔的操场四周有一排排整齐的杨树，碧绿的叶子在微风中沙沙作响，树荫下有单双杠、乒乓球案台等健身器材，还有以前没有见过的被四面土墙围起的蓄水塔。操场的一边是学校的"自留地"，里面种着各种各样的蔬菜。所有的一切都是那么和谐而静谧，都是那么吸引人。当然我还有一个小秘密，那就是看能不能见到早就约定好的王校长。果然，一个熟悉的身影出现在中院的通道上，他就是王校长，依然一身干净利落的中山装，依然精神焕发。我立即跑过去主动向他打招呼。他一看是我，高兴地说："张喜运，你还真来李店中学考试了？"接着他又问了一些关于考试的准备事宜，我都一一作了回答，最后他又一次鼓励我："明天考试，仔细点，你一定能考上。"我重重地点了点头，虽然是来考试，但我心里没有紧张，只有温暖。

这年9月，我如愿以偿考进了李店中学。我才知道，李店中学的一切，几乎都是王校长亲自安排布置的，就连校园里的每一棵小树，都有他的手印。难怪有一次，不知是哪个班的捣蛋鬼，把学校操场后面几棵洋槐树干的皮扒得精光，白花花的树干立在墙根下显得惨不忍睹。他当天下午集合全校学生，排着长队绕着那几棵被扒了皮的树走了一圈，最后让我们站在旗杆下。当时我看出来他非常生气，也很痛心。但他并没有声嘶力竭训斥我们，而是循循善诱为我们讲了很多做人的道理。最后，他提高音量对我们说："无论你们以后成为什么样的人，无论你们从事什么职业，'若要人不知，除非己莫为。''老实本分做人，踏实认真做事。'这两句话一定要记住。"我深深体味出这两句话的分量了，我被震撼了。

在高中读书的三年里，几乎天天都能见到王校长那忙碌的身影，有时候他还会喊出我们的名字，说在某某班，问我们对不对。要知道全校有一千多名学生，他几乎都能随口准确无误地叫上任何一位同学的姓名，就连毕业已经走上工作岗位很久的学生，只要有人提起来，他都能如数家珍，说得清清楚楚。那时候，我们都以王校长喊准了自己的名字而自豪，也很佩服他老人家超强的记忆力。后来才明白，那是他深深地爱着我们每个学生，把我们每个人都装进自己的心里去了。

在王校长身边的读书生活很快就结束了，高考落榜的我，默默退出了读书生涯，另谋出路。即使来到曾经留下欢声笑语的李店街道，也像小偷一样躲躲闪闪，怕见到同学，更怕见到王校长。几年后，因工作调动，我再次来到了李店街道。看见熟悉而又陌生的一切，心中难免生出许多感慨来，当然最怕碰到王校长。可是怕啥就偏来啥，有一次竟然和王校长撞了个正着，我赶紧用手捂住了脸想躲开，不料王校长喊着我的名字问："这几年上哪儿去了？"我答非所问地说："没考上学校，就随便胡混了。"他语重心长地说："瓜子，人生的道路不只有上大学一条，别灰心，只要你踏实肯干，你学到的东西是一定能用上的。"我看着和蔼亲切的老校长，释然地点了点头，强笑着离开了他。

五

后来辗转来到云南打工，人生地不熟，找份适合自己的工作自然如同登天。我的人生彻底进入了低谷，才痛切体会到了生活的艰辛。然而我会常常想起王校长对我说的话，也坚信人生的道路有很多条。于是我每天都在留意着身边对自己有用的每一个瞬间。有一天，我经过德宏州芒市第一小学门口时，看到有很多家长一边焦急地等待放学一边不时地打电话解释。我立即进行了一番调查，发现有很多家长要么工作忙没有时间照顾孩子读书，要么少数民族根本不识字无法辅导学生完成家庭作业，要么远在乡下无法接送孩子。我灵机一动，当即决定创办一家属于自己的家教托管服务中心。说干就干，经过策划、选址、申请等一番努力后，我的"服务中心"终于开业了。没想到一下子就招收了五六十个小孩，我就利用自己跟随王校长学到的知识，全身心投入到自己的事业中去。每天既要辅导他们完成作业，还要打理他们吃喝拉撒，整天忙得晕头转向，但一想到再次应验了王校长那句"学有所用"的话，心里依然暖暖的。好像我的生活在冥冥之中早就被王校长安排定了一样。

我的家教托管服务中心办了八年，直到前两年关闭。在这艰辛而充实的八年里，我时时刻刻遵循王校长的嘱托，"老实本分做人，踏实认真做事"。我从来没有挖空心思去骗那些不识字的家长，也从来没有花言巧语去骗那些没有时间的家长，来我辅导中心的学生，几乎都是学生家长和学校老师推荐的，因为他们对我很信任也很放心。八年来，我辅导和帮助了几百个家庭的孩子，而我自己的两个孩子却一直寄宿在学校读完了初中和高中，没有得到我的一丝照顾。现在想起来很是愧疚，但也很满足，因为我践行了王校长给我的忠告，体现了我人生的价值和意义。这一切难道不是得益于王校长当初的谆谆教诲吗？

2022年夏天，我约了几位同学去县城看望王校长，走到小区门口，看见有几个老人在树荫下聊天，我上前准备打听王校长的住处时，人群中突然传出那久违的熟悉的声音："这不是张喜运吗？"我寻声一看，果然是王校长，依然精神矍铄，目光炯炯。我赶紧上前拉住他的手，激动得不知说什么好。他热情地招呼我们进屋说话。当他听说我曾创办过家教辅导中心时，高兴地开玩笑说："好啊，你把学校办到自己家里去了。我干了一辈子教育，还没有这个经历呢。"

于是谈起了我们以前大大小小的成绩和错误，还时不时来一两句真诚的赞许和淡淡的批评，我们一下子仿佛又回到了当年。大家有说有笑，心里再次充满了温暖。话题实在太多太多了，不知不觉聊了一个下午还停不下来。看着他老人家健康又健谈的样子，我们打心眼里为他高兴。晚上我们依依不舍走出了他的家，当我们走到巷口时，回头见他还在门口的灯光下朝我们招手……

这些年我认识了很多的人，也经历了很多的事，其中大多数已经遗忘了。而唯独王校长在我的人生轨迹上留下的足迹历久弥新。他的教诲，不但伴我成长，而且成为我教育已走上工作岗位的两个女儿的口头禅。王校长的足迹不仅照亮了我的人生路，而且照亮了我一家两代人前行的道路。

我衷心祝愿耄耋之年的王校长健康长寿！

作者简介

张雅玲（张喜运），女，生于1965年，甘肃省平凉市静宁县双岘人，自由职业，现定居昆明，学习书画。

遇见恩师

李利香

前不久上班时，路上遇见了我的恩师——老校长王自勖。已有十多年没见了，从背影我认出是他。上前两步拦住，他一转眼就叫出了我的名字。相互上下打量，一种亲情在我的心中油然而生，似久别后见到了自己的父母一般。

他原本个头不高，朴素得像个农民，如今更显苍老，满头银发，听力

李店中学1990年初三四班毕业合影

王自勖校长与李店中学

更是不佳，我使劲儿跟他说话，忍不住一阵心酸。询问了他的身体状况，他说："除了之前的腰痛之外，还没有其他的大病。"听他说话声音洪亮，我才调整了自己的情绪，又特意看了他的一口牙齿，疑是医生做的假牙。他解释说："牙齿还是原来的，而且一颗也没少。"我的心终于找到了慰藉，庆幸这是他一生奉献修来的福分。

寒暄了几分钟时间，他就离开了。望着他的背影我浮想联翩、思绪万千，用自己最虔诚的心，默默地为他祝福：好人一生平安！我离开李店中学（1994 年更名为成纪中学）已整整 20 年了。20 年风雨岁月淡忘了些许师生情结，此次遇见他，又犹如深深的海洋里激起了记忆的浪花。

一 深沟小学的遇见

记得在我小学二三年级的时候，他来到我的出生地静宁县深沟初中（含小学部）当校长。我童年时，因为家庭成分不好，每年春天吃统销粮时要比别人家少，而且补助不上钱，每当返销粮打不回来，就要断顿揭不开锅盖时，父亲就看着我们姊妹几个发呆。王校长来深沟中学之后，要给学校修建校舍，不知什么原因，他找到了我家，买了父亲积攒的椽和穆子，解决了父母的愁肠事，用父亲的话说："王校长他买走了那些东西，救活了你们几个。"

还记得大概是我三四年级的时候，全班同学去帮生产队收扁豆，因为我拔得比较慢，总是落在同学的后面，就地休息时间，我们班主任老师让我在同学面前检讨。此事被王校长知道了，他对那位班主任说："孩子都是纯洁的，不要为难他们了。"第二天上算术课的时候王校长（记不清楚他是顶替其他老师还是一直上）讲长方形和正方形面积的计算公式，他讲得清楚，我听得明白，一下就会算了，他看了我的作业本说："你的这算术算得好。"我知道他是特意鼓励我。那时候的我虽然年幼，但从心底感激和敬佩他。

我上初中的时候王校长已经从深沟调走了，不记得具体是什么时间，也不知道他去了哪所学校。幸运的是初中两年半我又遇到了记忆中的好老师——李世锋和柴文华老师。李世锋一个人给我们班带数学和物理两门课，还兼顾辅导化学，他和朱春林老师一样，高中文凭大学水平，讲课干练、条理清晰，在小学半工半读扫盲的基础上，我学会了初中阶段的数理化。柴文华老师给我们带语文兼班主任，小学毕业的时候我连请假条都不会写，他带语文让我学了不少东西。初中毕业后，我以优异成绩考入李店中学高中部。

能成为他们的学生，我很幸运；能摆脱父辈的那根扁担，我很知足。在日后经济极度拮据的条件下，我不曾放弃学业；在工作、生活中遇到异常困难的时候我能坦然面对，竭尽全力。我永远感谢我的恩师！感恩遇见他们……

二 李店中学再次相遇

1980年王校长再次调入李店中学当校长。第一次见到他时，我满心喜悦和崇敬，但不知道该说什么，只静静地看着他，他便开口说："才过了几年，你就从小孩子长成大姑娘了？"而且他还记得我弟弟的名字，说："你弟刘兴他很调皮很聪明，要鼓励他好好学习，争取将来有出息。"我铭记着他的话，回家告诉了弟弟和父母，后来弟弟也考入李店高中。

王校长上任后，高中学生每次考试结束，他都会把每个班的考试成绩研究一遍，找出每一个学生退步的原因。高中几年我身体素质差，不喜欢运动，不知道锻炼的好处，适应不了冬天的寒冷，经常感冒，学习成绩下滑，几次被他发现了念叨。高中毕业后，高考前在学校预选，我落榜了，没有参加正式高考就回家了，后半年开学时他要我继续复读。

记得补习班正常坐40个人的教室摆满了桌子，坐了七八十个同学，只有三四个女生，而且互相都不熟悉。教室里几乎没有走道，下课后上厕所，男生就从桌子上翻着出去。当时学生宿舍严重不足，因为我没有地方住，校长亲自把女生宿舍逐个查看了一遍，把我插在了初中女生中间。在学校教室、宿舍异常紧张的情况下，他想方设法成全每一个有希望的孩子，而且学校不收补习费，能不能进补习班，他只问成绩，不问出处。

我补习那年，他有事路过我家地头，我父母在地里种田，他老远就认出来了，喊道："利香子爸爸啊……孩子读书是脑力劳动，要消耗高级营养，你们要给利香把清油吃上，我看过她吃的饭，里面没有放一点油。"为此，父母感动于他为了学生的拳拳之心，把家里仅有的油罐儿底净了，用一个葡萄糖盐水瓶子，给我装了一瓶清油，星期天我回家的时候，父母给我学说了王校长的话，硬让我把清油拿到了学校。那一斤清油大大改善了我的伙食。做饭时倒一点清油炒洋芋条，再烧水下面做饭，调上母亲做的浆水酸菜，味道就清香极了。

到现在，王校长给我父母说过的那几句话，老父亲不知给多少人讲过多少次，说起王校长他总是满心欢喜、赞叹不已。

从那时候起我就知道，人间除了亲情，还有至高无上的师生情。我崇尚教师的职业，立志将来当一名教师，像他一样把爱心和智慧传递给像我一样需要温暖的孩子，去回报这片生我养我的土地。但事与愿违，高考时一连几夜睡不着觉，考得一塌糊涂，与最高理想庆阳师专失之交臂，被平凉农校录取。失去了当教师的资格，成为我生命中最大的遗憾！也辜负了老校长对我的期望……

我考上平凉农校的当年，弟弟考入了李店高中，临走时母亲特意炸了油饼，分了两份装上，让我拿着去看弟弟和王校长。我到学校找到弟弟，和弟弟一起去见校长，到了校长办公室，见他人不在，就把油饼放在桌子上，准备走时他却来了，他看到油饼以为是我给弟弟拿的，我说是母亲要我送给他的，但他死活不要，硬要我们"拿着自己吃了长身体"，说着就把油饼塞给了弟弟，我俩一个看一个，只好无奈地把油饼又拿走了。

我农校毕业参加工作后，不知道什么原因在县城找不到对象，偏偏在李店中学不费吹灰之力就找了一个在他麾下当老师的。真是缘分，不到一年我们真的结婚了。有一次丈夫周末回来，星期日有事走不开，破例当天没有去学校，一晚上担心着睡不踏实，周一早晨六点从县城往下赶，还是迟到了，凑巧在校园中路碰到王校长，吓得进也不是退也不是，但还是挨了一顿严厉的批评。一周心里不痛快，第二周回来给我说了原委。我知道王校长的为人，不可能让他破了学校的规矩。所以，以后多难的事情我都不让他耽误，宁可自己扛着。

后来有了孩子，加上公公年龄大、身体不好，丈夫就要求调到了威戎镇梁马初级中学。短短两年时间他调离了李店中学，我也不曾去过那里，虽然是生活所迫，但我一直为他离开李店中学感到惋惜，他也一直怀念那里的人和事，认为李店中学的教学氛围和严谨作风，让他受益匪浅，影响了他的整个教学生涯。

是的，那里有他带过的最优秀的学生，有他感受过的最有才华的老师，有我最敬爱的老校长、班主任，还有我的许多带过课的老师和我的同学……总之，对关堡山下的那片土地我有着特殊的感情。李兴业老师瘦小的身影，高水平的俄语专业教学；陈效贤老师工整的板书，独特的语文教学风格；朱春林老师精湛的物理习题讲解，还有他漂亮艺术的板书和笔直挺拔的形象，都历历在目……

更有鞠躬尽瘁、倒在讲台上，令我久久怀念的李景居老师……

但那几年即使去学校，也没有特意看望过他们。直到现在我的表弟表妹也成了李店中学的老师，还一直感觉心事未了。

三 偶遇后的感慨

中国古代教育家孔子有三千弟子、七十二贤，而王校长他的弟子何止三千，从李店中学走出的贤能之辈也大有人在、数不胜数。

当然，他也不是李店中学的全部，和他一起呕心沥血、并肩战斗，为教育事业作出贡献的老师还有不少。但是，在成纪中学的校史上他当校长17年，占去了"半壁江山"，在成纪中学所取得的成绩中无不体现着他的心血和汗水。他劳苦功高，党和国家给予他崇高的荣誉，在广大师生和乡亲父老的心目中树立了一座丰碑。

在为成纪中学树碑立传，举行35周年校庆之际，每一个熟知李店中学的人，首先想到的就是老校长，每个遇见他的人都可能有关于他的故事，因为他关爱过的学生和老师太多太多。

在李店中学历尽艰辛走向辉煌的时候，老校长，他老了。他像一支蜡烛，燃烧自己、照亮了别人。一腔热血、两袖清风，用毕生精力献身于党的教育事业，可谓硕果累累，人人皆知。他无愧于党和国家授予他的崇高荣誉，无愧于家乡父老对他的尊敬和爱戴。

他当了三十多年的校长，而没有捞取半点"油水"，每一个敬他爱他的人，给予他的只是感激而已……在物欲横流、人心浮躁的当今，他参透了人生，不图虚名，退休后回归故里，守住心灵的一方净土安度晚年。他高风亮节的人格何其珍贵！

我是他的学生，已是不惑之年，我的恩师，他比我父亲还大一岁，他怎么能不老呢！唯愿他老人家健康长寿，颐养天年。

遇见恩师，是我一生的幸运！

2023年5月27日于静宁

作者附记：《遇见恩师》一文，是20年前遇到王校长后，在方格纸上手写的一篇文章，可能是不忍心丢弃，尘封了整整20年，昨天还算找到了，今天敲在电脑上可谓"朝花夕拾"。

作者简介

李利香，1972年1月至1979年7月在深沟中学读小学和初中；1979年7月至1983年7月在李店中学上高中；1986年7月毕业于平凉农校。供职于静宁县农业技术推广中心，高级农艺师职称。

广爷川的传灯人

——记"人民教师奖章"获得者王自勖校长

李桃花

今年春天，孙兴和老师约我写一写王自勖校长的故事，让世人深入地了解他、学习他、感念他。是啊，王校长热心教育的"丰功伟绩"可以用那一个个奖牌佐证，但是我想，更能佐证的是他的学生、他的同事、他的家乡父老记忆中的故事。他在那片土地上洒下的汗水，付出的心血已经渗透到每一位学子的心田；他播下的"忠诚、热爱、奉献"的六字师德是一代代成纪人的灵魂之根；他那抱朴守拙、永葆赤子之心的人格风范已长成参天大树，枝繁叶茂；他的光芒如北斗之星光，总是闪耀在千万学子前行的路上，闪耀在同事们的心里，闪耀在父老乡亲们的记忆里。是他引领着师生们筚路蓝缕，栉风沐雨，一路奋斗，书写出李店中学历史上辉煌的一页。我谨以自己记忆中的点滴，表达对他、他们的敬意。

敦厚质朴，待人如亲

1982 年，我刚上初中，学校的一切都非常简陋，特别是住校生的宿舍。一百多名高初中住校生，散落在学校的好多地方，有阴山坡水渠边上的，有前院大教室的，有后院菜园边上的，有中院西山根下的。我们的宿舍就在西山陡坡底下一排之中，向阳，有十几平方米，一张大木板床上住了十一个人（高初中各个年级都有）。铺着麦草帘子（录取通知书上注明要自带的），草帘子上又铺满了一条条花色各异的褥子，床边床下到处摆满了我们的箱子、厨具。泥土墙上挂着各式的口袋，地面凹凸不平，有许多"长"起来石子一样的泥钉子，房顶上的椽子折了两根，当地人用一根碗口粗的木柱子顶着。王校长经常会检查宿舍，有时候一天两三遍，他会一个宿舍挨着一个宿舍地转，到我们宿舍时，他常会把那根柱子摇一摇，看看稳不稳，问我们都做的啥饭，能不能吃饱，有什么困难。困难可多了，凉水做饭太费煤油，有时候等不到饭熟就把煤油炉熄灭，吃的夹生饭；纸糊的窗户更容易破；墙上老鼠洞太多，馍馍放在箱子里容易发霉，挂在外面会被老鼠吃掉……胆子大一点的高中舍友会把这些困难都报告给王校长。于是过了大概有半年，学校便有了一个大铁桶做的"横卧式"锅炉，我们每人就可以端着锅去排队打开水做饭，窗户上也糊上了塑料薄膜，老鼠洞也被堵好了。学校的教师灶上还给我们做了两大缸浆水，住校生可以自由地去舀，再也不用从家里拿酸菜和浆水了。那浆水多香呀！那个酸酸的味道我至今还记得。这些都是来自王校长的温暖，都是来自学校对孩子们的大爱。那个时代住过校的同学，也许至今还能想起那个锅炉、那顶房的柱子、那窗户上的塑料纸、那老鼠洞，甚至那两缸浆水。

王校长是穷孩子们的贴心人。听说有些非常困难的孩子们如果交不起学费，王校长就会给他们免去。助学金虽然只有两三元钱，但是每一个学生的助学金王校长都要一一审核，一定要把那两三元钱发给最穷且学习好的孩子。每当我领到助学金的时候，心里感到既欣喜又酸涩。他对学校的每一个学生的情况都了如指掌，甚至每个学生的祖宗三代和远房亲戚他都知道。也正是因为这一点，王校长被大家公认为"神人"。

我参加工作之后，慢慢熟悉了学校的一切。发现王校长既是学生的贴心人，也是老师们的贴心人。他关心教师们的生活，关心年轻人的成家立业，关心大家的老人孩子，关心中年人的身体健康，好像没有一个人他不放在心上。

学校分配来的青年教师，过了两三年如果还没有对象，他会主动多方打听，借着自己的声望、人脉，牵线搭桥，往往成功率很高，有人戏谑地说："王校长,你那么热心当月老,怕是为了挣两个大馒头吧?"他会笑呵呵地说:"瓜子(方言,傻子)啊,你知道啥,我是给咱们学校留人才啊!学校发展要靠年轻人,没有家,他们有走心没守心。""咱们这农村,留住人才不容易!"的确,有许多年轻人在王校长的努力下在学校"安家落户",一干就是十几年甚至一辈子。

有位周姓老师想把老母亲带到学校赡养,但是家人多,没地方住,王校长知道了他的困难,就专门在西山墙根底下修建了个小房子,盘了大土炕,为周老师解决了大难题,他还经常到周母旁嘘寒问暖。

教学之余的宿舍区,就如同一幅农村庭院的风俗画:吹拉弹唱的、织毛衣纳鞋底的、逗小孩玩乐的、话家常聊八卦的。男女老少其乐融融,犹如一家人。王校长也会"混迹"其中,跟这聊几句,跟那逗一逗,尤其爱跟老年家长话家常,爱逗那些小孩们玩,有时高兴了还会吼几句秦腔。

他还会经常挨个地视察老师们的伙食情况,批评张老师把馍馍烙糊了,王老师把肉臊子放发霉了,李老师有清油白面却做不出像样的饭,不会过日子了……他会半开玩笑半真实地说:"我早上油饼鸡蛋,中午炒菜米饭,晚上浆水长面。"他是不是每顿都这样吃我不知道,但是我知道学校为了让大家都有菜吃,把闲置的校园划分成块,后面大操场边的两块给灶上,每位教师宿舍前面的都分给老师作"自留地"。于是我们自力更生出各种蔬菜:春日韭菜、菠菜、水萝卜,夏日黄瓜、瓠子、番茄,秋日辣椒、茄子、白菜。这块菜地大大地丰富了老师们的伙食,节约了好多买菜的钱。当时老师的日子过得紧巴巴的,老人的生活用度、家里的柴米油盐、兄弟姐妹的学费,有的还要给邻里亲戚"帮衬",都靠那微不足道的工资。王校长对同事们的这种"作风"赞赏有加,我曾亲耳听到他赞美王效宗老师是个攒劲人,因为王老师孝敬父母,还把三个弟弟带在身边先后供成大学生。至今怀念门前的菜园,它不但节省了买菜之钱,还是工作之余"把茶话桑麻"的一种精神享受,似乎我们都用种菜的方式培养我们的学生:深翻地、广施肥、勤浇水、多除草、早驱虫。学生们在大家的"扶壮而弃秽"中一茬又一茬地成长，结出累累"果实"。一年高考三年抓，一年中考三年抓，既问耕耘，也问收获。正是这种思想的指导，使得每位老师教学过程走得实，教学成果出乎意料的好。

"要勤俭节约，不要铺张浪费"，这是他会上会下一直强调的一句话。有几位离家远，周六不能回家的男青年教师，偶尔聚在一起，炖一只老母鸡，喝几盅薄酒，被他知道了，会半嗔半怒地批评："败家子，不知道过光阴，弟弟的生活费寄去了没有？""一个月的班主任补贴一夜就糟蹋了！"挨了训的老师们就会诺诺连声地打保证："王校长，再也不敢了，如若再犯，就罚给您老人家提酒。""我才不喝你们的酒呢。"的确，从没听说过，也没有看见过王校长喝酒，也没有见过他抽烟，这些人情世故交往中常见的物品，在他那里好像没有一点影子。不过他的煮茶罐子可是很有年代感的，常常碰见他跟几位老同事在一起煮罐罐茶，也常看见他拉着来探望学生的家长一起煮罐罐茶。

凝心聚力，以人为本

20世纪七八十年代学校教师的文凭普遍低，教师学历达标率很低，王校长经常向上面要人，从其他学校挖人，鼓励年轻人不断地学习，自考也好，进修也罢。总之，不看文凭看水平。王校长把师范毕业的我要到中学，我清楚地记得，在开学报到的第一天他就叮嘱我说："桃花，你知道你为什么能够分配到李店中学吗？那是因为我知道你是穷家里长大的，性格淳朴，能吃苦耐劳，又温柔谦和，所以到教育局把你要来了，不然，你怕是要分到山村小学里去了。从现在起，你要当班主任，而且要迈开步子，甩开膀子，干出样子。"我感恩戴德，感恩王校长对我的认可，不管能力如何，我都得奋斗一番。决心以他老人家为榜样，挑起重任，像挑山工一样一路攀登。于是，我成了建校以来的第一位女班主任，起初的一两年，每每在中院碰见他，他常会一半严肃一半诙谐地说："桃花，我向你汇报，你们班的谁和谁在空堂课上吵闹……"这时候我心里很恐慌，面子上很尴尬，赶紧赔罪。

遇见他没有这种"汇报"的时候，我就长出一口气，满脸堆笑地走过他身边，他也会笑笑或者和颜悦色地打个招呼。总之，在这种尊敬与害怕中，我非常努力，没有辜负他老人家的厚望，一干就是十几年班主任，而且秉承着脚踏实地，持之以恒的态度，坚守本心，在这所学校驻守三十四年，校长换了一届又一届，但我依然保持不变的本色。

日常的教学工作中一切以人为本，以教师为本，以学生为本，他鼓励"百家争鸣，百花齐放"，也鼓励"八仙过海，各显神通"。教师们讲、听、评课，形形色色，真是"自由发挥，教无定法"。

第一次上公开课的创举至今让我汗颜。王校长、语文教研组长、几位语文组成员来听课，讲到课文背景有关政治方面的内容，鬼使神差，我竟然说："同学们，这个内容我们欢迎王校长给大家讲讲。"于是王校长在大家的笑声中从容不迫地站起来给同学讲。天啊！我那时怎么那么不懂规矩，万一人家不讲怎么办？后来听了无数的公开课，从来没有见过有哪位老师让听课的领导来发言的。现在想来，我真是胆大包天，灵活处理课堂也过头了吧。但是，评课时王校长也没有说这是个"兵家大忌"。看来王校长真是有海纳百川的胸怀！他确信只有不拘一格才能出人才，而且出好人才，至于怎样"出"就看我们大家的三脚六手。这也许他心里遵循着"有教无类"的古训在对待日常教学工作吧。

总之，王校长以他所在的凤龙山的淳厚，成纪河的宽广，形成了独特的人格力量，不管什么样的人，来到李店中学，就能很快融入团结向上的集体中。教师们团结一心，学生们刻苦勤奋，家长们全力以赴，学校以独特的"三苦"精神在这片乡野上展现着她的风采。但是回首往事，我倒觉得这种实事求是，返璞归真的苦却是一种莫名的带有泥土气息的甜。

中考、高考常常名列前茅，特别是高考成绩名列全县、全市第一的学子常常出现。1987年高考，薛效科、程效贤老师所带语文，全县第一，最令我们骄傲的是朱春林副校长所带物理成绩全平凉地区第一名。朱老师是体育转物理的老师，论文凭，只是高中毕业。然而，他凭借自己的聪明好学，凭着坚忍不拔的毅力，凭着他一丝不苟的细致，为我们李店中学的同事们树立了学习的榜样（他在接任王校长当正校长之后，继承了王校长的工作作风，把学校的教育教学水平又一次推向高潮）。后来成长起来的数学新秀胡军炜、曹来成老师，英语张宏广、郭勤勤、孙辉、王红梅老师，能手马万隆、王栋老师……所有的老师们性格不同，气质各异，但是有共同的品质，也就是团结、拼搏、求实、进取；忠诚于自己教育事业，奉献于自己的岗位，即使在当时算作副科的带生物的高玉秀老师，带政治的王慧英老师，也是那么认真，就连图书管理员王爱华老师也恪尽职守，贤惠、认真出了名——每年中考合分、核分，她总是把关的"铁算盘"。大家默默付出，只为多出人才，出好人才。王校长用自己的厚重的肩膀，带领自己的团队，托起家乡孩子，让他们走向广阔的世界，实现人生的梦想。

至今记得李谨居老师以身殉职的那段时间。李老师高高的身躯略有驼背，清瘦的脸庞，每当第四节语文课下来，在回宿舍的路上，边走边长长地吁气：奥……吃……吃……好像上课已经用尽了他所有的力气，都不能坚持走到宿舍似的。有一天早晨，李老师在课堂上滔滔不绝地讲授时轰然倒下了，被送到医院，第二天就"走"了。在整理遗物时，我看见他书桌上还摊开着学生的作文本，上面用红笔改得密密麻麻，那个蘸笔横放在作文本旁边。也许是昨晚太累了吧，他还没有来得及把蘸笔插进笔筒。

王校长那几天神色凝重，似乎眼眶里一直满是泪水，人瘦了好几圈。我们谁也不敢问什么，只是按照学校的要求，动手给李老师制作了两个花圈。虽然许多人没有扎花圈的技能，但是都很认真地忙碌着，流着眼泪，把自己对同志的一份敬仰，一份不舍，一圈又一圈，缠在竹圈上，一层又一层勒进纸花中……

注重细节，一丝不苟

教学技巧上"天高任鸟飞，海阔凭鱼跃"，细节问题上却精敲细琢、一丝不苟。

第一难忘的是必须每天早上师生共同振作精神上早操。当学生时，上早操理所当然，当了教师还上早操就犯难了。这不是一辈子就跟学生一样，要"闻鸡起舞"了吗？不管你怎么想，只要不是大雨滂沱，大雪纷飞，晨起上早操是雷打不动。夏天还好说，冬天就像"上杀场"一般痛苦，特别是年轻人，更是意见纷纷。但是学校却不改初心，还把"不上早操一次扣0.2元钱"写进《教师管理奖惩制度》。冬天，早上六点钟，黑得伸手不见五指，"嘟嘟嘟""一二一，左右左""嗒嗒嗒""唰唰唰"，口哨声、口号声、脚步声在校园上空回荡。大家呼出的白气一绺一绺，眉毛上挂了冰花。王校长戴着口罩，侧斜着肩膀，双手反背着插入袖筒疾步而行，上操的路上，他从来不会"缺席"。甚至在上操前他会早起敲门，像家长一样喊叫那几个比较淘气的"懒人"。王校长总是强调"一日之计在于晨，一生之计在于青"，他就是让我们抓住每一个早晨"闻鸡起舞"，抓住孩子们的青春每一天、每一月，每一年。春夏秋冬，教师们坚持上早操的习惯从未改变，王校长退休了，后面的几任校长一直继承了这一传统。

第二难忘的是中考改卷。那时候，中考改卷由学校组织进行，学校要求十分严格，改两遍，核两遍，抽查两遍。一旦有老师合错了分，王校长便"龙颜大怒"，要求大家把试卷重新一一核对，还会"抽样"叫几位教师去"过堂"，看看他们是否阅卷"一把尺子量到底"。保证自己打过的分，核过的卷子万无一失。每次中考阅卷会上，他总要讲：学生们都是十年寒窗，我们当老师的笔底下万万不能出现丝毫差错，否则就是最大的不公平，会毁掉某个学生的前程，在成才的路上，谁家的孩子都不能被"赖"。是啊！那时候考高中比现在考985、211大学都难。中考的分数就是分厘必争，每当中考改卷下来，我们总要脱几层皮，掉几斤肉的。

第三忘不了让每一项活动都能"说话"，每个角落都能"育人"。校门口的石子小路，是学校发动全校师生从河湾里捡来的石子，以班级为单位，比赛着砌成的：菱形的，四边形的、梅花形的、圆形的……大家流了许多汗，费了好多心思，大概一百米的小路，走了十几年，我上初中时砌的石子路我工作多年以后还走，虽然垫得脚底疼，但这是师生们自己修的路，通过修这条路，我学到了不少。王校长和同事们，何尝不是这一粒粒铺路的石子？何尝不是用自己的肩膀撑起了孩子们的未来呢？

还有那生动的讲座、师生同台表演各种节目、书画展览、文学社团……至今历历在目。走廊两旁的几面大黑板，上面刊发的是国际国内重大新闻、学雷锋倡议书、拾金不昧表扬信、发表在某杂志上的学生优秀作文……这在当时信息不发达的时代，对学生教育的力量功不可没。

这些细节上的一丝不苟使大多数老师养成了一种工作的习惯。李兴业老师作为一名稀缺的师大俄语系的高才生，带的俄语班在学校的历史上立下汗马功劳，他作为教导主任工作一丝不苟，甚至在退休前给学校敲钟的日子，他竟然用三个表盯对时间，争取到分秒不差，这种认真的品质被传为佳话。

细节决定成败，不放过任何细节的教育也是学校进步的一份力量吧！

在广爷川的教育史上，王校长用一辈子书写着广爷川人敦厚质朴、坚毅不屈的风范，树立了两袖清风、无私奉献的丰碑，厚德载物、上善若水，他就是一位几代人心灵的"点灯人"。

2023 年 5 月 23 日

作者简介

李桃花，1968 年 3 月出生于李店李川村，1985 年李店中学初中毕业考入平凉师范，1989 年分配到李店中学任教，从事初中语文教学工作 34 年。中学语文正高级教师。

高中记事

胡汉东

题记：岁月不居，时节如流。谨以此文纪念逝去的岁月和奋斗的青春。

1982 年夏天，初中毕业的我，顺利考入李店中学高中部。

在那个长长的暑假里，我自告奋勇地接过父亲手中的铧犁，一个人每天都起个大早，吆喝着、驱赶着与邻人互助的一对牲口，去翻耕刚刚收割完小麦的田地（俗称"压麦茬"）。这也是我至今想起，感觉最为欣慰和自豪的一件事。等麦地翻耕完毕、粮食打碾入仓后，开学的事也就提上日程。我知道，由通校到住校，随着身份的转换，总要准备一些"行头"的。那时候父亲手中自然没有余钱，于是，在一个大清早，我和父亲用架子车拉着家中仅有的一口猪去李店集镇。用卖猪的钱，购置了煤油炉、铝锅之类炊具。母亲也竭其所能，为我缝制了一床较为厚实的

被褥，父亲又用裹着盛夏余温的麦草编织了一个厚厚的草帘——这便是那时一个高中住校生的全部行头。

多年来，我总是忘不掉那个煤油炉子，总是常常在不经意间想起。为了少花钱，也是没有经验，当时我选择了一个铁皮做的、外面涂着一层绿漆的煤油炉，与那时用搪瓷做底座的油炉子相比，整个造型显得单薄而小巧。上高三后，油炉已经开始漏油，不得已，我只能在炉底垫了个搪瓷碟子盛油。在那个年代，高中毕业能考入大学者，实在寥寥，估计父亲也不敢奢望，因为落榜才是常态，"考上大学"就有点"不正常"了。所以，那时的我面对高考没有压力，也不怕落榜，只是担心落榜后又要添置新的油炉，因为家里实在没钱！抱着这种心态，我从容走出高考预选的考场，一月后又淡定走进高考考场。还好，1985 年，我顺利地考入西北师范大学。

言归正传，1982 年 8 月还是 9 月，16 岁的我怀揣一颗少年的好奇、期待和一丝惴惴，走进李店中学，开启了高中三年的求学生涯。

拔丝馍馍

尽管当时包产到户已有四五年，但对于大多数家庭而言，也只是刚刚解决温饱而已。三年的高中生活，物资极为匮乏，当时的学生普遍缺油少菜。每逢周末，多是要回家获取补给的。母亲总是倾其所能，想方设法用杂粮面或黑面晒制一些状如雀舌的干面片，供我食用，并为我准备一玻璃瓶酸菜，这样就能保证从周一到周三饭中有菜，也算丰盛。每过周三，酸菜告罄，一日两餐只能在开水中下入干面片或杂面蛋蛋，待煮熟后再加点盐巴即可。那时，吃饱肚子总是件让人非常快乐的事，有父母做后盾，没有感觉生活有多么艰苦。

每年夏天，最要命的是母亲为我准备的谷面或糜面馍馍。那是在大铁锅里烙出，又黑又大又粗，周一、周二还算爽口，是可以大口咀嚼的，每过周三，馍的外层就会凭空生出许多霉点，表皮黏黏滑滑的，一旦掰开，总会出现如藕丝般又韧又黏的长丝来，我们戏称为"拔丝馍馍"，那个味儿既苦，又酸且涩，难以下咽，这时，遥望周末，路尚漫漫，又怜念父母辛苦，不忍弃之，于是每逢饥肠辘辘，就趁势塞几块于口中，狠命咀嚼，那味儿，实在比中药更苦三分！当时，同舍有位王姓同学，家境较好，每周总是满载而来，背回四五个又大又圆的白面大饼。说是白面，其实也不过是用石磨碾制，又黑又粗。他总是将馍随意往门旁的墙壁上一挂，那股麦的清香顷刻间弥漫开来，经久不衰，不时散发出阵阵诱惑来。于是，考大学，吃白面馍也成为那时我们最大的心愿！现在，几乎每天都有下馆子的理由，吃席，业已成为时下许多人的一种负担。二十年来，也算阅尽美食无数，但从来没有品尝出高中那时麦味的清香来！相传，困厄时的朱元璋，遇到的人间第一美食居然是"珍珠翡翠白玉汤"，我信！

很感谢那个年代的教育，没有像现在这么内卷，没有时时充斥着一路攀升的考评数据，所有置身其中的老师和学子们都能够自由舒展、有尊严地活着。因此，尽管那时苦着、累着，但绝对是快乐的。

今天，周围许多人住有广厦，食有精肉，出有豪车，在物质丰富的今天，常常生出许多闲愁、郁闷与忧愤来！

怀念，成为一种挥之不去的情结！

好大一园菜

上高一时，我们的宿舍在学校最西边，和围墙仅隔一条浅浅的、小小的水渠，南边邻机房北边是露天厕所，宿舍门前是一片菜园，足有两亩多地，每年都种植一些卷心菜、洋芋之类的蔬菜，一则作为学校老师的四季主菜，二则还可为学校多多少少创点收益。

于是，我们每天出入，映入眼帘的总是那片翠绿，在那个酸菜作为主菜的年月，硕大、翠绿、时时散发着诱人芬芳的新鲜蔬菜，对我们的诱惑实在是巨大的。那时的我们，还算诚实，常常会出神地望着菜园，极力想象着一旦拥有其中一棵，会如何愉悦地去尽情享受。平时，总是极力抵制着从眼前袭来的阵阵诱惑，在贪与守的心理拉锯战中，年轻的我们总是备受煎熬。终于，无法抵制诱惑的我们还是连连犯了几次错误！一天，我们几个舍友一边吃着有盐没菜的杂粮饭，一边仔细端详着眼前苍翠欲滴的菜园，恍惚间那硕大的菜，似乎在不断地膨胀、再膨胀，在一步步地向我们眼前逼近、再逼近，我们固守的最后一道防线终于崩溃了！于是，我们选中眼前几棵最大的，同舍几人商量好轮流照看，每天为它们精心浇灌开水，不过几天，那些原本充满活力、极具张扬的鲜嫩生命，终于如约地低下那神采飞扬、傲气十足的头颅。于是，我们便一拥而上，心安理得地分享着这次小阴谋带来的奢侈和愉悦。

秋季，菜园终于迎来了收获的日子，收割的任务居然就落在我班头上，听到这个消息，一股莫名的兴奋与冲动腾地一下子燃烧起来。我们在尽力劳动、尽情表现的同时，趁后勤老师不在，不约而同地在自己的箱子里锁了两三个卷心菜，走出宿舍的我们，个个俨然已成富翁！不知是有人举报还是我们的集体行动过于张扬，劳动结束，正当我满怀喜悦、筹划着如何做顿美味、尽情享用一下这一辉煌战利品的时候，正当我心中反复想象着这个周末回家，如何向母亲自豪地宣布两周内再不需要酸菜的时候，大搜查居然悄无声息地展开——后勤老师意外宣布要检查我们的宿舍，目标很明确，就是我们那大小不等、形态各异、色彩斑驳的箱子。真是辛辛苦苦好半天，一下回到解放前！

今天，偶然剖开卷心菜，常常会下意识地为之怦然心动，仍然能够嗅到那种沁人心脾的芬芳，对卷心菜那种无限的眷恋与爱意，大抵源于高中生活的那段经历。

与鼠辈为伍

上小学时，乡下每个村子里都轰轰烈烈地开展过消灭麻雀、老鼠等"四害"的活动，大抵那时生态还没有今天这么糟。记得常常麻雀成群觅食、喜鹊相约闹枝，每逢黄昏，倦鸟归来，房前屋后的槐树、柳树顿成鸟族的乐园。

那时的老鼠也出奇的多，食物、衣服常见有被噬咬的痕迹，于是，灭鼠成了家居生活的一项主要内容。常常在睡觉前，母亲巧设捕鼠阵：先是在案板上倒扣个瓷碗，然后在其上轻轻竖立一个盛粮用的小木斗，在小斗下方的里侧放置一小块用油蘸过的小馍块，一切准备就绪，就等老鼠闯阵了。夜半时分，正当一家人酣睡时，突然倒扣下来的小斗顿时发出惊天巨响，真是夺人魂魄！旋即一家人便飞身而起，顷刻间就有斩获！后来，吟读"硕鼠硕鼠，无食我黍！三岁贯女，莫我肯顾。……硕鼠硕鼠，无食我麦！三岁贯女，莫我肯德"（《诗经·硕鼠》）时，才知道鼠祸由来已久，对鼠之痛恨也就愈深。而真正领略到老鼠的聪慧、绝技，还是在我三年的高中生活。当时的宿舍与厕所仅有一墙之隔，其间有好多鼠洞贯通。每每晚自习结束，我们常常蹑手蹑脚，在宿舍门前，隔窗相望，借着昏暗的灯光，床铺上如赶庙会般挤满了老鼠，多时会达到二三十只，整个宿舍俨然成了这些鼠辈们的领地和娱乐场，待真正主人归来时，它们则四散奔逃，顷刻间作鸟兽散。每逢夜晚，熟睡的我们有时会感觉脸部冰凉，伸手一摸，多半会惊走一只硕鼠，听它遁去，掷地有声！多年来，我们共处一室，也算相安无事。对鼠辈们的宣战缘于宿舍一位来自深沟王堡的同学。也不知道为什么，老鼠总是那么钟情于他。高中三年，他悬在半墙上的菜馍，总是受老鼠频频光顾，同样，由他母亲精心晒制，也挂在半墙上的黑面疙瘩，总会被鼠偷食，每到周末，他那空空的面笼底层，常常会铺下一层老鼠饱餐后的馈物！我们同情着、叹息着他的遭遇与不幸，但由于这段人鼠未了情，为我们寂寞的高中生活平添一抹亮色，也带来了许多欢乐和话头！所以，脑海里也就没有产生过向鼠辈们宣战的想法。一天中午，正准备做饭的我们，突然听到王姓同学一声歇斯底里的尖叫，原来，这次他居然在自己的面箱里发现两只大鼠！看来，消灭是必然的选择，待到我们团团围住，打开箱子，发现刚才也许还自由逍遥的老鼠，已经静静地蜷缩在一角，它那种无助、那种惊恐，如孩子般的眼神，至今我都无法忘记！一个雨夜，下晚自习的我，借着暗淡的灯光，突然发现眼前又一个大鼠在蹒跚，至今也搞不清我当时哪来的一股神勇和果敢，遂一个箭步冲上前去，一脚踩住老鼠的尾巴，合力拽出洞来，仔细一看，大概是一位年迈的长者，浑身湿漉漉的、毛发业已疏落，它也许是一位勤劳的母亲，辛苦一天，才蹒跚回家，也许是想为嗷嗷待哺的孩子多觅找一些果腹的食物！当时，我心中也曾生出一丝怜悯来，但在围观同学的面前，碍于一个大男孩的面子，最终还是下了杀手！今天，对那只龙钟的老鼠及它的家族我依然怀有一种愧意，从那以后，我再也没有虐杀过任何小动物。

人虱大战

《晋书·王猛传》记载："桓温入关，猛披褐诣之，扪虱而谈当世之务，旁若无人。"北宋名相王安石上朝时，曾有虱由领口"直缘其须上"。《谈数》说："王荆公'青山扪虱坐，黄鸟挟书眠'。"遥想当年北大、清华教授的脖颈上，也少不了会有晶莹的文虱闪烁，时，不足为怪。古人既"剧谈扪虱自风流"，又"亦尝扪虱语悲辛"。我辈既非名士，也不雅致，但与虱的亲密接触想必不亚于王猛名士。

与老鼠一样，那时的虱子也是出奇的多！高二时，抱定学理的我们，对政史没有太多兴趣，老师那照本宣科般的讲解，更让人百无聊赖。于是，在政史课上，少不了有同学搞些小动作，来打发无聊的时光。当时，有一位马姓同学，在历史课上，也许是突感奇痒，遂伸手探入脖领，待抽出时，抖落在课桌上的俨然是两只硕大、晶莹剔透的虱子！于是，观赏、把玩虱子就成为我们那节课的主要内容。能辨虱子雄雌，也是我们那时练就的本领！记得在高三的一个中午，一李姓同学突然来我宿舍午休，顺手掀开一同学的被子，旋即大叫一声，夺门而逃。原来，我那同学的被子三年未曾洗过，早已坚硬如铁，而且其上居然繁衍了一个庞大的虱类家族，赫赫然，如满天繁星！也难怪，那时，我们大多数时光都是摸黑睡觉，摸黑起床，在忙碌的学习中，真没有勤洗衣服的习惯！况且学校后操场仅有一个露天蓄水的小池，是全校师生唯一的饮水之源，精心呵护，是我们神圣的职责。

虽然我们都知道自己多多少少都豢养着一些宠物，居然那么多，还真算是一个惊天大发现。于是，舍友相约对虱子发动一场歼灭战。在一个夏日的午后，艳阳高照，我们一行抱着各自的被子，齐刷刷地在菜园的枯井旁铺开，在耀眼的强光下，我们和虱子双方都慌了手脚，好家伙，映入眼帘的简直是一个密密麻麻、异常昌盛的一个虱族部落。刚开始，我们尚能各个击破，互报战果，及后来，我们心中的胆怯开始弥漫开来，看来一时难以歼灭，也无法再进行从容的大屠杀了。好在身后不远处有一水沟，于是我们就索性将虱子集中起来，统统抛入水沟，水葬了事。不久前，几位友人酒后闲聊，其中一位是刚刚参加工作，就出手数十万购置房产的房奴，席间，感叹自己两点一线的生活早被巨债打乱，每天上下班都要刻意避开债主绕道而行，当问及生活感受时，对方坦然作答——虱多不咬人。

虱多不咬人，信然！

六枚鸡蛋

高中时期，温饱虽已解决，但美餐白面、细品炒鸡蛋的场景，只有在一些特殊而重要的日子，方可一遇。那时，家境清贫，盐巴、煤油之类几乎全靠鸡蛋来换取了，因此，"母鸡银行"在那时的乡下是司空见惯的。

母亲18岁时进入我家，家境一直不好，母亲一连生了五个女儿，在"无后为大"的乡里，受尽世态炎凉，曾有叔婶也曾以此为由头，抱着自己儿子在母亲面前屡屡炫耀，甚至曾当着母亲的面，坦然谈论着在父母百年后，应当如何公平、合理地瓜分父母那点可怜的"家产"，那时的母亲已接近不惑之年！终于，母亲在42岁的时候，意外地生下了我！真正体会到母亲对我的百般疼爱，是在我自己有了儿子以后。常常想起母亲持寒家于穷困之时，瘁心力尽毕生之日。起晨鸡而宿夜露，顶夏暑又耐岁寒，所有的希望都寄托在我。记得在我小学、初中时家贫无钟，不晓晨昏，为了不误我上学，母亲每夜都不敢深寐，闻鸡计时。每至将晓，准备好衣食，然后，轻声唤我起床，看我总是贪睡，母亲最多的一句安慰就是"起床吧，等星期天好好睡一觉"！上高中后，累于学业，回家次数日渐减少，每次回家，母亲总先备好面食，远道接送，不分风雨，不论否泰。每次返校，暮霭中的母亲总是倚墙而望，相伴母亲的唯有瑟瑟秋风！那时的高考，首先要经过预选，我顺利通过预选，首次回家，母亲喜不自禁，在我返校时，居然破天荒地在我包中塞入六枚鸡蛋，并答应我在高考前的一月里，她要保证我每天都有鸡蛋吃！哈，预选中的小试锋芒，居然赢来如此殊荣，真令我陶醉了好几天。大抵是当我吃到第四枚鸡蛋时，咀嚼的嘴巴突然凝固了——命运多舛、体弱久病、辛苦劳碌的母亲，其种种艰辛一股脑儿向我袭来，如惊涛拍岸一般，那刻，如奶酪般的鸡蛋顿时难以下咽，我真怕无力承载母亲太多的关爱！从那次后，直到高考，我再没有接受过母亲在每周周末频频为我准备的鸡蛋。母亲曾经告诉我，等我大学毕业后她要细细品尝鸡蛋的鲜味，好好尝尝人间如鸡蛋般的美食。可是，等我刚刚走出大学校门，还未醒过神来，力尽汗干的母亲竟然如风口之灯，遽然离我而去，当时的我，毫无思想准备。子欲孝而亲不在，每思于此，总叫人唏嘘、悔恨不已！

妻知道我有喜欢吃鸡蛋的习惯，但我无法向她说清个中缘由。

初稿：2010 年 6 月 7—8 日于平凉

修改：2023 年 6 月 8 日于静宁

作者简介

胡汉东，男，1985 年毕业于李店中学，考入西北师范大学，1989 年至今在静宁一中任教。为静宁县第六届、第七届政协常委，平凉市第一届、第二届政协委员。现为甘肃省骨干教师、中学地理特级教师，正高级职称。首届"平凉名师"，平凉市优秀社科工作者，平凉市领军人才（第一层级），甘肃省优秀教师，甘肃省"园丁奖"获得者。

我最为敬仰的先生

柴仓库

再有一年多的时间，我就要退休了。回想自己近60年的人生过往，不是在学校上学，就是在学校教书，从小学、中学、大学到从事基础教育教学的这几十年，遇到过许多令人敬佩的恩师，聆听过不少全国知名专家教授的报告，参观学习过部分全国知名的中小学，也结识了一些在基础教育领域有一定影响的管理者和研究者。在这众多的相识与相遇中，有一位长者最值得我敬仰，他就是我中学母校李店中学（坐落在甘肃静宁李店镇，后来更名为成纪中学）的校长——王自勖先生。

先生之名　家喻户晓

先生36年的从教生涯中，做了32年的校长，足迹遍布全县的近10个乡镇，走到哪，哪儿的孩子就会受益，哪儿的老师和学校就会受益。谈起先生来，不只是他的学生和同事充满了敬仰和崇拜，当地的老百姓也为先生常常竖起大拇指啧啧称赞。用今天的话讲，先生就是百姓眼中妥妥的男神。举一个简单的例子，20世纪七八十年代，农村的交通很不发达，每天县城到镇上的班车只有一班往返，几乎每一趟都是人挤人，但只要先生一上车，无论车内多挤，大家都会纷纷站起来让座，原因只有一个，那就是附近几个乡镇的多数百姓，不但知道先生的大名，而且认识并敬重先生本人。这种待遇，全县域内没有几个人能够得到。

先生之人　正直纯朴

先生身材瘦小，常穿一身洗得发白的中山装，如果走在人流中你会觉得他与普通人并无两样，但他精神矍铄，两眼炯炯有神，充满了坚定与坚毅；当你和他对话，先生对你的尊重和儒雅的谈吐，会令你肃然起敬。在学校，先生时时处处都能做到以身作则，全心全意为学生和教师着想，每天站在学校门口迎接师生到校的是先生，每个夏天顶着烈日到宿舍和教室查看学生午休的是先生，每个冬天第一个到操场带头跑操的依然是先生……先生的身影，遍布学校的每一个角落。别说先生时常关注学校每位教师有什么困难、家里老人身体如何等，单就全校每个学生的名字，他都能随口叫出，甚至每个学生的家在哪个村、家里姊妹几个、生活困难程度等，他都了如指掌。记得我在李店中学读初三时，先生把我叫到办公室："仓库子（静宁当地用亲切的语气叫一个人，往往在名字后加上'子'），你们家姊妹八个，就你父母两个主要劳力，生活困难，你一定要在学校好好学习，回家主动参加劳动，将来才会有能力报答父母，有了报答父母的能力，也就有了报效国家的能力了。"几句温馨而富有哲理的话，顿时温暖了我的全身。接着先生又拍着我的肩膀说："你大哥和你们村上的柴新×，都是我的学生，他们品学兼优，是你学习的榜样。"先生既没有给我们班教课，更不是我们班主任，对我的情况如此熟悉，令我无比敬佩！这一次亲和的谈话，没有大话套话的激励，却令我动力十足；没有用名人和英雄的事迹感化，却让我有了明确的追赶目标。先生正是用这种既接地气又富含哲理的话语，时常和师生交流，身边的同学，几乎都有过被先生叫去谈话的经历，而且大家都以有这样的经历而倍感自豪。每年高考录取的同学，如果哪位同学因家庭困难而为路费和学费发愁时，先生一定会在自己帮助的同时，积极联系县乡两级政府，帮助他们顺利入学。1985年，有一位同学以优异的成绩考上了南京大学，家里只有年迈的老母，家贫如洗，这位同学正是在先生的帮助下，顺利进入了他梦寐以求的高等学府。先生一身正气，爱生如子，治校有方，在我从初一到高三就读的六年时间里，没有听到过有学生打架斗殴，更没有今天所谓的校园欺凌，学校也因此从来没有召开过处分学生的纪律教育大会。印象最为深刻的就是每次全校集会，除了值周老师讲评以外，先生总有 10 分钟左右的讲话，每位师生都会认真聆听，细细品味，没有人会觉着是校长在"训话"，而是实实在在的平等交流。我想，那时如果有互联网，把先生每次的讲话传上去，先生一定是粉丝至少超百万的网红。

先生教育之理念　历久弥新

我上中学的时代，正值 20 世纪 80 年代初期，先生执掌的李店中学，当时没有"一切为了学生，为了一切学生，为了学生一切"的口号，但学校所有的教育教学活动，以及每位教师辛勤的付出和奉献的落点，都准确地附着在了学生的长远发展上。先生主张教师在课堂上要精讲多练，他经常以这样的类比说明"练"的重要性：学任何一门学科都是为了掌握一些技能，而每种技能的获得必须通过一定的训练才能获得，好比老师教学生打篮球，老师示范后让学生练习，在练习过程中再去点拨和纠错，这样方可较好地提高学生的球技，如果老师整堂课在示范，没给学生"练"的机会，那么学生永远就学不会打篮球，其他学科也一样。正是在先生这样的理念指引下，李店中学每位教师的课堂生动有趣，对学生充满吸引力。教我们初中语文的马万隆老师，有唱戏的爱好，他上课的语调抑扬顿挫，音色优美，配上他独有的动作和丰富的表情，上他的课，犹如坐在一场晚会的现场；教我们初中代数的柴尚金老师，语言精练，思路无比清晰，特别重视给学生数学思想和方法的传授。由于当时没有任何教辅资料，他把自己做的工整规范的教材习题解（包括思路分析和方法小结）交给班里的学习委员，供学生有疑惑时参考；教我们初中几何的王志忠老师，上课风趣幽默，课堂气氛轻松愉悦，记得在讲到黄金分割时，说他在讲台上来回走动，就选择占讲台宽度 0.618 的那条直线上来回走动，坐在下面听课的我们看到他的形象就是最美的，一下就让学生记住了 0.618 这个神奇的数字（让我心痛的是写这篇文章时，王老师还好好的，当这篇文章修改出版时王老师却因大病离世，不知他老人家是否看到过学生对他的爱戴与怀念。昨天听到王老师去世的消息我只能在远方默默哀悼！）；教我们初中音乐的刘巨虎老师，标准的男高音，唱歌酷似蒋大为，在我的记忆中没有他不会的乐器，刘老师培养了不少音乐特长生，还组建了由师生共同组成的乐队和秦腔剧团（王自勖校长是剧团男一号，唱老生也唱大净），我现在仅有的一点乐理知识，就来自刘老师的课堂；教我们高中语文的李谨居老师是我的班主任，工作极其认真负责，经常熬夜备课、批阅作文、刻制蜡版，由于工作过度劳累，最后倒在了他无比热爱的三尺讲台上，李老师专业功底深厚，讲课深入浅出，他讲文言文中"使动"和"被动"等用法时列举的例子，我至今记忆犹新，他问学生：喝酒时碰杯，明明杯里有酒，杯子是"湿"的，为什么要说"干杯"呢？我们吃的菜夹馍分明是馍夹菜，为什么大家都叫菜夹馍呢？待学生思考一番之后，再联系课本上的句式，学生就会明白老师的问题就是古汉语中"使杯子里面的酒干掉""菜被馍夹住了"等使动和被动用法；教我们高中俄语的李兴业老师，20世纪50年代西北师大的高才生，他的外语教学，在当时没有任何参考资料的情况下，充分利用他大学时期的藏书，给我们做了很多拓展，我进了大学继续学俄语，有了李老师打下的坚实基础，每次考试都能轻松获得90分以上的好成绩；还有一位给其他年级教语文的薛效科老师，在校园遇到我时问：你们语文课上到哪了？我说正在学习曹禺先生的《雷雨》，于是薛老师叫我到他办公室，给了我一本书（书的名字已记不清了）并叮咛我说：这本书里有《雷雨》全剧的内容，课本上是节选的部分内容，你拿去读一读，对你学习和理解课文一定会有帮助。捧回那本书，我发现不仅有曹禺先生的《雷雨》，还有沙叶新先生的《约会》，反复品读，意犹未尽……李店中学的每位教师，在先生的带领下，爱护学生、尊重课堂，始终把培养学生具有良好的学习和生活习惯放在首位，着眼学生的长远发展，从不布置大量作业，从不占用学生自习时间，重备课、重整体点拨指引、重个别答疑辅导，给学生足够的自我发展空间。这里，先生先进的教育理念起到了至关重要的作用。

　　当时的李店中学，没有提倡学生"自主学习、合作学习、探究学习"的明确要求，但先生时常告诫学生"师傅领进门，修行靠个人"的话语，同学们都能深刻领会并付诸行动。早读、下午的活动课和自习课，还有晚自习，学校从不安排教师值班，全由学生自主管理。早读时间，同学们愿意默读的会留在教室、愿意出声阅读的会到校园和操场；活动课时间，有在教室内唱歌和辩论的，有在操场锻炼的，有在校园外面公路上练习中长跑的，也有在学校紧靠的关堡山上树荫下学习的……下午自习基本就完成了当天的书面作业，晚自习以做老师布置作业以外的练习题为主（有做课本习题的，也有做一些报刊上习题的。由于当时市场上的参考书很少，每年到了订阅报刊的时间，同学们都会相互商量，保证全班每个人订阅的报刊不重样，方便互相借用。《中学生数理化》《中学教学参考》《语文报》《少年文史报》《当代》《十月》《小说月报》《中篇小说选刊》等都有订阅），做数学练习的就会围在数学最好的同学周围、做物理练习的就会围在物理最好的同学周围、做化学练习的就会围在化学最好的同学周围……大家一起讨论，互相帮助；一些学习大牛，还会研究一些报刊上的有奖征答，并经常获奖。学校为了保证学生的身心健康，教室的灯晚上10点就会定时关闭，早上6点重新供电，可不少同学都准备了煤油灯，熄灯后还要继续学习，每到晚上11点左右，学校的老师就会到教室催促学生回宿舍休息，当然，这里从不缺席先生的身影。每到冬季，早上5点左右，教室里又会被早起学习同学的煤油灯照得通亮。这些看上去很平常的行为，不管是学生还是老师，都是自觉自愿的。教师乐教，学生乐学，这是李店中学的优良传统，你能说这里没有自主、合作和探究吗？

　　当时的李店中学，学校没有名目繁多的学生社团，却有丰富的学生活动；课表里没有劳动课，却有多样的劳动安排。先生一直强调：甘肃近几年每年高考录取总人数（20世纪80年代初）加上中专还不足5000人，能通过高考这个独木桥的是少数中的少数（那时高中录取率低，高考录取率更低），大家在努力学习科学文化知识的同时，一定要注重自身其他能力的提高，尤其是农村的孩子，劳动能力显得尤为重要，做一名有强健体魄、有知识的新时代农民是不少同学的归宿。为此，学校每学年都有各种球类运动会、田径运动会、师生书画展评、学生优秀作文和作业展评、歌咏比赛、学科知识竞赛、师生乐团排练演出、学校秦腔剧团排练演出等活动扎实开展。另外，先生坚持学校的所有黑板报、宣传橱窗、公共区域的卫生、果园、菜园、树木栽种和修剪等，均由全校师生全程参与管理。以菜园为例，学校在操场旁和紧靠的山坡上，有将近 10 亩（我自己的估计，不知是否准确）的土地，从翻地松土、施肥、耕种、疏苗、除草、追肥、收割、搬运储藏等环节，都由师生共同完成，凡是李店中学的毕业生，没有一人不清楚这些流程，也没有一人不会干每一环节的活儿。

先生教育之业绩　硕果累累

先生的辛勤付出和多年的苦心经营，使得李店中学的教学质量一年一个台阶，在当地乃至全省产生了很大影响。记得我所在的 85 届毕业生总计 110 人左右，当年就有近 50 人被大专院校录取，当时没有具体统计数据，只知道远远高出全省录取率，在全区引起轰动。从那往后，来自城市学校的参观学习者就络绎不绝，报考母校的学生人数显著提升，学校生源逐年得到优化，出现了城里的孩子报考乡镇高中的"奇怪"现象，也出现了城里孩子到乡镇学校补习的"倒流"现象。在先生任李店中学校长期间，他个人曾 16 次获县级"先进教育工作者"和"优秀教师"奖；6 次获地级"先进教育工作者""优秀党员""先进教师"称号；1991 年荣获国家教委、劳动人事部授予的"全国教育系统劳动模范"称号；1994 年被评为甘肃省中学特级教师。李店中学 10 次受到县委、县政府表彰奖励；6 次受到地委、行署表彰奖励；1990 年获省委、省政府嘉奖。中央电视台、静宁电视台和《甘肃日报》《甘肃教育》《甘肃经济日报》《平凉日报》等多家媒体都做过报道。一所偏远山区的普通中学成为全区乃至全省基础教育的一面旗帜和贫困山区学校的楷模，誉满陇原大地。从这里走出的学生，遍布世界各地，有世界知名院校的教授、有跨国公司的管理者、有政府要员、有科研工作者、有公司老板、有种粮大户、有苹果大王、有养殖能手、有教师、有医师、有农民诗人、有中书协会员、有上过央视的农民歌手等等，校友遍天下。"团结、求实、拼搏、进取"的校训，将永远激励一代又一代的家乡少年，成为祖国建设的栋梁之材！

也许现在的人普遍认为，偏远的山区可能只会有山珍野味和土特产品，可是我要说，家乡最值得炫耀的就是：那里有当地群众心中的教育圣殿，她就是我的母校李店中学，家乡更有思想丰富、理念先进、精神可贵、毅力超凡的教育家，他就是这座教育圣殿的奠基人和建造者——我最为敬仰的王自勖先生！

2023 年 6 月初于西安

作者简介

柴仓库，中学物理特级教师。1985 年毕业于李店中学，曾获甘肃省中学物理学科带头人、陕西省教师教育先进个人、陕西省校本研修先进个人、长庆石油勘探局学科带头人等荣誉。

一颗在奔跑中前行的"苹果"

胡小红

　　我是武汉苹果跑团团长，静宁"尖山王"苹果品牌创始人，也是一名五星4S店店长。想起这些看似很大的"名号"，我总会想起我的中学母校、想起那位德高望重的老校长，他的教诲、激励、鞭策使我一路"奔跑"。

　　我出生在中国大西北黄土高坡，甘肃省一个偏远的贫困县——静宁县尖山村，孩童时望着连绵起伏的大山，就萌生出一个美好的愿望：走出大山去看看外面的世界。大山里的孩子，唯有读书这条途径可以实现自己的愿望，小学成绩非常优异我，上了中学，遇见了王校长，他不止一次地告诉我们："一定要好好学习，走出大山，去看看外面的世界。"他的话在我的心里埋下了理想的种子——考大学。在中学的几年里，我们的老校长总是"电光石火"般的行动，放眼望去，他总是一身整洁的行头，警觉地留意着校园里的每个角落；案头一本本厚厚的资料，不停地处理工作中的问题。他是一个校长，是一位有卓越能力的领导！他的管理方式一般不是以命令为主，而是通过沟通、交流、谈判来达成共识。他强调，学校管理就是一场舞蹈，需要的是学生和老师之间的密切交流和理解。在他的课堂上，非常注重交流，让学生有机会表达自己的心声。老校长对我们所有学生的支持和关注，让大家感觉像是生活在一个温暖的大家庭里。我们在李店中学度过的六年时间里，不仅学到了丰富的知识，还收获了珍贵的友谊和宝贵的人生智慧。这里有太多故事，包括伤心、难过、快乐、幸福，这些都是构成生命的重要部分，值得一生咀嚼、受用。此外，母校的老师如同大树，让我们这些调皮的小树苗，在他们的陪伴中成长，让我们对社会有了初步认知。

19岁的那年，我以全县第一的高考成绩考入武汉中国地质大学探矿系，成为我们村第一个大学生，可惜378元的学费又让我的家庭陷入困境，贫苦善良的村民们捐钱为我凑够了学费，从此我走出大山来到大城市，与美丽的江城武汉结缘。告别了我热心肠的家乡父老，告别了严重缺水的黄土高坡，来到长江边的美丽城市，全新的生活环境让我这位农村学子感觉到一切都是那么的好奇与新鲜。大学期间努力学习，因为缺钱不能像其他同学那样可以享受观看2毛钱的露天电影，可以自由消费，所以我只能泡在免费的图书馆看书学习，每天下晚自习后一个人在操场练习跑步，学习和跑步成为我大学生活的主要爱好。从那时起，我就发誓大学要好好读书，等将来分配好的工作，一定要去报答家人和帮助过自己的父老乡亲们。大西北艰难的生长环境造就了西北汉子那种吃苦耐劳，坚忍不拔，与天斗，与地斗，其乐无穷的愚公移山精神。天道酬勤，功夫不负有心人，在大二的时候，我荣获全国大学生物理竞赛一等奖，并获得了98元的奖学金。由于成绩优异，每年的奖学金都拿来抵学费，其余的钱寄回家给爸妈补贴家用。四年的大学生活，时间基本花在刻苦学习和跑步运动这两样爱好上，每当想起家乡的父老乡亲，总想着能为家乡人做点什么。

大学毕业之后分配到甘肃工作，我用工作期间攒下的工资为村里修了四间教室。由于村里太穷，师资匮乏，而孩子们交不起学费，甘肃的工作地质队效益也不太好，我晚上做梦都在想，怎么才能改变家乡的这种现状呢？

干练霸气的老校长，他那份自信、自尊和自爱的形象又一次浮现在我的脑海里，"不管什么时候，要想成为一个真正的领袖，就必须走在行列的前面，以身作则，让别人跟着你走。"一想起老校长的言谈举止，我就信心倍增。

1993 年，工作三年的我瞒着家人从甘肃毅然辞职，带着家乡一批人再次来到江城武汉做工程，开公司从事自己的专业工作，成了一名工程人，这一做就是二十多年，也取得了不错的成绩。

2015 年，家乡人辛辛苦苦种植一年的苹果成熟了，由于山大沟深，地域交通不便，无法与外界获得联系，苹果销售极其困难，一直困扰着村民们。他们想到在大城市工作的我，来电寻求帮助，于是我才开始研究家乡苹果，肩负了家乡苹果的销售重任，命名为"尖山王苹果"，从此走上苹果销售之路。爱跑马拉松的我，也走向马拉松赛道，让运动与苹果结合，让运动与健康结合，让苹果与"跑团"结缘。凭借自己参加国内外马拉松比赛的那种坚忍不拔的精神，把"尖山王苹果"一箱箱搬下山，销售到了北京、武汉、上海和广州等各大城市，为尖山村的苹果打开了销路，并带头捐款、募捐筹集资金为我们村修路，尽力为我们村的父老乡亲排忧解难，年少时的梦想在这一刻终于得以实现。

2016 年，我和一批志趣相投的苹果客户一起创办了"武汉苹果跑团"，以"关注跑友健康、分享果中精品，热心公益事业、助力脱贫攻坚"为宗旨，带动身边更多的人"尖山王吃起来、马拉松跑起来、公益事做起来"。这一做，就是好多年。这种精神和韧劲也感染了身边的很多人，苹果跑团引人注目并迅速成长壮大。在我组织的各项跑团活动的影响和带动下，队员们在全国各类大小马拉松赛事中团结拼搏、锐意进取，健康与运动结合，让苹果与马拉松的结合产生了美妙的"化学反应"，带给了苹果人一个又一个的惊喜，我成了一颗奔跑中前行的苹果，成了跑在行列"前面的领袖"。

2019 年，经过三年的努力，武汉苹果跑团被评为"全国十佳跑团""武昌超马第一名"！武汉苹果跑团也因此成为江城小有名气的一个跑团。为更好地服务跑团成员和身边朋友，也为了给家乡的苹果寻找销路，我充分利用苹果跑团发展壮大的有利时机，开拓市场，扩大销量，让更多的尖山王"飞入寻常百姓家"，努力把"尖山王苹果"打造成为脱贫致富的健康果、平安果、致富果，深受果农的欢迎和客户的喜爱。

2020 年 7 月底,河南突遭水灾,大水无情,人间有爱。我驱车赶回甘肃尖山村老家,派三名苹果跑团的志愿者赶赴水灾现场,发动果农们将装满卡车的救援物资爱心苹果护送抵达河南郑州,支援灾民。河南救灾物资指挥部来电致谢:"感谢静宁果农千里送苹果的大爱。"

这样一路"跑来",我的历练时时都有李店中学师生的精、气、神,时时都有王校长的"谆谆教诲""耳濡目染"的影子,时时都有家乡父老质朴善良、扶危济困的优秀品格。

想起母校李店中学和我们的老校长,回忆是无尽的,这里记录了我们的成长历程和学习经历。无论是初中阶段的欢笑和泪水,还是高中时期的挑战和成就,这些都在脑海里留下了深刻的印记。当年我离开母校走向世界,带走的不只是学习的成果,更是那里的一切人和事,以及它们所蕴含的情感和智慧。

总的来说,母校就是一片沃土,是我们学习和成长的乐园。无论是在校园的日子里,还是在毕业后回顾往事时,母校的记忆都是我们生活中不可或缺的一部分。

作者简介

胡小红,男,1966 年 11 月生于静宁县李店尖山村,1986 年毕业于李店中学高中部,考入中国地质大学探矿工程专业。为尖山品牌创始人、苹果跑团团长、静宁苹果产销协会副会长。

忆母校·思恩师

胡汉东

　　多年来，在梦中常常出现的场景，总是回到高中时的母校。每次醒来，梦境总是那么清晰逼真，如在昨日。

　　屈指算来，别离母校已快 30 个年头了。其间，岁月尘封了太多回忆，冲刷了许多往事，而与我朝夕相伴三年的高中母校啊，却如底片的显影，经过一段时光愈加显得清晰起来；又犹如陈年佳酿，总在不经意间突然散发出阵阵的清香来，是那样的沁人心脾，又是那样的刻骨铭心！

　　出城南 50 公里处，有一个好的去处叫作关堡山（又名凤龙山），其北山脚下便是母校所在。在十年九旱、苦甲天下的家乡，关堡山堪称郁郁葱葱。每逢春季，满山的杏花、桃花和那些知名、不知名的野花，争奇斗艳、各显神韵，成为当地一道亮丽的风景。那时，我常常在山下漫步、读书，累了直接躺在草地上，看蓝天白云、听虫鸣鸟叫，真是件很惬意的事情。山顶的关帝庙当时虽已破落不堪，但关帝的忠义神勇，早已成为那个年代周边乡亲们的一种精神寄托，平时总少不了苹果、梨子、水果糖，甚至白面馒头之类的供品，对今天的孩子来说，这些东西绝无任何新奇和吸引力可言，但对于 20 世纪 80 年代的我们，无疑将之视为人间绝品、美食！每逢课余，总有三五个同学相约一起登山，说是放松、锻炼，其实心里惦记更多的，还是那些诱人的果品和白面馒头。

　　学校北面两河东流，这些曾在《水经注》中都有记载的河流，曾孕育了古成纪的历史文明。遥想当年，雄踞于此的古成纪城，南北关山莽莽，森林葳蕤，东西沃野绵延，良田千顷。南北两条天然河流绕城而过，在城东交汇。古城背山面水，扼守要道，真是一个绝好的风水宝地，难怪这里物华天宝，绵延至今。

尽管这里历经岁月沧桑，几经沉浮，但崇文尚武之风一直流传至今。

1982年夏季，十六岁的我开始走出父母的目光，在这里开始了我高中三年的求学生涯。

我的班主任

高中时，陆陆续续有平凉师范和庆阳师专的毕业生分入母校任教，当时，担任学校主要教学任务，所谓"挑大梁"者，依然以高中学历的教师为主，所以，以后若干年，社会及教育主管部门对母校老师赞誉有加，心悦诚服地一致认为"学历不高水平高"。

高中三年，担任我们班主任的王俊杰老师就属此列。

那时，我们正处在思想趋于活跃、性格臻于形成时期，不可否认，王老师对我们那班学生性格的塑造力和影响力都是非常大的，恐怕连王老师本人都不曾料到。时至今日，我班多数同学依然坦率真诚、疾恶如仇，这种性格，大多源于王老师的潜移默化。

最难忘的是课堂上的王老师。毋庸置疑，每一节课王老师总是极其认真地准备，总是在课前认真查阅、反复演练的。课堂上王老师那自信、豪迈，恣意演算数学题的背影，无疑是一道绝佳的风景。当遇到那些需要我们深入思考的试题或演算步骤的时候，王老师的手臂总会恰到好处地变得停滞不前，他总是侧向学生，眯着眼，搔搔头皮，然后，总会笑眯眯地来一句："看，数学就是这么活！"接着又用略带几分挑战的口吻问："谁会，先上来做做？"

可以说，在今天看起来依然时髦的教师主导、学生主体，自主学习、合作探究，启发式、问题引领式教学，那时候的王老师和他的同事们，已经在教学中积极践行了。可以毫不夸张地说，就在20世纪80年代的数学课堂上，常常不是老师一个人在讲，而是老师带领大家一起在思考、在辩论、在演算。就这样，同学们越来越喜欢王老师，喜欢王老师的教学方式，也喜欢王老师的数学课了，几乎每个人也都喜欢在数学课上跃跃欲试、一展风采。也源于此，王老师在我们心目中的地位越来越高大，还有他的坦率、真诚时刻又在影响着我们，也在感召着我们。

记忆中的王老师从来没有批评过我们，每次见面总是笑眯眯的。高三了，有次他看到我没有太大的学习压力，一段时间，由于暴食居然变得满面红光起来，就告诉我："好好吃饭，美美学习，考不上大学才怪！"时至今日，我还没有弄明白那时的王老师是在表扬我，还是在批评我。那天，他转身看到一位女同学脸色有点苍白，他还是笑眯眯的，貌似随口来了一句："要好好吃饭，加强营养，有啥怕的？"

参加工作后的一个下午，大雨滂沱，王老师突然到单位找我，说是进城办点事情，想来看看我。那夜窗外雨声一直很大，我和王老师挤在一张只有八十厘米宽的木板床上，枕着夜雨，聊到半夜，谈工作，也谈生活。

多年来，我一直在想，在沉沉的雨夜，能够挤在一间陋室，如此推心置腹、了无遮拦，也许只有那个时代的老师和学生了。

怀念，早已汇集成一条长长的河……

我的语文老师

每每想起李谨居老师，总让人心室发涩。

听到李老师去世的消息是我参加工作几年后的一个上午，当时我愣在那里，半晌才缓过神来。按说工作了早该去看看老师，可由于工作压力和当时太多的烦心事，一直未能成行，相信总还会有明天的，谁知有些事本来就没有明天，今天已成永诀！

李老师由于家庭成分不好，高中毕业后的李老师旋即回家放羊牧牛，与他朝夕相伴的只有羊群和孤星，也由于此，李老师结婚很晚。晚来得子，自然视若明珠，每每听到他轻轻唤起儿子乳名，满脸顿时洋溢着幸福与祥和，让旁观者也倍感温暖。

从高一开始，李老师就带我班语文，由于荒废多年，李老师起初授课偶然稍有力不从心，但珍爱事业、不甘人后的他总是紧咬牙关坚持着，拼搏着。当时他所带两个班的学生，绝大多数都是学理科的，可偏偏对语文却情有独钟。总有那么六七个同学坚持周周写作文，一本50页的作业本子，写两三篇就完了，李老师总是一字一句地修改，常常还要写上一二百字的批语。记得我写过一篇关于月亮的作文，李老师修改的文字加上批语，居然比我的原稿字数还多！在今天看来，真有些不敢想象，而李老师却乐此不疲。

李老师胃部一直不适，上课时常常右手攥着粉笔，左手按着胃部，这个动作几乎定格为他的一个形体特征了。那个时期，学辅资料非常匮乏，资料、试题主要靠老师自刻蜡版，自己印制。李老师可是刻板好手，在蜡纸上的一个小方格内工整地刻一个字，不仅字体隽秀飘逸，而且他刻的蜡版画只寥寥数笔就很传神，比如"逐三兔者不得一兔""煤油灯和电灯泡的广告用语"等漫画，今天想起还历历在目。刻板、印刷是件非常枯燥而又辛苦的事情，我们曾多次主动请求接过李老师印刷资料的活计，却总遭到婉拒，理由是我们学习太忙、印刷资料又是件很容易的事儿云云。其实，我知道，他既怕影响我们学习，也怕少年毛糙的我们，会不小心弄破他的蜡纸，影响印刷效果。高中三年，李老师基本是自刻自印，上高三后，印刷量突然增大，于是李老师干脆一次次直接给我们逐人装印成册。高中三年，我积聚李老师的印刷资料足有厚厚的三大本，其中包括许多优美的范文！1989年仲夏，接到高考录取通知书后，我便精心收起李老师的资料，将它深深锁入箱中，像呵护珍宝一样呵护着那些历经岁月、依然散发着浓浓墨香的资料，在那里，曾是我心灵栖息的家园！可惜在我刚参加工作不久，五姐在我毫不知情的时候，一股脑地用我高中时期的所有资料，换来了几个又大又粗的碗碟，其中也包括李老师的心血结晶，今天想来我心依然隐隐作痛。

遇到李老师，真是一件非常幸运的事情，但我们给李老师的打击却总是很多。尽管我们也在努力着、进步着，但李老师对我们的期望分明也是在水涨船高啊！记得每次考试成绩出来后，李老师总是几天不吃不喝，清瘦的脸庞更加清瘦，一米八的个子真有些弱不禁风的感觉。每至此，我们几个要好的同学，总会相约前去开导劝导。

曾经，由于我私下给李老师更正过一个读错的字和一句误译的句子，李老师戏称我为"一字之师"。其实，高中三年，从李老师身上学到的、让我受益匪浅的是一生一世啊！他那种从不怨天尤人、自强不息，那种安守弱者本分，依然挺立、坚守有尊严地活着，是在任何一本教科书上都无法领悟到的。

李老师走得实在很急，听说他在课堂上正激扬文字、歌之舞之蹈之的时候，突然，一头栽倒在讲台上，从此，再也没有站起，第二天，留给世人的已是一抔黄土了！

参加工作以来，窗外喧嚣太杂、诱惑很多，每当我遭遇失意委屈，倍感失落之时，李老师那和蔼、坚毅的神情总会浮现在眼前，且渐行渐近，愈来愈加高大，常常需要仰视才见！此刻的我，总犹如在炎炎夏日，忽遇一片绿荫，倏然间变得心境平和，一份对职业和生命的敬畏油然而生。

忙碌中又是一年，愿在天国的老师健康舒心！

王校长和他的同事们

首先说明，把这个标题放在最后，仅仅是因为前述文字形成于十三年前的一个高考毕业季。

感谢"成纪不老松"公众号和李店中学的老师和校友们，是他们的真情守望和不懈努力，让我们在公众号上，集中拜读了怀念王自勖校长和李中老师们的许多精彩文章，勾起太多温暖而又美好的回忆。

1979年，我上治平初中时，校长就是王自勖，大约是在一年后他调入李店中学。那时的王校长应该刚过不惑之年，但在一个十三岁男孩的眼里，无疑是一位笃厚的长者。

由于胆怯，我那时总是躲着校长走。也没有想到和校长的近距离接触，居然缘于一次无心之错。那是上高二后，我们的宿舍和王校长办公室并排，他的办公室在路北第一间，我们的宿舍在路南第三间。有一次，时任县教育局局长的张国胜来学校检查工作，当晚就宿于王校长办公室。那晚实在太巧，也活该出事：晚自习后回到宿舍，我们几人点上煤油灯，想再看会书，唯独王同学口口声声嚷着要睡觉，嘴贱的我随口喊了一声："把这家伙揍一顿。"也许是由于那时候娱乐活动实在太少，结果几位同学应声而起，从被窝里揪出已然赤条条、如一条海豚般的王同学，一顿巴掌噼噼啪啪地落到了他的肚皮和屁股上，如同雨打芭蕉。同舍的杜同学径直跑到院子中央击掌大呼，喊邻室同学前来助兴。正当我们忘乎所以的时候，有人奋力推门，我们以为是杜同学，就是不开，相持了好长时间，感觉外面静悄悄地，才有种异样的感觉，我们刚一迟疑，猛见王校长闯入宿舍，他大口喘着粗气，不由分说，把我们的被褥通通扔到门外，然后让我们站立一排，一一问了姓名。当晚我们只好在空荡荡的教室里过夜。那可是晚秋的天气啊，早晨起来教室外已然铺有一层浓霜。第二天，我们几个怯生生地到校长办公室去报到，王校长居然一个个喊出我们的名字，让我吃惊不小。事后，王校长让我们以集体的名义，写一份检讨书，张贴在校园内一初中教室的外墙上才算了事。记得当时由我负责撰写文字，擅长书法的杜同学负责抄誉。

后来有一次，我在关堡山下的水渠里独自背书，再次邂逅王校长，在交谈中，我问起他是如何一下子都能记住我们几个名字的，何况是在那个灯光昏暗的夜晚？只见王校长先是习惯性地"嗯"了一声，然后不无自豪地说："考大学我不如你，记人名字，你不如我。"接着就是一串爽朗的笑声，然后，又习惯性地背起手，问起我的父亲还有我的学业……末了又聊起我们不久前的窘事："嗯，上次你的检讨写得好，有初中学生还抄去当范文呢，我说这不好，你的示范作用应该是考上大学。"

哈哈，我第一次受到校长的表扬居然是因为检讨！

参加工作以来，见过太多的校长，总感觉我的王校长是最不像校长的校长。他的儒雅与长者风范、他的言简意赅与春风化雨般的育人特点，让人即使接受批评，也感觉是舒服惬意的。

"你的数学是体育老师教的吗？"常常，在网络上总会有这样的调侃，说真的，对这样标签式且无底线的调侃，我真的找不到任何苟同的理由。只是，此刻，我想惴惴地说一句："我的物理也是体育老师教的。"

刚上高一，我的物理老师是周长内，那年，他刚刚从庆阳师专毕业，和我们一起走进李中，走向高一的。那时，周老师年龄比我们大不了几岁，对待学生非常和蔼可亲，总像兄长般的关心，循循善诱，极具耐心。高中三年，我们和周老师总倍感亲近、如同知己般无话不谈，大概也是年龄接近的缘故。后来，我们便成了同事，他的儿女一个考入北大，一个考入清华。善人善报，信然。

进入高二，由朱春林老师教我们物理。朱老师一身书卷气，谈吐轻声细语，非常儒雅，每每遇见，总是笑眯眯的，极具人格魅力。课堂上的朱老师思路清晰、析毫剖芒、鞭辟入里，一招一式尽显功力。每讲完一个单元，朱老师总会刻印一套饱含油墨的检测卷，待我们独立完做后，老师再一一讲解。由于当时我们还很贫困，很少有学习资料和其他信息源，所以，我们总以为天下老师都是这样的，对老师总是充满信任、崇拜和敬意。直到进入高考考场，面对物理试题，我一下子来了底气，才蓦然发现原来物理审题是有"套路"的，答案居然是可以"组装"的，也才发现我的物理老师原来如此厉害。工作以来，我也特别注重对学生思维的点拨和启迪，主要源于朱老师的教诲。

后来才听说，朱老师是由体育转带物理的。初带物理，为了解决困惑，常常一人翻越大山，在陡峭、泥泞或崎岖的土路上骑行上百里，前往静宁一中找同行虚心请教，酷暑严寒都不例外。后来，又在西北师院进修物理，才成"科班"。我常想，如果今天的老师们能有朱老师那种韧劲和执着，想不优秀都很难。

朱老师后来升任李店中学校长，从县人大常委会副主任位置退休。他的三个子女个个优秀，现定居北京。

说起母校的老师，绕不开的还有高中三年带我们英语的郭勤勤。郭老师当时应该从平凉师范毕业不久，充满朝气和活力。给人的印象特别深刻，一是个头并不高大，但绝对勇猛，其大嗓门极具亲和力和感染力，无论在课堂、球场或棋场上，都是最响亮的存在。二是生活中的郭老师圆圆的脸庞上的笑靥，总如同一朵绽放的玫瑰，让人有如浴春风的温暖。三是他怀中总抱着一本厚厚的《英语大词典》挺进教室，课堂上的郭老师时而激情飞扬，时而一边连连翻阅词典一边继续慷慨激昂。其实，郭老师还有一个特点那就是热心，在大大咧咧的外表下，无论是对同事还是对学生都充满细心和爱心。后来听说，在那个非常艰苦的年月，他用自己微薄的工资频频资助一届届家境困难的学生。多少年后，曾经的学生聚在一起，还念念不忘，感激之情溢于言表。

说起来，我还是郭老师的娘舅家。多年后，我有幸和郭老师也成同事，更加熟稔的我们在一起饮酒时，我喊他"郭老师"，他喊我"堂舅舅"。

那时，我有好几位同学学俄语，教俄语的李兴业老师是那个时期学校少有的本科生，治学非常严谨，当时给学生的卷面分数常常保留小数点后两位数。那时高考上线的同学，不少因俄语而占到更多"便宜"。后来，听说即将退休的李老师负责学校司钟，为了不差分秒，他自备了三只手表用来校时。

其实，在李店中学，这样的老师还有很多，限于篇幅，不能一一列举，真是一件遗憾的事。

记得那时的王校长和母校的老师们，是同事、是战友，更是兄弟，在"李中"这个大家庭里，他们辛勤守望，赓续文脉，谱写出了那个时代的传奇，其影响力至今不衰。今天的人们，说起曾经的李店中学和现在的成纪中学都充满敬意，无不发自内心地竖起大拇指，王校长和他的同事们功不可没。非常感激的是，在那个年代，母校给我们的不仅仅是单调的学习和枯燥的分数，而是快乐、自信地生活和踏实、真诚、认真地做人。那时，我们的校园生活是苦且快乐的，颇有"一箪食，一瓢饮，在陋巷，人不堪其忧，回也不改其乐"的味道。今天的"新教育"，倡导让师生过一种幸福完整的教育生活，我想，在数十年前的母校，已然在生根、开花、结果了。

今天，我们常常萦绕于心的不仅仅有当初老师们的扎实学识，更多的是他们崇高的师德修养、对工作的敬畏与坚守，还有那对学生的浓浓爱心。是师德让我们学会了做人，是敬畏奠定了我们后来的工作态度，是爱心让我们的职业生涯丰盈且快乐。

可以毫不夸张地说，曾经的李店中学是我们走向社会的摇篮，也是我们一生挥之不去的精神家园和灵魂栖所。

非常感谢王校长和他的同事们！

（注：本文前几部分于 2010 年 6 月 7—8 日写于平凉，2023 年 6 月 10 日整理，至今整整 13 个春秋；该文部分刊发于微信公众号"成纪不老松"，最后部分写于 2023 年 12 月）

作者简介

胡汉东，男，1985 年毕业于李店中学，考入西北师范大学，1989 年至今在静宁一中任教。为静宁县第六届、第七届政协常委，平凉市第一届、第二届政协委员。现为甘肃省骨干教师、中学地理特级教师，正高级职称；首届"平凉名师"，平凉市优秀社科工作者，平凉市领军人才（第一层级），甘肃省优秀教师，甘肃省"园丁奖"获得者。

我的母校，我的校长

王来治

2023 年 4 月 28 日晚八点多，刚给高三学生讲完了今天下午的考试卷，拖着疲惫的双腿准备回家，电话响了，"甘肃平凉"，老家的电话号码！赶紧接通……

一通寒暄，原来是老同学打来的……

一下子清醒过来，我曾经就读的母校——李店中学（现改名为成纪中学，但我还是很习惯地叫它的旧名字），我的校长——王自勖，我的脑海中马上浮现出了他那慈祥的、善良的形象：

棉衣棉裤外面套着藏蓝色的外套，帽子也是藏蓝色的，很少戴得端端正正，总是有一点点偏，一双手工做的黑色的条绒棉鞋是他冬季的标配，校园里看到他时，总是两手背后、筒在一起（家乡话：左手伸进右袖筒中、同时右手伸进左袖筒中，给手保暖），走起路来不紧不慢。夏天，经常是一身灰色外套，头发有点花白，慈祥的脸上有点皱纹。背着双手、微微偏着身子在校园里转悠。

当晚躺在床上，曾经的青葱岁月，一幕一幕地闪现在眼前：

片段一

……

下午的第二节课是自习课，两个初一的小男孩，每人手里拿着一本书，背靠着水泥板做的乒乓台的旁边，装模作样在读书，水泥板的球台上中间有两块砖头支了条树枝，应该是球网。突然吱的一声，下课的电铃响了，两个小男孩掀起后背的衣服，抽出腰上别的乒乓球拍，乒乒乓乓开始打球了，球拍都是用手锯锯成的木板，一个锯得比较圆，一个还有点扁，下课的铃声还在响，王校长一晃一晃地走过来了：

"我的天，王来治！王雄师，你俩比电还跑得快，下课铃还没响完就开始了，咋把念书没有跑得这么快？"

然后用手轻揪我的耳朵，再揪王雄师的耳朵，又是一通教育。虽然揪得不疼，但老校长说的话，经过了四十多年我还记得清清楚楚，这大概是1982年夏天的事。教育的结果是：王雄师现在成了甘肃省水利设计院的专家，博士学位。我是一名勤劳的中学教师，也获得过陕西教育厅颁发的"德育先进个人"。

片段二

……

也是下午活动课，一群初中的小孩子围着水泥板做的乒乓球台打球，好像其中有人说了句显摆的话，招来了老校长（他平时经常在校园里转悠），也是用手轻轻地揪着一小男孩的耳朵说：

"薛庆有儿（名字叫薛庆有，家乡话经常带儿化音），咱俩现在是尿盆上的垢痂，老盆釉、臊盆釉、臭盆釉（朋友）……"又是一通教育。这段话尽管没有教育我，但我还是记得那么清晰！

还有一天下午自习课，集合全校的学生（高初中合在一起好像只有十三个班，每个年级两个班，高三有一个复读班，每个班的学生大约是五六十人，复读班的学生最多，大约有过七十人），站在校园连廊（学校当时都是平房，从校园的教学区通向后面的教师、学生宿舍区有一通道）两侧。老校长介绍一英俊青年：这是咱们学校毕业、第一个到美国留学的学生——樊建，请他给大家介绍他的求学经历。

多年以后，大概在 2022 年，我和薛林隆（初中时名叫薛庆有，曾在美国哈佛大学任教）在打国际长途时，聊到这个话题，他说也是在那一年，樊建的讲话，给他埋下了去美国留学的种子。也是老校长告诉他，世界不仅仅是李店中学、不仅仅是甘肃省、不仅仅中国，世界很大……足可见，老校长对他的影响之大。

当我做了老师，这些年一直在思考，教育到底是什么？我说的话，会不会影响学生的一生？会不会让他也铭记四十多年？

片段三

也是在下午的自习课，全校学生都集合在教学区的连廊两侧，老校长介绍，主讲人是高中化学老师王俊奎，他给我们讲的书法而不是化学。

"……竖的写法有垂露、有悬针，比如，单立人的一竖，一般是垂露，垂露的用笔要收锋，先顿一下，再将笔锋收起，就像斜挂了一颗露珠。悬针的写法……"

这些教育活动，尽管经过了四十多年，我仍然记忆犹新。后来我们长庆二中的校长孙建国有过这样的评价："静宁人有一大特点，字写得都非常好，王来治除外。"毕业于李店中学的王海雄，书法界比较有名，现供职于西北师范大学，是否也有李店中学崇尚书法的影响呢？

片段四

李店乡赶集的一天，王校长一般会站在校门口，等待赶集经过校门口的学生家长，我偶然听到过他和学生家长的对话：

"……孩子上高三了，给多带点白面，杂粮就留给家人吃……"

我们那个年代的住校生，学校没有学生食堂，住校生要自己用煤油炉子做饭，所以每周末要从家里带面粉、洋芋。尽管学校不大，但住校生也过百了，大多数学生家长校长都认识。这样的校长现在很少了。

片段五

还是在下午的自习课，全校学生都集合在教学区的连廊两侧，露天的校园院子，老校长介绍，今天的主讲是贾映星老师，他给我们主讲社会热点——国际政治。说到贾老师的讲座，我现在只记得："……美苏两个超级大国……""……SS20导弹……"其他的都想不起来了。但有一件事，不在讲座，而是在我们班的政治课堂上，好多同学听课不认真，他突然提高嗓门说："你们都想一想，你们爹妈这会儿在干什么？"窗外，夏天的红太阳炙烤着大地，爹妈这会儿都在红太阳炙烤的田间劳作，一瞬间，全班同学都内疚得低下了头，深感对不起爹妈。

也正是曾经的老校长，领着几十名任劳任怨的老师，在那个贫瘠的乡村中学，也培养出了一些大人物，也有一大批和我一样的普通劳动者。

片段六

运动会，大家可能都想象不到一个乡村中学的运动会怎样召开？奖品是什么？在我的记忆里，当时的奖品有三分钱一支的铅笔，还有五分钱一个的香橡皮，特别香，我特别喜欢，但我就是没有赢到香橡皮。印象最深的还是当时的高三学生与教师队的最后一场篮球决赛。当时的高三学生是1985高中毕业的，85级的高三毕业生，在李店中学的校史上应该是神一样的一届学生，体育好，学习好。打篮球和教师队有一拼，记得最后一场篮球决赛，还没有结束，但上自习的铃声响了，围观的学生不愿离开，围观的王校长也不撵学生上自习，一起看完比赛，在兴奋中回到教室，教室里的我们还是兴奋得久久不能平静（那个年代的自习课是没有老师值班的。真不能想象，现在的自习课如果没有老师盯着学生，不知道会发生什么状况）。再看我们现在的教育，学生有多少集体荣誉感？有多少兴趣？而且现在，每当学校举办运动会期间，没有比赛项目的同学，家长也会给自家孩子编造各种理由请假回家。

片段七

中华人民共和国成立 70 周年大庆时，群众游行的最后一辆彩车是中国女排，曾经有学生和我谈到这个话题，我说你查一查中国女排所获得的成就，你就能理解为什么专门有女排彩车而没有男足彩车。在我的记忆里，这个片段和电影《我和我的祖国》里，上海弄堂里看女排比赛的实况转播一样，我们全中学只有一台小电视机，本来放在教师食堂里，老师们正在看女排比赛的电视转播，开始学生在食堂门口围观，学生太多，老师们便将电视搬出来，放在院子里，一会儿学生更多，于是在桌子上再放个凳子，将电视机放得更高，大家才能看清楚。记得当时应该是学生的自习课时间，中国女排对阵巴西女排，但老师们却没有驱离围观的学生，而是让想看的学生一直看完比赛。这种学生不上自习，和老师一起围观体育比赛的事，现在的中学，应该不会发生，如果真有，可能还会遭遇家长的举报。所以，每当和我的学生谈起中国女排的历史，我都会兴奋、激动，因为中国女排真的代表了一个时代、一段中国奋斗的时代、一段中国人民扬眉吐气的时代。这种自豪也许就和当年我和同学们的那一场排球围观有关。我也一直在思考，什么样的爱国主义教育才是有效，才是学生想听的、有思考的？

这些片段串在一起，就是我记忆中的老校长王自勖，他没有刻在石头上的教育理念和教育方法，也没有满校园的大红幅宣传标语，却在那个年代，那样穷困、贫瘠的环境中，对李店的教育作出了巨大的贡献。

作者简介

王来治，1982—1988 年就读于李店中学，1989—1993 年就读于陕西师范大学生物系。1993 年至今在长庆二中任教。

母校杂忆

薛林隆

　　数日之前，和一位初中同学通了近半小时的电话，她初中毕业后以优异的成绩考入平凉师范，毕业后一直在我的中学母校任教至今。很遗憾自初中毕业后，我和她不曾有机会谋面。她在组织母校任教和就读的师生们写一些文章，叙说我们曾经筚路蓝缕的岁月和这些岁月里的人和事，她希望我也能写一篇。

　　放下电话，我的思绪一下就被拉回到了故乡和母校。黑峻的关堡山和山脚下的母校，渐渐地在我的脑海变得生动起来。自1988年高中毕业后，我先后辗转多地求学和工作，鲜有机会回母校。午夜梦回，母校的师生和往事不时萦绕在我的脑海中。母校是我成长的地方，也是塑造我的地方，写写母校的师生以彰显母校的精神是我义不容辞的责任。然而，真让我写起来还是有点踌躇，一则文笔生涩，恐词不达意，毕竟我很久未曾写中文文章了。二则思绪一旦打开，发现我想写的人和事太多了，取舍两难。近日我看到了其他校友写的一些文章，从生活的点滴回忆往日的中学生活，其中的人和事，生动感人、非常精彩。我想我也应当尽己所能写写我的母校，斟酌再三，我决定写写对我影响最深远的二三人和事，权作狗尾续貂，以表达我对母校的感激之情。

　　清华大学的梅贻琦老校长曾言："所谓大学者，非谓有大楼之谓也，有大师之谓也。"我想他的这句名言同样也适用于中学。中学是大部分学生全面学习基础知识、开始塑造人生观和世界观的重要阶段，作为"引路人"的老师的作用显得尤为突出，他们不仅教授知识，更重要的是传授做人的道理、帮助学生设立目标并激励为之而努力。我很庆幸我的母校就有这样一个老师团体，在中学阶段不断地引导和激励我，使我得以在日后走上科研的道路。这个团体中尤以王自勖老师、王修业老师和周长内老师对我的影响最为深远。

王自勖老校长

我的中学母校李店中学（现更名为成纪中学）是一所普通的农村中学，坐落在甘肃省静宁县南部的李店乡。上中学时，我的老师中有代课老师，也有大中专毕业生，但绝大部分不是大学本科毕业。这样一些老师，虽然在讲台上他们兢兢业业、努力钻研、悉心育人，但回家后他们耕耘田垄，跟当地的农民并无很大的区别。正是这样一些老师和山区农村的孩子们一起努力创造了静宁教育史上的奇迹，数十年间向国家输送了数以千计的大中专学生，有多位老师因而获得了县、地区、省，甚至国家级的褒奖，其中的灵魂人物，我想非王自勖校长莫属。

考入李店中学之前，我就多次听闻王自勖校长的大名。因为他长期担任校长，我们习惯称他王校长。王校长是静宁及平凉教育界举足轻重的人物，曾组织和创建了静宁的数所学校，在他的领导下李店中学连续数年在高考中取得优异成绩，成为静宁乃至甘肃省农村中学教育的一面旗帜。和他的盛名相反，王校长看上去是一个很普通的人，他身形瘦小、言语清晰沉稳。在我六年的中学阶段，王老师一直担任校长，初中时他曾给我教过政治。坦率地讲我对他的课印象并不深刻，但有两件事对我产生了深远的影响，一是他对"三好学生"的独特诠释；二是他和我的一次谈话。

王校长对"三好学生"的理解不限于德、智、体全面发展。他基于农村学生的实际情况提出所谓"三好学生"是指在家里做个好孩子，在学校做个好学生和在社会做个好青年。王老师曾多次在全校师生大会上诠释他对"三好学生"的独特定义。当我在陕西师范大学读书时，他给我的信里曾特别期望我做一个在家、学校和社会的"三好学生"。人到中年，我体会到王校长的"三好学生"不但包含了"德、智、体"的全面发展，而且包含了中国传统文化中的"孝悌"和"修身齐家平天下"的逐次渐进的教育理念。教育的根本在于育人，王校长是这一理念的忠诚实践者，他不唯分数，而是根据学生的不同情况，循循善诱，鼓励学生在不同的方面发展。

王老师和我的重要谈话发生在高二时。在此之前，虽然他教过我一门政治课，但我们之间的真正互动并不多。我在中学阶段比较调皮，数次被他逮住批评。很多次在全校大会上聆听他的讲话，总的感觉是有水平，言简意赅，非常接地气。但一想起他的校长身份，我对他是"敬而远之"。后文将要提及，我的学习在初三时曾大幅波动。所幸到高二时，我的学习成绩有了大的进步，重回年级前十名的行列，同时我担任我班的班长和课代表，所以自己觉得有一点飘飘然，我想那时王校长也注意到了：有一天，他把我叫到他的办公室，首先表扬和肯定了我最近的进步，然后说："眼光要放长远。在李店这个小地方，你现在算是一个不错的学生，但放到全静宁就很普通了。"然后他提到了我们的杰出校友雷旭、柴社立等，希望我能以这些校友为榜样。他接着说以他对我的了解，我有潜力走得更远，不要满足于考上大学而已。他的这番话影响了我此后十几年的求学经历。后来，我从李店去了西安、北京、上海等大城市以及国外，和很多优秀于我数倍的才俊做过同学，受教于多位教授、院士，有幸接触过数位诺贝尔奖获得者，从而使我能一步步踏上所热爱的科研生涯。现在回头看，这条路始于关堡山下的那所农村中学，始于王校长对一个"井底之蛙"的醍醐灌顶。几十年里，我有我人生的"高光"时刻，也有很多低潮。无论"高光"或低潮，我总会想起王校长的话，提醒自己"胜不骄、败不馁"。人们常说你的心有多大，你的世界就有多大。用现在时髦的话说，一个人的"格局"决定了他的成就和高度。王校长帮我和其他很多的学生设立了人生的"格局"，使我们能在不同的工作岗位上走得更高和更远。王校长是一位名副其实的教育家，他扎根农村，培养了一代代的农村学生，我们和我们的后代将受益久远。

王修业老师

王修业老师是我高一的班主任，那时正是我中学生活的低谷。从小学到初二，我一直是班里和年级的尖子生。但一到初三，我的学习出现了大幅下滑，直接原因是我进入了青春叛逆期。那时我父亲在外地工作，而母亲的话又对我失去了权威性。于是乎，我每天花大量的时间打篮球和玩扑克，作业总是在睡觉时才想起，甚至有时根本想不起。起初我并没有担心，心想考试时凭自己的小聪明突击一下应当足够了。但是这样的情况持续了大约两三个月后，我渐渐地发现跟不上课堂进度了，老师讲的很多内容都听不懂。测验考试中，我的成绩掉到了中等以下。到中考时，我的成绩差强人意，勉强达到高中的录取分数线，那时，中考录取名单要在乡政府的外墙张榜公示。时至今日我仍然清晰地记得我怀着忐忑不安的心从榜首看到榜尾，当在临近榜尾终于看到自己的名字时，我已是汗流浃背。

由于成绩不佳，我很自然地被分到了普通班。高一学期伊始，王修业老师担任我的班主任，教授政治。平心而论，我对政治课并没有多少兴趣，所以在课堂上经常开小差。有一次，我正在课上看小说时被王老师发现了，他没收了我的小说，淡淡地叫我放学后到他的办公室去拿。原以为这会是一场暴风雨般的训斥苛责，却没想到是一番和风细雨。那天，王老师非常平静，他甚至都没有批评我，他只是反复说"可惜了、可惜了"，显然他对我相当了解，他梳理了我的初中经历，分析了现在的挫折和迷茫。他说他认为我是一个好苗子，应当从低迷中尽快走出来，他认为我会有远大的前途。那一瞬间，我觉得心里有一朵小火苗"腾"地烧了起来，并且越烧越旺，我想改变自己。自此以后，我对每天的学习计划都做了详细地安排并尽力实施。每当懈怠时，我就想起王老师的激励。长话短说，短时间内我的学习成绩进步了很多，第二学期时王老师又任命我为班长，我想这是对我极大的信任和鞭策。经过三年的刻苦学习，我个人又重回年级尖子生的行列并在高考中取得了比较好的成绩，更重要的是我们班的高考成绩也超过了重点班，作为班长，我一直为此而骄傲。

毕业以后，我考入了陕西师范大学化学系学习。此后的十余年里，我先后完成了理学学士、硕士和博士阶段的学习，然后赴美国学习和工作。回想半生，我一直在学术研究的圈子里，有机会指导一些从本科到博士后的学生。我深深地体会到，一个老师最重要的不是课教得多好，而是如何激发学生的内在潜能。王修业就是那个点燃我内心火种的人，是他给了我前进的信心。写此文时，听说王修业老师已作古数年，但他对我的影响将贯穿我的整个人生。谢谢您，王修业老师！

周长内老师

周长内老师是我的高中物理老师。确切地讲，我认为周长内是我的"师长"——老师加兄长。对前文叙及的王自勖老师和王修业老师，除了"敬"之外，我还有"畏"，如同我的父辈一样。但周长内老师则更像我的兄长。在求学成长的路上，我称两位老师为我的"师长"（老师加兄长）。一位是陕西师范大学的房喻院士（前校长），另一位就是周长内老师。

高二开学前听说周长内老师将担任我班的班主任并教我们物理。说心里话，我稍微有点失望。一般来讲，学校会给高二和高三年级尽可能地安排有经验的老师，但当时周长内当老师的时间并不长，他的名气也没有几年后那么大。新学期一开始，由于当班长的缘故，我有机会经常和周老师接触，我很快就和他熟了起来。那时的他刚从大学毕业不久，意气风发。和他接触不久，我就发现他对学生似乎有一种特殊的亲和力，学生们和他可以无拘无束的谈话和讨论，可以是和物理相关的，也可以是不相关的，所以他很快就和我们打成了一片。周老师的教学尤其引人入胜，在课堂上他循循善诱、不拘小节，他总是从小而简单的问题入手，逐渐拓展到大而复杂的问题，这样的方式，方便不同学习水平的学生由浅及深地学习物理。他尤其喜欢学生们的刁钻问题，我们常常讨论得面红耳赤。记得我经常在放学后到他的宿舍兼办公室去请教问题，我们分析物体在斜面上的受力，我们分析电磁场中的受力，或兼而有之。周老师时而高声大笑、时而皱眉深思，讨论到热烈时，师生一起眉飞色舞、手舞足蹈。他的口头禅是：薛庆有，你怎么看？

那时，我的理想非常简单直白。我想考上大学，毕业后要么进工厂要么到学校工作，但我从未想过专业，没有想过什么是我喜欢的。俗话说爱屋及乌，在周老师的影响下，我渐渐地爱上了物理，尤其是力学。我因此花了很多的时间学习物理，渐渐地觉得能钻研深入了，到后来我在考试时基本能做到一看题目就知道该题的考点，这是我第一次体会到了科学的美妙，为此我曾立志当一名物理学家，在填写高考志愿时，我首选的就是核物理专业，可惜阴差阳错，我最后被分到了化学专业。多年以后，我从化学、生物化学领域渐渐涉足生物物理的研究，生物和物理的结合算是满足了我对物理学的一点执念。

在我读研究生期间，我曾回母校短暂拜访过周老师。他一家仍然蜗居在那间办公室兼宿舍的房间。看着他幼小的孩子在地上玩耍，我们沉浸在师生重逢的喜悦中，一起回忆了我们师生间的往事。听着周老师爽朗的笑声，我在心里暗暗地问：周老师，你知道吗？是你把一个山里娃引上了科研的道路！

写完此文时，正是故乡的早晨五六点。恍惚中回到冬日凌晨中的母校，繁星尚在，而一排排架子房下的教室里已是灯火点点。这点点灯火像涓涓细流，从关堡山下蔓延开来，逶迤到静宁、到兰州、一直到祖国的角角落落。

谨以此短文献给我的中学母校——李店中学！

作者简介

薛林隆，曾用名薛庆有。1988 年毕业于李店中学，先后求学于陕西师范大学、中国科学院和复旦大学，获得理学博士学位。1999 年旅美，先后于加州大学和哈佛大学做博士后和研究学者。现就职于国际大型药企，从事药物研发方面的科研和科研管理工作。

凤龙山的脊梁

郭守才

小时候经常听奶奶说古道今：滚了戏箱的盘龙山，别折马腿的关堡山……

1985 年秋季，无意间考入李店中学时，看到学校紧傍着的那座壁立小山，才知道关堡山原来就在这里。看那后山崩塌，前山犹如一道眉梢的山势，不禁哑然：虽说陡峭，但稍嫌低矮，其貌不扬。

我就在这山下的农村学校，度过了三年的高中求学生涯。"采菊东篱下，悠然见南山。"确实，坐在教室里，随便一抬头，这座小山即映入眼帘，满山的桃树杏树，不时有放牧的羊儿，恍惚间似天际的白云飘进画里。在这里，你可以春看繁花，秋赏红叶，雨观岚雾，晴览烟霞，但时不时给人某种心理暗示，让人有一种压迫感。

1988 年高中毕业时，凭着勤奋努力，我取得了李店中学高考文科第一名的好成绩。于是，整个暑假，在家劳动间隙，我都沉浸于对大学生活的向往和梦幻当中，满怀着喜悦和期待。然而，每次看到别的同学收到的大学录取通知书，却总盼不到我的，我的心在往下沉。眼看着秋季开学了，连中专生（当年能考取中考也属不易，毕业包分配工作）的通知书也陆续到了，我准本科线的成绩却迟迟不见通知书到来。

那天趁着赶集，我又来到了母校。

刚和一位同学走进学校大门，在通往校园深处的小石头砌成的中道上，碰见了正陪着亲戚（或许是家长）往校门外走的王自勖校长。经过一个漫长的假期，对于一个已经毕业了的高三学生来说，再见到这位熟悉而又可敬的老人，感觉分外亲切！依然是一身朴素的衣着，满头华发，面色红润，精神矍铄；依然是满面微笑神态和蔼而又不乏严肃。我带着一种惶恐和激动上前打招呼，问有没有我的录取通知书。王校长看着我和同学说："噢，来了个郭守才和×××的庆阳师专的录取通知书！"

噢，看来他老人家并不认识我！确切地说，是他忘记了我！这在以记性好善认人出名的王校长身上是绝无仅有的第一次！须知，王校长的认人是出了名的，凡是在李店中学读过书的学生都知道，只要和这位严厉的老校长有过交集，就别想被他忘记，他会像喊自家的孩子一样，在校园随处碰见就会喊出你的名字！我一半是欣喜一半是失望，三年前发生的一幕如放电影一般浮现在了我的眼前。

刚上高一不久的一个晚自习课上，别的同学在学习，或者是在小声讨论问题，无聊好动的我却在教室里和一同学追逐打闹。被我追到走道尽头的那位同学转身后突然僵住了，一脸惊恐地望着我身后。我这才转回身，顿时也僵住了，浑身的血液仿佛停止了流动。我看到的是一张目光犀利透着威严的脸，虽然一副白口罩遮住了大半个脸，看不到任何表情，但那一双如炬的严厉的目光足以让人崩溃。虽然个头不高，戴着一顶深蓝帽子，穿着一身深蓝衣服，干净整洁，背着手，斜着肩，一动不动地矗立在那儿，就如近旁的关堡山，让人感到一股无形的压力。虽然他只是一动不动、一言不发地站着，但传递给我的却是一种无言的震慑，让我们屏息静气不敢动弹……

随后，我们便被"请"到了校长办公室。我有幸第一次"光临"了校长的"寒舍"——说"寒舍"一点也不过分。办公室位于中道东边一排宿舍的第一间，和其他教师的办公室没有什么两样：还是普通的"人"字梁土坯房，只是多了一个套间，外面办公，里面睡人。还是普通的旧桌椅，旧窗帘，只是洗得干净，在日光灯下泛着白光。还是略显凹凸并不平整的地面，只是洒过水，扫得非常干净。房子里分外宁静，屋顶上挂着的日光灯把房子照得分外亮堂，桌子上的小台灯发出嗡嗡的电流声，我在静默中等待一场暴风骤雨。王校长坐到办公桌前，从上衣口袋里拿出钢笔，翻开一个牛皮纸本子，以一种低沉略带沙哑的语调问起我们来：家在哪里，从哪个学校来的，家里几口人，都在干什么，姊妹几个，几个哥哥姐姐弟弟妹妹……绝口不提我们犯错的事。末了，他和蔼地告诉我们：你们上学的机会十分难得，和你们一起的初中同学，能考上高中的有几个？上了高中，就有了考大学的机会，一定要十分珍惜！

考大学？我现在有机会考大学了？在此之前，我虽然读书升学一路顺风，从小学一年级开始读书就从没留过级，一直到考上了高中，但我从来没想过考大学！因为在那个年代，周围村庄考取大学的很少，并且我以为考大学是很遥远的事情，不知道什么层次的人才能考大学，现在，我竟然也能考大学！我似乎才知道读书要干什么，才意识到大学与我如此之近！三年，三年后我就能考大学了，虽然明知道自己啥也不知道，但我突然产生了跃跃欲试的冲动，甚至有点急不可待了！

从王校长那儿回来，我想，完了，都说这老头子认人厉害，这下好了，如此近距离地接触了一次，虽然他并没有批评我，但从此以后，高中三年就别想逃过他老人家的手心了。我会像别的那些他熟悉的学生一样，在校园里随处会被他叫出名字，数说一番"罪过"。

也许，正是因为这一点，我高中三年再也没敢违纪，生怕被他抓住翻出旧账来，甚至连走路也远远地躲着他。更重要的是，我突然明白了上学的终极目标，燃起了考大学的强烈欲望。也正因为有了考大学的目标，我学习非常自觉。哪怕是在学了文科后，因历史地理老师短缺、文科生只能靠自学的情况下，我仍然能够自律，这也成了影响我大半生的学习和生活的习惯。果园后的水渠边，操场西边半山腰的小树林里，水塔旁边的菜地边上，甚至紧傍校园外的关堡山脚下、山坡上，还有前面的田埂畔，下面不远处的小河滩，都成了我们学习的场所。现在回想起来，那段学习的经历是多么自由，多么充实，多么令人神往！时过三十多年，我时常会在梦中梦到这种场景，依然十分清晰，十分亲切。

"秩秩斯干，悠悠南山。"生活在李店中学，这种诗意真的随时会有，因为"南山"就近在眼前。学校依山傍水，缘山而建，因而，关堡山成了学校的一部分。前面有小河环绕，后面有小山依偎，《诗经·斯干》中所描绘的，正是这种境界。据说，关堡山原名凤龙山，原来十分巍峨高峻，后来山脊部分坍塌，掩埋了附近的部分村落，只有靠近学校的这一截，仍保持着些许威势。山顶筑堡，祀东岳大神，关堡山因此得名。山虽不高，却十分陡峭。远看没有什么气势，近看却森然壁立，不由人仰视，给人一种无形的压力。它见证了李店中学历届学子勤奋逐梦的经历，更见证了李店中学在王自勖校长的辛勤付出下创造的历史辉煌。许多和我一样的农家子弟从这里走向外面的世界，走进了清华（前几年的李喜梅），走进了哈佛（我的同班同学薛林隆），走进了剑桥（比我低一级的王吉政），走进了国务院（曾在国务院司法司的孔昌生、林业部的樊喜来），走进了科研院所（核物理研究所的王引书），走上了祖国需要的各条战线……

在我略感沮丧地拿着通知书第二次踏进那间熟悉而又陌生的办公室去拜望王校长时，他高兴地鼓励并安慰了我，并且希望我争取转入历史系，毕业后回母校，填补李店中学没有高中历史老师的缺憾。可惜年轻气傲的我，虽被师范类院校录取，却期望着更高的梦想。然而，等到转来转去最后被分配到另一所初中任教时，在我的班主任周长内老师和带语文的李谨居老师的极力举荐下，他又到县教育局打招呼，将我招至他的麾下，让我得以近距离接受他的耳濡目染，向我曾经的老师和同行身上汲取更多的营养。

如今，我也已立足教坛三十多年，追随着老校长的足迹，继承着老师们的事业，在为家乡的教育事业尽自己的微薄之力。我虽不及我的班主任周长内老师那么激情昂扬、成绩斐然，也不及我的语文老师李谨居那么严谨朴实、鞠躬尽瘁，但我继承了李店中学大部分教师质朴无华、默默奉献的敬业精神，尤其是王自勖老校长的严格自律、认真执着、始终如一的精神一直感染着我。近年来，当我在教学之余致力于书法艺术并快速取得进步的时候，熟悉的朋友不无敬佩地说，从李店中学走出来的人，都有一种特别的精神和气质。我只能说，这是来自那座大山的沉稳和执着，那里有凤龙山永不倒塌顽强挺立的脊梁！

那是成纪故里凤龙山的脊梁！

作者简介

郭守才，男，号坪上藝夫，又号钟墨轩主人。中学高级教师，甘肃省书法家协会会员，平凉市书法家协会篆书委员会委员。1988年毕业于原李店中学，现任教于静宁县第二中学。

老校长和他的同事们

杨党继

　　一个人在成长过程中，除了父母的养育之恩终生难忘，在最重要的求学阶段，足以改变你的人生轨迹，在你的心田播下坚强、进取、不屈的种子，从他们那里学会如何做人做事，从懵懂无知到有一定的逻辑思维能力，对你的人格完善和精神品质的形成有重大影响的人，其实不多。前几天初中同学李桃花打来电话，说我们的王自勖老校长年近古稀，身体每况愈下，问我能否写写我与他的故事。我的高中同学薛林隆从大洋彼岸的美国，发来了他写的王自勖、王修业、周长内三位老师的二三事，勾起了我对20世纪80年代在李店中学校园生活，以及生活工作在那个时代、那片土地上的老师深切怀念。不管工作有多忙，我都应该老老实实地写一段文字，不是为他们歌功颂德，树碑立传，而是那段生活、那些人身上的可贵品质，镌刻在我的灵魂中，影响我的一生。通过写他们，和他们的生命建立起了联系，汲取继续进取的力量，完成灵魂的救赎，也以此表达对广爷川那片土地上的教育精英们的深深的敬意。

　　作为一个穷山沟里长大的孩子，在初中阶段身体瘦弱，性格敏感内向，却酷爱读书，得到家人的特别关爱。我作为李店中学众多学子中的一员，老校长记得我，认识我。他有一项超出常人的特殊功能，就是一般人不具备的超人记忆力，李店中学这个"教育王国"的每一个子民，他都能叫上名字，当然我也不例外。我在初中学习阶段算不上好学生，有点小聪明，那个阶段农村大多数学生犯的错误我都犯过：上课不注意听讲，偷看琼瑶的言情小说和金庸、梁羽生的武侠小说，上晚自习时间和同学打闹，不认真做寒暑假作业，记得我从来没有彻底地做完任何一本寒暑假作业。我在老校长心目中不是一个好学生，记得有一回在上晚自习时间和同学玩耍跑出教室，迎面遇见了正在巡查的老校长，当时我吓得魂不附体，想着不免要挨一顿训斥，可能看着这个孩子"吃饱挨不住一饿巴掌"可怜样子，我忘了他当时说的话，老校长站在我面前，背着双手，以他那独特的"恨铁不成钢"的犀利眼神盯了我几眼就转身走了，他的威严与慈爱不可思议地同时出现在他身上，我以"死里逃生"喜滋滋的心情回到了教室，从那以后我就收敛了自己的行为，不再有上课或上晚自习不守纪律的冒失行为，对学业多了几分专注，勉勉强强地考上了李店中学的高中部。我想如果没有和老校长那次近距离接触，感受到他身上散发出的凛然正气和强大的人格力量，我能否考上高中还是一个未知数。

王修业老师是我高一的班主任，他对我的评价是"一张白纸"，一语道出了我的单纯、幼稚和老实，他从来没有重话说过我，我是在他如父亲般的呵护下升入高二的。周长内老师在高二担任我的班主任兼物理老师，正是他，让我这个物理学得极差的学生，在高中毕业时物理成绩居然跃升为全班第一，超过了学霸薛林隆同学。周老师的物理课讲授思路清晰，举一反三，声情并茂，抑扬顿挫，在疑难处经常停顿下来，启发同学思考得出结论，回答正确后，露出一对虎牙的笑容，对每一位同学都是极大的奖赏。所有同学都喜欢上他的物理课，特别是他对练习题的精选，让你在做题的过程中触类旁通，心领神会，在第二天的物理课上，他会让同学展示，对做对题的同学表扬鼓励。我每天盼着上物理课，学物理的兴趣大增，体验到学好物理的乐趣，多么难的题都难不倒我，如果没有周老师，我现在的生活是什么样子，难以想象。

回想起来老校长和他的同事对教育的热爱，对那片土地上的乡亲的感情是深沉而真挚的。贫穷，是那个时代最鲜明的特征，唯一让更多的农家娃考上学，跳出农门，是李店中学的校长老师造福桑梓的最大的德行。他们吃在学校，住在学校，以校为家，在异常简陋的办学条件下，以"教师苦教、学生苦学、家长苦供"响彻陇原大地的"三苦"精神，把成千上万的儿女送进了大学校园，完成了教育脱贫的壮举。老校长和他的同事们学历不高，教学水平也是参差不齐，大多数老师的课堂教学效果不是很理想，可为什么却能让那么多的学生，以非凡的毅力完成学业，并创造了升学率在全县乃至全地区独占鳌头的骄人业绩，其实就是一种精神的力量在起作用，这种朴素的对故乡的热爱，是源泉，是根本。当然对贫穷生活的恐惧是每个学生发奋苦读最原始的动力，在普遍贫穷的大地上，为什么偏偏在这块土地上，在教育方面能够创造出让人惊叹的奇迹？成为竞相学习的榜样，与老校长为代表的那个时代、那片土地上的教育精英们强大的人格力量和顽强坚忍的意志品质、无私奉献的牺牲精神有着极大关系。每一代人都有每一代人长征路，对于新时代的教育人，做好教育工作，应当传承当时宝贵的特别能吃苦的精神，从他们身上汲取奋进的力量，走好属于我们的长征路。

2023 年 6 月 11 日

作者简介

杨党继，1988 年毕业于静宁县李店中学，1992 年西北师范大学毕业，获学士学位。先后在平凉三中、平凉师范、平凉市教育局、平凉市实验小学、平凉市第四中学工作，现任平凉市第四中学校长。

人生最美有贵人

杨建荣

　　人生最大的运气不是捡到钱，而是某天你遇到了一个人，他打破了你原来的思维，提高了你的认知，继而提升了你的境界，带你走向更高的境界，这就是你的贵人。

——莫言

一

　　1983年的农历八月初，依旧是一派丰收的景象：马家河两岸的山坡上，一层层梯田，除了准备种冬麦的地块在静静地养膘，其余的地里不是赭黄色的玉米和谷子，就是金黄色的糜子和彩霞般粉红的甜荞，偶尔还有火红的高粱；陡而高的田埂上绽放着黄、蓝、紫各色野菊花，忙碌的蜜蜂嘤嘤嗡嗡来回穿梭。改革的浪潮极大地激发了人们空前的热情，他们都在精心侍弄自己的那份责任田，伛偻的脊背上布满尘土，但黝黑的脸庞上却洋溢着丰收的喜悦。村里有许多人出外打工，他们家地里的粮食长得格外茂盛，因为有较多的化肥。

　　再有一年就可以中考的我，看着自己的好伙伴辍学去打工，逢年过节，崭新的衣服，锃亮的皮鞋，时髦的发型，带把的香烟……所有的一切，都强烈地吸引着我，也深深地刺激着我。我不止一次想象着自己外出打工挣钱，然后干自己想干的事，那种风光情形要远胜于如今的惨淡光景。书没有读好，地却越吊越贫瘠，爷爷奶奶的所有力量，早些年全部贡献给了生产队，现在面对自己的几亩边角料土地，心有余而力不足，再加上没有化肥，收成自然一年不如一年。"干脆也出外打工挣钱。"这个念头在我的脑海里不止一次闪现，再加上我对读书的兴趣几乎荡然无存了，终于在6月的一个星期天的上午脱口而出了。一起在地里给谷子壅土的爷爷奶奶猛地停下锄头，浑浊的眼睛里散发出惊讶的光。短暂的沉默后，他们继续低头挥动起锄头。直到午饭时分，奶奶怯怯地说："还是去念书吧。你还小，外出我们操心得很。"她用决绝的眼神望望低头吃饭的爷爷，爷爷没有吭声。奶奶接着说："在学校再长一年吧。"二老不为别的，他们就是觉得我还没有长大，外出挣钱会累垮身子，不如再读一年书，万一考不上高中再说。于是，我不得不向他们妥协。然而，那个学期我并没有读完，就借故回家一直在地里干活，二位老人虽然嘴上不说，但我知道他们心里非常着急。最后，拖到快要期末考试了，爷爷奶奶看我还是没有去学校的迹象，就托我宝丞大哥劝我，我斩钉截铁地说："等下学期开学，我就去李店中学，如果要我就读，如果不要，我就去挣钱。"爷爷奶奶知道，硬逼是没用的，也只好不再提。

　　终于到了开学的日子，二老又去央求宝丞大哥帮我想办法。宝丞大哥说等学校一切正常了再去问，这样一晃又过去了一个多月。头天晚上，终于等到大哥的消息，让我明天自己去学校找王自勖校长磨，没有其他办法。第二天，奶奶早早就叫醒了我，可是我心里没一点底，这样冒昧前去，能有结果吗？但无论如何，说好的事总得去试试。在家磨蹭到快9点的我，怀里散乱地抱着书本，出现在了通往李店中学的路上。秋日的暖阳照得我浑身燥热，看着道路两旁山坡上别人家茂盛的庄稼，想象人家的丰收气象，再想想自己家地里的惨相，心中升起一股莫名的悲凉：这种没有结局的书要读到哪一天啊？

　　在宝丞大哥的指引下，我来到了李店中学校长办公室门口，说是办公室，其实是卧室兼办公的地方，只不过校长多了一间套房而已。当时门是开着的，我礼貌性地喊了声："报告。"听见里面传来"嗯"的一声回应，我蹭了进去。窗户边的办公桌上，伏着一位中年男人，深蓝色的布帽下露出了斑白的鬓角和半边红润的脸颊，帽檐下的鼻梁上架着两副眼镜。手里握着一支蘸笔在仔细批阅作业，墨水染红了他的手指。从那些手绘的不很规则的地图上我看出是地理作业。我站在桌边不知所措，他头也不抬地问："啥事？"我嗫嚅着说："我要来你们学校读书。"他猛地一愣，边抬头边摘下最上面的一副眼镜，用诧异的眼神上下打量着我，见我手里散乱地抱着几本书，一副狼狈模样，忍俊不禁地问道："你是哪个学校的？"我说："深沟中学的。""那你为什么不去读了？""我……我不想去那里读了。""为什么？"他等了一会儿，见我不开口，便说："你读几年级了？"我说："初三了。"他接着说："那好，你回去好好读，明年中考考到我们学校来吧。"我态度坚定地说："我现在就要来你们学校读初三。"他也坚定地说："不行。教室坐不下了。"说完，他一边摆手示意我出去，一边继续批阅起作业。我装作没有看见，就一动不动站在他的桌边。他批完所有作业站起来，身材不高，一身灰色的中山装显得有点宽大，一双黑色条绒布鞋，后跟已经破损。我无论如何也不能把他跟校长等同起来。他看了看我，说道："赶紧回去读书去，不要在这里耗。"我依旧坚定地说："我要来你们学校读。""嘿！你还跟我杠上了？"说着，他拿起门后的笤帚开始扫地，我挪了挪位置，一声不吭站到他扫过的地方。他扫完地坐下来问我："你家长呢？""我就是。"他又是一愣，张大嘴看着我。我说："我爷爷年纪大了，走不动，来不了。"他迟疑片刻，温和地说："不是我不收你，教室实在没地方坐了。再说了，读书关键在自己啊。你现在回去好好读，明年考到我们学校不就行了？"我摇了摇头，没再吭声。过了一会儿，上课铃响了，他抱起那摞刚批完的作业，边出门边说："我要去上课，没工夫跟你瞎磨，你赶紧回去，不要再耽搁了。"看着他走向教室的背影，我的心沉到脚跟了。早上出门时跟爷爷奶奶讲好了，能行就读书，不行就去打工。现在看来是要去打工了。

中午放学时分，王校长回到了办公室，看见我还站在地上，他从卧室拿出碗筷准备去食堂，对我说："要不跟我去吃饭，完了就赶紧回去读书吧。"我又摇了摇头。他也摇了摇头，向食堂走去。我很失望，也很失落。缓缓走出校长办公室，出了学校大门。

下午上课铃声响起的时候，我又站在王校长的门口了。他走出办公室，对我的出现一点也不惊讶，平静地说："你倒很准时嘛。"我无语地看着他，他又说："既然不回去，就进来吧，别一直晒着。"我慢慢进了他的办公室，他静静地坐在办公桌前开始了自己的工作。其间，出出进进好几拨老师，不是来汇报就是来请示，他们无一例外都用审视的目光一遍遍打量我，我强装镇静地站着一动不动。放学的时间到了，我没有得到自己想要的结果，悻悻地出了校门，踏着落日的余晖，回到了寂静而破败的家。爷爷奶奶从我的脸上看出了结果，他们小心翼翼地各自做着自己的事。晚饭时分，爷爷打破了寂静："明天再去试试，哪有一下子就能办成的事？"我默默地嚼着奶奶烙的谷面干饼，干涩得难以下咽。看着二老那忧伤的眼神，我的鼻子一阵阵发酸。胡乱吃了几口，就回到自己的小房间。

昏暗的煤油灯的火苗在窗台上一闪一闪跳个不停，我的影子被长长地投在墙上也跟着一跳一跳。爷爷奶奶的灯早已熄了，但我知道他们并没有睡着。

我躺在炕上，望着房顶细而且歪的椽，数了一遍又一遍，还是理不出自己的思路来。回想起自己在深沟中学的几年里，也曾经辉煌过，在全校师生面前，从校长手里接过"三好学生"的奖状和厚厚的《现代汉语词典》时，我看见同学们的眼睛里充满着羡慕和嫉妒。回到家时，爷爷奶奶满脸的皱纹里溢着由衷的喜悦。

改革开放让中国的农村渐渐活了起来，人们吃饱肚皮后就开始寻找精神寄托。随着文化领域的开放，传统古装戏成了农村人娱乐的主要项目，秦腔古装戏在西北农村如火如荼地流行开来。深沟乡与时俱进，举办了一次全乡秦腔会演，我有幸成为秦腔《双背鞭》中的王琪这个角色的候选人。

经过几轮的筛选，我最终脱颖而出。演出那天，深沟舞台前面挤满了观众。上场前，在幕后和着板胡一声高亢嘹亮的尖板"我父子出营来天昏地暗"，应着锣鼓的节拍，我盛装出场了，一个潇洒的扬鞭勒马的亮相招式，让台下观众欢呼雷动，他们一下子潮水一般涌向舞台口，台下顿时扬起一阵阵尘土。我浑身的血液在沸腾，接下来的一招一式，都是那么完美。我忘记了自己是如何下场的。尽管是寒冷的冬天，但卸妆时，我浑身的衣服被汗水浸透了。学校的老师由衷地夸赞我，天生一个唱戏的坯子，我的兴趣洪水一般一下子吞没了理智，我强烈地迷上了秦腔戏。一想起那天在舞台上的情形，就令我疯狂。于是深沟和李店两个乡镇，哪里有戏哪里就有我，甚至连较远的新景乡都不会放过。先是说谎请假，后来干脆逃课。没戏的日子，我在学校的主要事情就是借戏本来抄，抄完就背。很快老师们发现了我的变化，他们轮番找我谈话，我都是秋风过耳。我想那些唱戏的人不需要多少学问，照样活得精彩，为什么我就不行？干脆去学唱戏，唱红了也照样能挣钱。走火入魔的我，"三好学生"的光环彻底褪去了。老师的耐心也渐渐被我的无所谓消耗殆尽了，随之而来就是批评和放弃。爷爷奶奶也很快察觉到了我的变化，找来我最信任的亲戚樊家大庄我樊家哥来洗脑："你爱唱戏，听说唱得还不错，可那不是出息人的行当。你是不知道，戏子以后不能进祖坟的，因为他们没有大小。再说了，戏上的纱帽是假纱帽，你要好好念书，将来戴顶真纱帽啊。"他的一套说辞，我虽然没有反驳，但觉得太好笑了，自然也是没能扭转我想学戏的念头。有一天晚上，我混进了李店舞台的后门，直接去问静宁剧团团长杨满良，跟着他们学唱戏，得多少钱学费，他说一年要一千，我顿时蔫了，哪里能弄那么多钱？既然没有学费，就去工程队挣。为了实现这个愿望，我三天两头跟爷爷奶奶闹情绪不上学，只要地里有重活，我就索性直接下地，先学会扛住太阳再说。几个月下来，力气没有增长多少，手上的茧子倒结了厚厚一层，就有点心灰意冷的感觉了。爷爷奶奶也看出点苗头来，就又试探着动员我继续去读书。可是深沟中学的大门我不好意思再进了，就跟他们说我要去李店中学读书。

爷爷奶奶一听有了口气，很是兴奋，接着就陷入了沉默，他们哪有能力把我送进李店中学？经过反复考虑后，奶奶提议去找我宝丞大哥帮忙，毕竟他在李店中学读书也有好几年了，总起码认得校长在什么地方，于是爷爷就在星期天的下午找了宝丞大哥……

"本儿，起来吃点，今儿再去学校看看吧。说不定能成的。"我睁开眼睛，原来天已经大亮。奶奶端过一碗白开水，里面两个又圆又白的荷包蛋，她颤颤巍巍地放在窗台边的桌子上，轻轻地出了房门。她花白的头发被汗水散乱地贴在布满皱纹的额头和脸颊上。看着她迈着小脚摇摇晃晃进了厨房，我端起那碗温热的白水鸡蛋，含着泪咽了下去，悄悄出了家门。隐约觉得身后有两双眼睛在注视着我，但我没有回头，一直下山来到河边的大路口，趁转弯的一瞬望了一眼家门口那段矮墙，果然墙头上露着两颗脑袋。

校园的节奏永远是那么不紧不慢，我在第一节课时，准时地站到了王校长门口。王校长对我的出现没有任何反应，只是拿出笤帚开始打扫。我连忙上前接过他手中的笤帚，仔细而且尽可能慢地清扫了他的办公室和门前的院子。然后轻轻走进他的办公室，将笤帚立在了门后，静静站在他的桌边等候他的反应。一个上午，王校长从办公室出出进进走了好多个来回，就是当我不存在一样一言不发。中午吃饭时，我依旧出了学校大门，在一排高大的白杨树下坐了下来，看着脚下水渠里的杂草，听着同学们说说笑笑出了校门，他们是回家吃饭，而我不知何去何从。深秋的中午，太阳的威力依旧猛烈，不一会儿，我浑身就开始闷热起来。于是起身顺着马路漫无目的地来到了河边，河的对岸是一畦畦整齐的鱼池，碧绿的池水在中午的阳光下闪着粼粼金光，微风送来阵阵清凉。我跨过河中的溪流，来到鱼池边上。迎面走来一个三十多岁的瘦高男人，他审视地看了看我，问道："你是？"我笑了笑说："没啥事，就是来玩玩，看看鱼。"他点点头疑惑地说："看你也不像买鱼的，倒是像中学里的学生。"说着，他顺手抓起池边新割的青草，撒向鱼池的水面。不一会儿，一群灰色的鱼攒了过来，打着水泡抢草吃。我好奇地问："鱼也是吃草的？"他说："是啊。草鱼就是吃草的。以前还从中学拉大粪喂它们呢，结果得了肠炎，最近不敢喂了。"我瞪大了眼睛看着他，以前从来没有听说用大粪喂鱼，而且鱼也会得肠炎。他看我吃惊的样子，笑呵呵地说："娃娃，好好读书。你不知道的事还多着呢。"我的情绪马上低沉了下来，他看出我的不高兴，问我："你咋啦？"我低声说："还没找到读书的学校呢。"他接着问："你不是李店中学的学生吗？"我摇了摇头。他说："那你在这里逛啥呢？"我说："我想去李店中学读书，可是王校长他不要我。"他说："王校长那个人，是个好人。不过他很讲原则，该咋就咋，从来不搞歪门邪道。听说有一次，小户有个人为了把儿子转进李店中学，专门给王校长买了两瓶酒一条烟，结果让王校长从门里扔了出去……"我说："我也没东西送他，他就是不要我。"他说："不过，王校长是个软心肠人，你要多磨。"我说："我今天都是第二天了哎。"他说："为了读书两天算什么？两周也值，你好好再磨磨，说不定明天就收你了。"我笑了笑说："但愿吧。"陌生的鱼池管理员的话给我增添了勇气和信心。但我没有再去学校，而是在鱼池边呆坐了一下午。夕阳给东边的山坡镀上金色时，我缓缓回家去了。

第三天早上，我早早起来，挑起水桶把家里的两口蓄水缸倒满，然后又向李店中学的方向走去。五公里路，不到一小时，我又准时站在了王校长的门口。课间操时，一位三十多岁的黑黑瘦瘦的男老师进了校长办公室，一进门就发牢骚："王校长，你能不能给我安几个成绩好点的？这种学生你让我咋完成你给我的任务？"王校长无奈地摊摊手说："我的张老师，现在就是这种料了，接下来就全看你的本领了。你们啊，都一样，基础稍好点的又争又抢，基础稍弱的谁都不想被拖累，你让我怎么办？"又朝我努努嘴说："这儿还有一个，守三天了。"我赶紧接过话茬："校长，我是'三好学生'哩。"他转过身看了我一会儿，说："是吗？那好，你明天把你的奖状拿来我看。"我一听马上来了精神，边出办公室边说："我现在就回去拿。"

爷爷奶奶见我早早兴冲冲地回来了，试探似的问我："答应了？"我点了点头，直奔自己的房间，从墙上揭下那张贴了快一年的奖状，从桌框里找出那本厚厚的《现代汉语词典》。我再次来到学校时，正是午休时间，校园里比较安静。我悄悄来到校长门口，静静地等候着。下午上课铃声响了，王校长第一个打开了办公室，一眼看见站在台阶下的我，用手指了指办公室："这么急切？"我不好意思地笑了笑，顺手递过那本厚厚的《现代汉语词典》，他边接边说："我让你去拿奖状，你给我一本词典干什么？"我说："那就是奖品。"他翻开词典的扉页，上面有学校奖励的名字和红红的印章，奖状也夹在一起。他笑了笑说："哟，深沟中学这奖品够丰厚的嘛。"他突然抬起头看着我说："既然是'三好学生'，那为什么不去读了？"我没有回答，也根本不知道如何回答。他停了停又说："我先收下你，不过要约法三章：不惹是生非，不虚假敷衍，不骄傲自满。记住没有？"我连忙说："记下了。"他在窗口朝隔壁办公室喊："统治，在吗？"门开了，上午那个发过牢骚的老师进来了。王校长说："你不是要好学生吗？这个给你，他可是深沟中学的'三好学生'哦。"张老师半信半疑地看了看我，又看了看校长。校长说："要不要？不要我就安给别人。"张老师说："要，要，要。"又转过头对我说："你过来登个记。"我如释重负，从校长窗台上抱过放了几天的书，在张统治老师那里登记了自己的姓名。张老师领我来到教室，那是一排厚重的土木结构的"人"字梁大房子。走进教室一看，里面光线有点暗，教室里挤满了课桌，只有侧着身子才能从前排走到后面去。张老师指着最后面门边的一张桌子说："你就坐那儿吧，如果看不见黑板，就想办法配眼镜。"我哪还能挑三拣四？

在外游荡了好几个月的我，终于再次坐进了教室。

二

其实，我真正的噩梦是高中几年的生活。爷爷奶奶年老体衰，庄稼收成惨淡，家境每况愈下。爷爷奶奶为每学期开学的学费，都要提前准备好久。秋季好说，我可以利用暑假去打工，于是从初三开始，麦客是我每年暑假的真实身份。可是春季开学，只有到处去告借。每年冬季快要来临的时候，我是班里第一个穿上棉袄的，春末夏初，我又是班里最后一个脱下棉袄的，因为我没有过渡的夹衣，除了单衣就是棉袄。而且那棉袄是奶奶手工缝制的，拆洗过多次，重叠的补丁、劣质的布料、老土的样式都成了班上同学们指点的话题。于是每天的课间操，我几乎都是躲在最后面的角落里。

高一的第一学期，期中考试结束不久，学校评定助学金，王校长破例给我批了特等：8块钱。我回家告诉爷爷奶奶，奶奶又拿出她掐麦秆积攒的5块钱，让我去商店给自己买一件绒衣。那深红色的绒衣，是我梦寐已久的奢侈品，竟然以这种方式穿在了我的身上。那耀眼的颜色和特殊的香味，让我兴奋和陶醉。那件绒衣温暖了我高中阶段的所有冬天，直到我去读大专时，才给了爷爷。

既然上了高中，以前遥远的大学就不得不纳入我考虑的范畴。语文老师薛效科有一次把他的学生我们的学长孔昌生请到学校，给我们做学习语文的经验交流，他当时在我眼里成了神一样的存在。我打听到他在西北政法大学读法学。于是我的又一个目标诞生了——西北政法大学，但必须是文科生才能报考的，我就开始放弃了物理化学等学科，一门心思朝文科发展。然而学校当时文科老师不齐，所以在高二时，我跟韩景峰、李宝仓谎称外出看病，偷偷骑自行车跑到威戎中学，申请转学，威戎中学的程校长客客气气地打发了我们几个。下午放学时，我们回到了李店中学，王校长早在校门口等我们了："杨建荣，你们谈成了吗？"我们惊讶地看着他不知说什么。他接着说："你以为程校长是我？"我惭愧地低下了头。"我给你的约法三章还记得吗？请假看病，看到威戎中学去了？谎话连天，就不诚实。有事就如实反映，我们商量解决嘛。"我羞愧难当，只低着头不说话。他说："跑了一天了，去吃饭吧。读书关键在自己，只要你们认真，我会想办法帮你们的。"我们三个遇赦一般跑了。几天后，王校长拿着一沓刻印的历史资料找我："把这些资料发给你们文科生，这是我联系威中程校长带过来的，以后每周都有，你们要认真去做。"我接过那些飘着油墨香味的资料，缓缓走向教室。

文科生本来就不多，我们就插在理科班里。理科生上理化生时，我们就离开教室自由复习政史地三科。夏天在教室外面游荡是一件比较惬意的事，但冬天就不那么美好了，所以我们就躲进住校生的被窝里，经常睡过头，耽误了下一节课。一个寒冷的早上，第二节课是物理，我们照例来到宿舍，宿舍地面上结了一层薄冰，又湿又滑，但马上要期末考试了，就不敢放心地钻进被窝，只好在地上边跺脚边读书。宿舍里被住校生养得肥硕的老鼠们被我们搅扰得到处乱窜，我们几个一下来了兴致，追赶着几只老鼠跑出宿舍，在学校院子里围追堵截。一只大老鼠慌乱中跳上我的脚面，吓得我大叫着用力踢出去，那只老鼠腾空而起，跌落在宿舍前面一座教室的后窗台上。惊恐万状的老鼠一翻身滚进了教室，教室里立即爆发出一阵尖叫声和桌凳相撞的声音。王进军、李宝仓他们几个一溜烟不见了，我还没跑出几步，身后传来安毓荣老师的一声断喝："杨建荣，你站住！"我只好停下来，装作莫名其妙地问："安老师，啥事？"安老师正在上数学课，结果让逃进教室的老鼠给搅了，他怒不可遏地说："我治不了你，走，找王校长说去。"王校长用手指指门前的院子，我自觉地站好等候他的发落。然而他并没有批评我，直接转身进了办公室。

天开始飘起了雪花，我不敢乱动，静静地站在雪地里。下课铃声响后，薛效科老师走了过来，问我："你又咋啦？你不为别的，只给你爷爷奶奶争口气，不行吗？"我无地自容，他的一句话尖锐地戳痛了我心中的伤疤。这时，王校长说："进来吧。"我缓缓走进那间我非常熟悉的办公室，站在原来站过几天的地方。"今天又犯哪条了？"他看着我问。我没有回答，他说："以后理科生上课时，你就拿着书和作业来我办公室。我看你能上天不。"我出了一身汗，不敢回声。他最后说："去上课，记着我刚才说的话。"我出了他的办公室跑回教室，王进军他们几个幸灾乐祸地朝我坏笑，我狠狠地瞪了他们一眼。

第二天的历史课时间，我悄悄来到王校长办公室，他的门虚掩着，我轻轻蹩了进去，顿时一阵温暖传遍全身，炉子的炭火通红通红。我提心吊胆拖过他办公桌边的凳子，开始做他前几天发给我们的模拟卷。快下课时，他从外面进来了，摘下口罩，看了看火炉，又看了看我的作业，嘱咐我说："历史作业虽然没有老师批阅，但有答案，你们一定要自己好好研究，争取不留问题。"我一一答应了他，踏着下课铃声离开了他的办公室。回到教室的瞬间，那几个不怀好意的家伙围了上来："校长给你开小灶了？"我有点害羞，又有点得意。

三

1990年的夏天，炎热而漫长。已经在家等候分配结果将近两个月的我，有点沉不住气了。万一进不了李店中学，边上班边照顾老人的计划就要落空，我将又一次面临艰难的抉择。所以，在一个闷热的中午，我来到李店街道，准备搭班车进城去看看结果。"建荣，你干啥去？"身后传来郭勤勤老师的声音。我回头一看，他在自家小卖铺的窗口招呼我，我走了过去，站在窗口说："我准备去教育局。""去干什么？""看看我的分配结果。""你有熟人？""我能有什么熟人？""那你去也不白去了？"我看着他无话可说了。他说："你进来我给你说。"我进了郭老师的小卖铺，郭老师指了指地上的两个大西瓜对我说："我这有自行车，你拿上这两个瓜，赶紧去王校长家，他这几天可能要进城，就让他把你要回李店中学不就得了？"我既惊喜又担心地说："王校长会要我吗？""废话，咋能不要呢？你是他知根知底的亲学生哎。"说罢他找来一条蛇皮袋把西瓜装起来，说："就这会，你赶紧去吧。"我骑上郭老师的自行车直接奔向王校长的家。顶着火辣辣的太阳，走了五六公里陡峭的山路，下午两点左右，我汗流浃背地来到王校长家门口。他戴着一顶破旧的草帽，在门前的场里翻搅晾晒新碾的小麦。场后面的崖壁上，有一排蜂巢，正午的阳光下，成群的蜜蜂嘤嘤嗡嗡飞出飞进忙个不停。他看见我，先是一愣，接着放下手里的推耙，在腰间边擦手边迎过来说："建荣啊，这么热的天，你怎么来了？赶紧进屋。"说着用力推开了紧闭的大门，一只大公鸡受到惊吓，从门洞里呱呱大叫着向后院飞奔而去，翅膀扇起了一阵尘土。王校长用手扇了扇，领我进了上房。随手端过桌子上的青灰色瓦罐，给我倒了一碗凉开水："来，先喝点凉凉。"然后招呼我坐在地上支起的一页门板上，他看着我问："找我啥事？"我笑着说："想您老人家，来看看您啊。"他嘿嘿一笑，说："你屁股一撅，我就知道你想拉什么屎，还跟我贫嘴？"我认真地说："我想让您再把我收了。"他呵呵一笑说："这回可不由我说了算哦。"我说："您说总比我自己找管用一千倍吧。"他说："我刚好准备这两天去教育局，我找找局长，这点面子我想他还是会给的。"我一颗悬着的心踏实了。过了一会儿，王校长给我泡了一大碗糜面馍馍，又加了几勺蜂蜜，说："大中午的，没吃饭吧？先吃点馍馍。"我才觉得真有点饿了。三下两下一大碗糜面馍馍就下肚了。王校长笑呵呵地看着我吃完了，说："你先在这休息一下，我出去搅搅麦子。"我赶紧站起身来，说："我去帮您吧。"我拿过门后一张木锨，跟着他来到场里。我们俩在太阳下一遍遍翻搅着饱满而烫热的麦子。他询问了我家中老人的情况，我如实作了回答。下午，我辞别了王校长，直接回家了。爷爷奶奶一听王校长亲自上县城去帮我看分配，准能成功，他俩高兴得什么似的。

新学期开学了，我早早去李店中学报了到。第二天就听说把我们新来的几个年轻人抽调到乡政府，编入突击队，协助脱产干部下乡搞计划生育工作。王校长把我叫到一边叮嘱说："遇事要冷静，确保安全。"好在一个月时间很快就结束了。开学了，学校要给我们安排课程任务。为了轻松，本来学汉语言文学的我，却选择去教初中历史。不料王校长找到我："听说你申请去教初中历史？"我还没有来得及回答，他一脸严肃地告诉我："我费好大劲把你要过来，是要你挑担子的，不是让你混日子的。既然你学的中文，就不能荒废专业。郭三省老师上高中了，他初三两个班的课加一个班主任都由你来接。就这么定了，好好准备去吧。"

四

1992年的秋季学期，刚带完初一的我，准备跟着上初二。就在这个时候，郭三省老师调到县教育局去了，他带的高中两个班刚好升到高三，语文课又悬空了。学校的几位老教师都忧心忡忡，怕高三的担子又落到他们的肩上，而且有人已经开始动员我主动出马。我想根本不可能，高三牵涉着学校的声誉，校长怎么可能让我这个初一年级的语文老师去冒险？然而一个礼拜后的一天下午，王校长突然找到我，作了一个出人意料的大胆决定：由刚上完初一语文的我直接上高三。他说："建荣，现在该到你出马的时候了。"我连忙摇头说："我上不了啊，王校长。"他郑重地对我说："你看，学校那几位老教师，身体都已经垮了，这个时候你不上，让我找谁去？"我着急地说："王校长，不是我不想上，而是我没有能力上。高三不是初三，弄不好我就搞砸了。"王校长坚定地说："我相信你。你别怕，出了问题归我，有了成绩归你。"我当时很紧张，没有经过一轮完整的磨炼，直接从初一一下子升到高三。自己做梦也不会想到就这么稀里糊涂站在高三的讲台上，太夸张了。然而事实已经不容我多想，只能硬着头皮上了。

接到任务的那个周末，我没有回家，在学校认真做着准备，就连第一堂课如何进教室，如何开口讲第一句话，我都预演了好几遍。星期一第一节课，我来到了高三教室门口，站了几秒钟，深呼吸几次之后鼓起勇气跨上了讲台，然后大声宣布："上课！"随着班长一声"起立"，"刷"地一下，讲台下面黑压压站了一大片学生。平时看惯了初一那一小撮学生的我，被眼前的阵势吓一跳。我强作镇定地扫了全班同学一眼说："请坐。"这时，我的两腿不由自主地开始微微发抖，背在一阵阵冒汗。当我再次抬头扫视全班同学时，在最后一排学生中间发现了王校长，他依然架着两副眼镜，注视着讲台上的我，目光里饱含着希望和鼓励，我顿时觉得一股暖流穿过全身，马上镇定下来，按照事先准备好的程序和内容，有条不紊地上完了第一堂课。在走出高三教室的那一刻，我的肚皮突然袭来一阵阵酸痛。

从那天开始，我就不敢有丝毫的倦怠，每天晚上十一点之前不能熄灯休息，必须把高中三年的语文课程全部过一遍，而且要把近几年的高考真题一遍遍研究，直到把第二天的课预演几遍后才能放心。况且，王校长会时不时突然出现在我的课堂上，一有问题，他马上找我进行指正，对我的优点他大加肯定。他对我说得最多的一句话是："大胆干，我不会看错人的。"爷爷听说我开始教马上要考大学的学生了，时常叮嘱我："操心些，别对不起王校长了。"那段时间，我觉得我不属于我自己，而是属于王校长和那两个班的学生的。

1993年高考结束后，忐忑的我一直担心没法给王校长交差。9月的一天，王校长开完全县教育工作会议回到了李店中学，第一件事就是把我叫到他的办公室，背着双手兴奋地说："建荣啊，干得不错，这次高考得了全县第一名。我说我不会看错人的嘛。等过几天，你就跟我一起去县上开表彰大会吧。"这种结局虽然在我的梦中不止一次地出现过，但当它真的来临时，我反而觉得好像在做梦。我怔怔地站在校长办公室不知所措，王校长说："去准备吧，还愣着干什么？"

很快，学校里所有的老师都知道了这一消息，大多数人为我而高兴，自然有少数人觉得我是沾郭三省老师的光了。我心中也开始犯嘀咕，毕竟我是接了郭老师的顺茬，唯恐搞砸了，没想到竟然得了第一。果然几天后，就有消息传来，说这次的成绩是给我加了 5 分之后在全县评比的，不然咋可能考第一。听到这一消息后，我就去问王校长，他看着我怀疑的眼神说："是加了 5 分啊，不然怎么能跟一中比呢？他们的学生比我们的要好多了，一个标准评比公平吗？不要想太多了，这已经相当不错了，你的第一名我是认可的。"他看我有点不高兴，接着说："别胡思乱想，咱好好干，争取下次来个货真价实的第一名，咋样？"我听出他又在鞭策我。

教师节就要到了，王校长将要带着我去县政府召开全县教育系统表彰大会，无论如何，这对于我来说也算是一件非常令人高兴的大事。我回家将这一喜讯告诉爷爷奶奶，二老高兴得不知该说什么，过了一会儿，爷爷缓缓说道："记着，咱们家能有今天，都是王校长提携的结果，他是你的贵人，你一定不能辜负他。"爷爷虽然不识多少字，但他用自己的人生经历总结出来的道理令我折服，我狠狠地点了点头。

教师节那天，全县优秀教师表彰大会在静宁宾馆大礼堂隆重召开，县长在我的胸前佩上大红花，又给我挂上红色绶带，县委书记双手递过了红底烫金的荣誉证书，我高高举起鲜红的证书和他们合影，看见王校长坐在台下满面笑容，用力地鼓掌。

散会后，来到宾馆大餐厅，十个人的大圆桌上铺着雪白的桌布，摆满了丰盛的午餐：有整条的鱼，整个的鸡，大大的猪肘，还有大片的牛肉和色泽光鲜的应季蔬菜。总之，有很多是我以前没有见过的美食。王校长招呼我坐在他身边，关心地说："好好吃，这些都是你很少吃过的吧？"我边吃边点头承认着。不一会儿，县长和书记分别一一为我们敬酒，接着教育局段局长也来给我们敬酒，他指着我问王校长："老同学，这就是你死乞白赖抢走的那个娃娃？"王校长得意地说："是啊。你看我调教得怎么样？"段局长点了点头笑着说："好你个王校长，就会捡便宜占！"

散会后的第二天，我回家把我的大红花和荣誉证书拿给爷爷奶奶看，他们俩将手在衣襟上擦了擦，用手背不停地揉眼睛，爷爷接过证书翻开看了看说："是你的名字，我认得。"看着他俩的高兴劲，我突然热泪盈眶。爷爷擦了擦眼睛说："你给王校长争气了，也给我们争气了。"奶奶笑着说："你去县上开会了，你爷爷呀把咱家那个多年没响的广播捣腾了又捣腾，还是没有听到你讲话。"我又好气又好笑地说："爷，现在谁还用无线广播听县上的事？"

回到学校的第一件事，王校长将我叫到办公室："建荣，这次不管是真是假，第一名的奖咱领回来了，但多多少少还有别人的功劳。我希望在我退休之前，还能领你去参加一次真正属于你的表彰大会。"我听出他老人家的心声，这是老一辈对下一代最真诚的勉励和最殷切的期望。我说："我一定会拿到的。"他说："好。牢记我曾经给你的约法三章，努力去做。

但不要拖得太久，我不会一直当你的校长。"我明白他的意思，郑重地说："我保证不会让您失望。"果然，时隔不久，王校长从校长的位置上退下来，改任学校党支部书记，李店中学的校名也改为成纪中学了。

五

1995 年，随着高考脚步声的临近，我的第二届高三学生将要走进考场了，我越来越紧张，把自己的教案对着考纲研究了再研究，把学生习题设计了再设计，两个班几乎每个学生的作文都进行面批面改。所有的空堂课和自习时间，我一直奔波在教室和办公室之间，就怕漏掉任何一个学生。王校长曾经叮嘱我，千万不能漏掉任何一个，丢掉差生，就是否定自己。8 月底，有关高考成绩的消息不断传来，有人说成纪中学考得很好，也有人说只是个别科目好，究竟是哪一科好，不得而知。我的心每天都在嗓子眼悬着。等到秋季开学了，我到校的第一件事就是去校办找王克礼打探消息，他说具体不清楚，不过有好几科考得不错。越是这种不确定的消息越搅得我坐卧不宁。一个多礼拜的时间，我觉得好像过了几个世纪。终于在 9 月初的一次例会上，副校长王多利宣布了高考成绩评比情况，当我听到自己的语文成绩又一次获得第一名时，心中绷着的那根弦一下子松了，随之而来的是一阵莫名的失落，因为已经好久没有王校长的消息了。

表彰大会依旧隆重，招待宴席依旧丰盛，但我的心情怎么也激动不起来，以至于摄影师在拍照时说我："笑笑嘛，得奖的表情跟挨训一样。"结果贴在光荣榜里的照片，我的笑比哭还难看。

期中过后的一个中午，天下着零星小雪，我从街道回学校的路上，突然看见一个熟悉的身影，王校长！笨重的棉衣棉鞋，蹒跚的脚步，本来不高的身材，显得更加臃肿而矮小。我赶紧迎上去打招呼，他立即停住脚步，高兴地说："建荣，听说你今年又得奖了？我就说我不会看错人嘛。"看着他由衷高兴的样子，我心里有点难过，勉强笑着说："是您老人家栽培得好。"他连忙说："不能这么说，你本身就具备优秀的潜质。以后记着我的约法三章，好好努力。你才刚刚开了个头。"说着已经到了学校门口，我邀请他去家里坐坐，他边摆手拒绝边朝家的方向去了。我站在学校门口的通道上，看着他渐渐远去的背影，双眼含满了泪水。

自古英雄多孤独。在教书育人这个行业中的人何止千千万万，但真正达到他的高度的人寥寥无几。国家级优秀教师，享受政府特殊津贴，静宁县委县政府曾经授予他"师德典范"的光荣称号。他的高山景行，令我无限仰慕，无论我如何努力，都难以望其项背。然而当他走下讲台的时候，留给自己的只有孤独的身影，我的心中不由升起一股悲凉。

六

2004年的暑假，我从昆明回到老家，去王校长家看望他。退休后的他，更加纯朴得彻底，一副农民形象：一顶烂的草帽，一身旧的布衣，一双破的条绒鞋。他热情地招呼我坐下后，诚恳地对我说："建荣，听说咱静宁县也办了一所私立学校，你干脆回来吧，为咱家乡多培养几个大学生。"我笑着点头答应了，然而终于还是事与愿违，没能实现王校长的愿望。

2022年夏，我去县城看望他老人家。他精神矍铄，跟我们谈笑风生，不忘打趣我："建荣，你啊！人是聪明，就是管不住自己，因此走了不少弯路，也吃了不少亏。我的约法三章还管用不？"我连忙笑着说："管用管用，太管用了。就是您那几句话给了我无形的约束和鞭策，这些年的漂泊生活中，才保我一路平安，不然早就走投无路了。"一个下午，我们聊得很愉快，从我找他转学读书一直到他指导我教书，再到他带我去接受表彰，都是聊不完的话题。谈起那些陈年旧事，他如数家珍，虽然过了几十个春秋，但过去的一切都恍若昨日。不知不觉，天黑了，我依依不舍出了他的家，走到巷口时，回头看见他在昏暗的路灯下朝我挥手。

今年的教师节，我在云南一个偏僻的小县城里，再次想起了他，随口胡诌了几句，聊以表达我对他老人家的无比崇敬，并祝他老人家永远健康：

追随您的足迹

——致恩师

跋涉在流浪的旅途，

蹒跚在迷茫的雨夜，

徘徊在人生的关口，

恩师，我想起了您。

想起您点亮了我的心灯，

想起您燃烧了自己的生命。

圣人的书卷里，

我读到了您嵌入灵魂的准则，

君子的风范中，

我看清了您为我拓宽的道路。

高山景行，

您既是我事业上的楷模，

又是我生命里的贵人，

我将永远追随您的足迹。

2023 年 9 月 10 日

写在后面的话

  人生本来就是一场漫长且充满未知的旅行，在这场旅行中，如果遇到那些能改变我们人生航向，启发我们思考，引导我们成长的人，他便是我们最值得珍惜的贵人。他们也许不是位高权重的人物，也不是财力雄厚的富豪。然而当我们迷失方向时，他能为我们点亮前进的灯塔；当我们陷入低谷时，他能鼓励我们重新振作。他的一句话，一个举动，在我们的灵魂深处留下持久的烙印，成为我们人生的座右铭，时刻警醒着我们恪守本分、

王自勖校长与李店中学

诚实认真、戒骄戒躁，影响着我们的思维方式，激发着我们的斗志，引导我们走向更高的境界。在这场旅行中，我们肯定会遇到风雨，经历挫折，但只要有了这样一个贵人，我们就能怀揣感恩和梦想继续前行，我们的旅行将永远不会孤独！

作者简介

杨建荣，男，甘肃省静宁县深沟乡小户村杨嘴上庄人。1990年7月分配到李店中学任教，2001年辞去公职前往云南省昆明市光华学校任教。此后辗转奔波于云南省昆明市、保山市、德宏州、昭通市等地。现任教于昭通市永善县知临中学。

桃李不言，下自成蹊

李丰华

中年以后的我，梦到最多的是考试，主角是高中的老师和同学。要么是看不清卷子上的字迹，要么是别的同学都交卷了，唯独我由于种种原因仍然是空白卷，觉得自己又考不上大学了，还得再复读或者终将留在家乡修理地球一辈子，那种不甘与恐惧常常吓醒梦中的我，虚惊一身汗，每次惊醒，梦境总是那么的清晰与逼真，哦，原来只是一场梦而已。

惜才爱师的王自勖校长

王校长经常面带慈祥的笑容，走路双手背在后面，斜着一个肩膀，出没在学校各个角落，我虽说和老校长之间没有近距离的故事发生，但我班的学霸能上李店中学的高中，却与王校长息息相关，大家都知道老校长很惜才（不管老师和学生，只要是他知道的人才，总想方设法地招到学校）。那年我们初三毕业考高中时，正遇上下暴雨，各路山洪都汇集到河里，河水暴涨，我们那时候叫发大河，把要考试的学生给堵到对岸了。我班的学霸王宁壁，焦急万分，不顾水势的凶猛，下水过河要来考试，结果一个浪头就打倒了她，然后就耽误了升高中的考试。王校长就为这些没参加过考试的学生又申请了一次考试的机会，使他们最终有学上。

曾经听学校的老教师们回忆说："创校之初，王校长一心扑在工作上，完全将个人的利益得失抛之九霄云外。他将更多的精力投在了学生、班级身上，艰苦奋斗的精神在他的身上得到了完全体现。在教师成长方面，尤其是当遇到职称晋升时，他都会为老教师们奔波，让我们感受到了温暖与关怀。后期在学校扩建时，王校长又带头捐款，积极动员其他教师参与，为学校再建做好了后方保障，这一举止更是得到了大家的认可。"

升学

20 世纪 80 年代初的一个夏天，我糊里糊涂地考上了初中，初中三年又恍惚结束了。我是在地道的农民兼文盲的家庭出生的，该到上学年龄父母就打发我去上小学、升初中、再考高中，一路顺风顺水地长大着、升级着，就像水流一样自然而然地往前流着，最后流向哪里？本人不知道家长就更不知道了。说到初中，我还是很怀念我的初中班主任兼数学老师杨汉祥，他长得比较黑瘦，上课讲话虽然有点结巴，但对平面几何的讲解确实细致入微，浅显易懂，在黑板上画出平面图形，写出解两点后，一步一步推理讲解，这种解析过程一道题总能占据大半个黑板面。那个年代杨老师既讲

代数又讲几何的，实属不易啊。记得那年初三毕业时杨老师叫我去谈话，说你只差一个名额就可以被预选上去考"中师"了，那时给我们乡村中学考"中师"的名额很少，至此我才知道初中毕业竟然还有"中师"这条出路，原以为只有考高中一条路。

高中俄语老师李兴业

李兴业老师是 20 世纪 70 年代初李店中学唯一毕业于甘肃师范大学（1988 年更名为西北师范大学）外语系的本科生。1970 年至退休一直在李店中学工作，1992 年获甘肃省园丁奖。虽说我对他工作期间获得的奖项荣誉不太了解，但他为人师的品行和贡献大家是有目共睹的。我很荣幸成为他的弟子。

李老师虽说个子瘦小，但他给我们上课时气沉丹田，底气还是很足的，声音铿锵有力，抑扬顿挫。俄语课堂上，他从不批评和打骂我们，咋是那么的温和慈祥呢？对一个词或句子的用法，每每遇到他都要讲，也要求我们一遍遍地做笔记，我至今还保存着高中时的俄语课本和笔记（较精致稀缺的硬皮笔记本）。

他的俄语字母写得漂亮，俄语口语说得流利，尤其是俄语中最难读的一个卷舌颤抖音字母"P"，他读得非常标准，但我们大多数学生都没有学会这个字母的正确读音。就在这样的反复讲解和抄写下，使我们所有学生的成绩不断提高，每次考试包括高考中，我们几乎每人俄语成绩不低于 85 分（当时的卷面满分是 100），在我们的高考总分中立下了汗马功劳。李老师的这种教学风格也感染了后来走上讲台的我，在教学中就采纳了李老师的这种教法——好记性不如烂笔头，效果也还蛮不错的，就是李老师从未"恼"学生的这种人格魅力我未做到。

李老师每次讲到语法时，就会脱口而出幽默风趣的经典句："白猫、黑猫，抓住老鼠就是好猫。""鸡不尿尿各有各的出路。""条条道路通罗马。""清鼻流到嘴里顺顺的。"说完莞尔一笑，顺便耸耸肩。同时也让我们写得发麻的手指和绷紧的神经放松了一下。

闲暇之余，路头路尾碰见时，总见李老师嘴里叼着旱烟锅，小眼睛半睁半闭的，这是他独有的嗜好。那时的我们，在校园内外见到自己的科任老师，老远望见就躲起来了，也不敢上前去打个招呼，问声好，更别提和老师交流一些想法了（我现在的学生比我当时的胆子大多了，他们见面就鞠躬问好，也敢和我有说有笑的）。虽说李老师和我是一个村里的，有时在上下学的路上也常碰到，实在没地方躲了，就硬着头皮问候一声："李老师，你也回家了噢？""是、是、是……"他会微笑着点头作答，我就会紧张地放慢脚步一声不吭地跟在后面，或大步流星地往前走了，从未敢和他并排走在一起谈过话，这也是我情商低、不善言谈的表现吧。至今一直后悔的是以前常回老家时，也从未登门去拜访过老人家，但听人说他现在依旧很健康，八十多岁的老人了，健康是最让人欣慰的。他一直在老家的农村生活着，也没进城去养老。

他可谓是李店中学的元老，把自己最宝贵的年华都奉献给了学校，就我们这一级学俄语的学生，基本上都考出去了，并且在各行各业工作着，虽有少部分没考上自己理想大学的，但利用学过俄语的这一得天独厚的优势，在俄罗斯等地都干得风生水起，小有名气，收益也不菲。

那个年代的高考复习资料除了课本就是油印的卷子了，用铁尖刻笔在蜡纸上面写，蜡纸下面垫着钢板，不是写，准确地说叫"刻"，是要掌握准确的手法和手劲，刻深刻浅都不行。刻浅了印出来的卷子模糊看不清，刻深了会把蜡纸划破，油印时油墨会渗透污黑一坨子，什么也看不见了，白浪费了一张刻好的蜡纸。李老师就是用他干瘦的双手不知为学生刻出了多少张这样隽秀清晰像印刷体一样漂亮的俄语资料。我们应该感谢这些手刻的油墨卷子，更应该感恩用铅字尖笔一笔一画刻蜡纸，把我们送入各行各业的老师们。

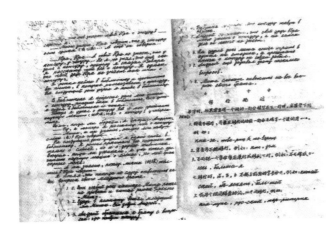

曾经王曙斌同学去采访我的高一化学老师张安，张老师说："当初的学校家徒四壁，学校连院墙都没有，师资更是紧缺，中师出身的人员更少，为了更好地发展，一大部分初师人员选择继续学习，迈进中师人员行列。当初条件虽然艰苦，但教师却异常团结，程孝贤、李兴业等老师在工作上团结一致，拧成一股绳，从未出现交差应付之人，教师个个敬业，大家个个鼓足干劲，在这样的困难环境中，中考成绩开始拔尖儿。要想给学生一杯水，教师必须要有一桶水，当时的我们都是跨学科教学。为了教好学生，我们可谓是边学边教，尤其是在没有实验室，没有实验器材的情况下，我们跟着王校长，在生活中找，动手做，试着创造，慢慢地，人才逐渐冒出，上级便开始关注到了我们，关注到了我们学校，物资、财政的支持，让大家的干劲儿更强了。学校掀起了一股股你争我赶的学习之风。"

我们高中的老师们都很敬业，克己奉公，兢兢业业地教育着一代又一代的学生。最终却都花白了头发，佝偻了身体，沟壑纵横遍布了脸庞。

短短的文字也描述不了老师们的平凡和伟大，只能是你们都教出来的一级级的学生也同样去回报社会，奉献人生了。

在此，我用一颗真诚的心叙写了以上的文字，以此来感谢我的母校、感谢我的恩师。

作者简介

李丰华，原名李芬花，甘肃静宁人，中学高级教师，1989 年毕业于静宁县李店中学，1994 年西北师大地理系毕业，现任教于永昌县第一高级中学。

他在我的前一个驿站

胡栋香

  2023 年的"年"是在静宁县李店镇一个叫胡河村的地方过的。一路颠簸，翻山越岭经过近 600 公里的跋涉，我回到了阔别已久的故乡，作为在外漂泊的一名中年妇女，我的童年、少年和青年是在这里度过的。而少年和青年的青葱岁月则是在李店中学留步的，那段时间是我人生最快乐、高光、幸福的日子，我的人生之路将在这里生花，我无忧无虑地顺其自然总盼着长大，以为长大了会很快乐，到后来长大了才知道那是烦恼的开始，突然好想念中学时的老师同学，还有那个几乎能叫出全校学生名字的老校长王自勖，他是我前一个驿站的领路人。

  走出李店中学已经有三十多年的光景了，其间总是盘算着能去看看老校长，种种原因总是搁浅。他的近况还是在同学们发的照片上看见的，你怎么也想象不出来这是一位当年创建了辉煌时期的李店中学的人，是一位挽救了多少没考上高中而自暴自弃、却能在高考中名列前茅的学生的人。这个把自己的名字牢牢刻在静宁县教育史上的人，早已完美地谢幕了。如今的他，银白的头发，微红的脸颊，岁月的沧桑掩埋了他的年龄，苒苒物华休，时间在他的脸上雕刻出了道道皱纹，现在他只是一个耄耋老人。

  李店中学这个让我又想念又生畏的名字，终究让我释怀，那时的我们很快乐，中午不想回家时，吃点干馒头就能当午饭的我度过了不知道叛逆期是什么的日子，在那个连异性同学的手都不敢牵的年代的我似乎也经过了"初恋"。可是在那个青葱岁月，我却用它注重"抢了"混凝土预制的乒乓球案板，或用它做了别的事，这又有何不可呢？课桌上"三八"线是为了督促学生更好地学习，老师和学生都是比较封建的（包括老校长），男女同学见面是不说话的，一旦说话就成了搞对象，更不要说同学中互开玩笑了。老校长在这方面似乎抓得比较严，开校大会也是只讲学习，至于学生的心理和思想在那个物资匮乏的年代讲得还是比较少，所以一进学校学生的那根弦绷得比较紧，至少对我而言是这样的。那时的我对学习好的同学比较崇拜，但对于不会的题只能问老师或女同学，对学习好的男同学只能"仰望"，更多是为了避嫌，一直到现在，除了高中毕业"同学会"熟悉的几个经常联系的同学外，大多数男同学是叫不上名字的。

时隔多年，让我浮想联翩的是：从破旧的高大的大铁门进去，一眼看见的是人字形的架子房，前几排是教室，后两排是教师办公室及宿舍，一二排教室中间院子里是混凝土的乒乓球案板，紧靠中央马路最边上不到20平方米的小房子就是校长的办公室。檐前屋后的白杨树，左手让人望眼欲穿的梨园，右手一小块菜地，再往里走就是能带起尘土的操场，这简单的空间组合，你怎么也想不起来这里竟然是吃着窝窝头及凉得透骨的冰洋芋成长起来的一批批莘莘学子的母校。当年的我们穷但快乐着，大山里的孩子总信奉那句"书中自有黄金屋，书中自有颜如玉"。时至今日，印象中总感觉每当你头顶烈日或在雨中奔跑，穿过校园中间通向操场的土路时，总有那么一个熟悉的声音喊着你的名字："不要急，慢点跑。"这就是王校长，当时我们叫老校长。只是叫老校长，年少不更事，当时幼稚的我简单地只是认为他是管老师管学校的，根本把校长和"官"联系不起来，当时只是感觉老师和同学都得听他的话，那样朴实的一位老师，竟然所有人都得听他的话，至于为何要听当时是没想明白的。李店中学紧靠的关堡山和紧邻田间地头的小河，是除过冬天学生们课外活动必去的地方，那时的欢乐是洋溢在脸上的，打心底里的快乐是不受物质牵绊的，心中的理想只是考上大学，脱离农村，至于说远大的抱负当时是没有的，放学后和闺蜜骑着自行车是疯狂的，一路笑着回家的，而且是发自内心的。

人生浮沉，年过半百，我人生的前一段驿站遇见的良师益友是老校长，现在想起来真是感动又感慨：在我的记忆里，他总是把生活嚼得有滋有味，把学校管理得井然有序，这并不是靠他的一张嘴，而是他有一颗浸透人间烟火的心。我在李店中学初中、高中的日子，是王校长履职尽责的日子，他在学校教育管理工作中，全面贯彻教育方针，注重教书育人，不拘泥于形式，学识立德并举。记得有一次星期天我步行去舅舅家，走到学校大门口遇见了老校长，我本来是害怕的，所以想低头躲过去，老校长突然叫住了我，问我去哪里，我说去舅舅家转去，他苦口婆心地给我说，转完了就回去把功课复习完，帮家里干点农活也算实践，学习好的都是下苦功夫才得的好成绩，你不是笨人，加油一定会有出息的。简短的对话却让我以后的学习有了动力，朝着信念只争朝夕。现在想起来，他是执着的践行者，用他质朴的一年四季的中山服影响着我们每位学生，学生的衣饰，在那个物资匮乏的年代，我们也没有天天换衣服的条件，只要干净整洁就好；他坚持教育的公平性，对每一个自暴自弃的学生他绝不放弃，他睿智机敏，从思想上、言行上提升每位学生，他的正直与善良是最值得推崇和赞扬的品质，这种诚实善良的品质也影响了我的一生。

那个小时候想拼命逃走的李店校园，周边的田间地头，穿着中山装的老人，像一道凝固的风景留存在记忆深处，当我经历了生活的遍体鳞伤后才知道这是一个多么重要的人生驿站，奠定了我前行的动力和方向。

作者简介

胡栋香，中学时代在李店中学度过，1995年毕业于甘肃建筑工程学院，现就职于武威市发展和改革委员会，高级工程师。

黄土高坡上的"拓荒者"

——记李店中学老校长王自勖先生

王玉生

  我的家乡在甘肃黄土高坡的偏僻小山村,村子环抱在凤龙山脉中。山峦起伏,层层的梯田,长满了苹果树。春天,粉白的苹果花铺满山野,一切沐浴在花香之中;秋天,到了收获的季节,漫山遍野红彤彤的苹果实为壮美喜人。乡亲们祖祖辈辈生活在这片祥和的土地上,我的母校——静宁县李店中学(现成纪中学)——就坐落在凤龙山东北脚下。我们村在山的西北脚下,上学很近,抬脚就到。山上有座堡子,厚厚的城墙基本完好,堡子内有东岳大帝的庙,也有学生在课余上山偷吃庙里的供品。

  中学毕业好多年了,回想起我们的老校长,自然而然就想起母校的一切。

  李店中学是 1971 年从白草峁迁到五方河村的,相传这一带是人文始祖伏羲生活过的地方,历史源远流长,文化底蕴深厚。李店中学自办学到后来的持续发展,我们的老校长王自勖先生功不可没、厥功至伟,学校以优异的办学成绩,被平凉地区树立为贫困山区教育事业发展的一面旗帜,先生就是这片黄土地上教育事业的真正开拓者、旗手!

  我于 1985 年—1991 年在李店中学就读。那时校园是真正的农村校园,自然环境优美,山上树木葱郁,校园内有菜园也有果园,教室是土木结构的瓦房,后来在操场旁边建起了两层楼的初中教学楼,在偏僻的农村有这样的一栋楼也算很洋气,很体面了。学校南大门左手边是一个大果园,从进校门到教室,要穿过一条百米左右的小石子路,石子路铺得漂亮规整,据说是师兄师姐们响应学校自力更生、全校班级展开竞赛的号召，从河湾捡来石块，师生们共同动手铺的。每次走过，点点滴滴的记忆都会涌上心来。学生大多是附近十里八村的，也有邻近县乡的，基本是农民家的孩子。由于我家在学校附近，所以步行上学，距离学校十里之外的学生则要住校，住校生多数家境贫寒，每顿饭基本上吃的是白开水煮干面条，住的是几十个人的大通铺，冬天宿舍走道全是冰，他们经常会说，晚上冷得睡不着觉，往往会折腾到半夜才入睡，然而，起床钟声响起，他们总是会"艰难"地"哼哼吱吱"地爬起来，因为学习环境的艰苦挡不住他们对求学的渴望。清晨满校园书声琅琅，古老的铁钟一敲响，校园又顿时鸦雀无声，进入了课堂状态。最出名的是我们那个时候的自律程度：高三的考试即使监考老师不监考，学生们也不会作弊或者互相交流答案。谁都明白不能靠投机取巧考上大学。我们就是这么真诚、这么朴实地奋斗着。这里是所有的农村孩子的希望所在！

学校的老师也大多是从当地读书、考取师范，毕业后回来的，深知家乡生活之不易，也就格外爱护学生，靠着忠诚、热爱、奉献的思想信念，千方百计把孩子们培养得有出息——这是教师的天职，也是乡亲们的嘱托——在这样的环境中，我一步一步学习成长！

记忆中的老校长是和蔼可亲的老人。

记忆中的老校长，个子不高，老穿着一身蓝布中山装，戴着蓝帽子（夏天戴着一顶草帽），常常背着手，似乎每天都会转遍校园的每个角落，每天甚至不止一次、两次，就是通过这样的巡视，他对校园的一草一木、一砖一瓦都了然于胸，见人笑呵呵的，平易近人，和蔼可亲，慈祥可敬。

上初二时，老校长给我们班教思想政治课，那时称《青少年修养》，他编了很多顺口溜给我们，风趣幽默，寓教于乐，现在虽然忘记了具体的内容，但仍记得他说顺口溜这件事，也记得他经常勉励我们怎么好好学习。

有天傍晚放学后，在他办公室门口，那条石子路上，突然叫住我说："玉生子，你是王家沟的娃娃，你爸叫啥，你二爸叫啥，你七爸叫啥，你爷跟后家湾里谁是亲兄弟……"我一时愣住了，老校长怎么这么了解我们家的情况呢？我有些紧张，他又和我拉了些家常，还说："你爸对你爷孝顺得很，是孝子。"我一下子有了自豪感，也放松了许多。是啊，父亲对爷爷的确很孝顺，大家都很敬重父亲，我们一家人跟着父亲对爷爷也很孝顺。后来爷爷去世了，我慢慢长大了，对父亲更加敬重孝顺。

后来我慢慢知道了，老校长对全校一千多孩子都能叫得出名字，家庭情况也都如数家珍。当时不太明白为什么他把学生的情况搞得这么清楚，这么多年在工作岗位上才真正明白，老校长一定是为了从各方面帮助我们这些穷苦的孩子，才努力去深入了解，做到心中有数，有的放矢的。他付出那么多心血，是在做群众（学生）工作，群众（学生）工作无小事啊！

在那个艰苦的岁月里，老校长把全部的心血都倾注在每个学生身上，了解学生，爱护学生，努力让每个学生成长成才，"一个都不落下"。

记忆中的老校长是大爱质朴的老人。

印象中老校长除了那一身蓝衣服，好像还有一身灰色中山装，平时不舍得穿，偶尔上县里开会才拿出来穿，脚上一直是一双黑布鞋，生活很朴素，后来听说，他买什么东西，都记在账上，毕竟那个年代，就那么点工资，一个人要养活一大家子人，平时不舍得自己吃穿，生活非常简朴。除了家庭开支，他还要节省出部分来帮助别的人。

冰心曾说："有了爱，便有了一切。"老校长有爱心，也是古道热肠，经常助人为乐。亲戚邻人，谁家有困难，只要他能做到的，便主动去帮助，尤其是如果谁家孩子考上大学，凑不够学费时，他更是焦急，跑前跑后，帮忙贷款也好，借钱也罢，总是要解决了困难才放心。更值得一提的是他的一个亲房侄子，自幼父母双亡，靠叔父婶子抓养，叔父家里孩子多生活穷困，这孩子上中学以后，路途遥远，但又困难到住不起校，每天奔赴十几里的山路通校，中午便不能回家，靠吃几口干粮草草了事。老校长便主动叫他来跟自己一起吃一口热乎饭，教育他努力学习。当他考上大学之后，王校长又承担了他的大部分学费，直到他参加工作。

老师们一有困难，老校长也能第一时间探察到，并能有办法及时给予帮助。学生中也难免有遇上困难、碰上急事的，老校长都能伸出援助之手。听说为了给学校留住人才，王校长还经常说媒，给老师们介绍对象，老师们也更加一心扑在工作上，我的高中班主任郭老师的媳妇就是王校长给介绍的，知根知底，家庭和睦，郭老师一直坚守在我们学校，一干就是二三十年，初心不改。我的初中同学樊向阳有一次从秋千上摔下来，是老校长第一时间组织送医院抢救的，医药费也是老校长自己给出的。这份爱心，感染着老师和学生们，一传十、十传百，也感染了周边十里八乡的人。

我也是老校长大爱的受益者。初中三年，我的学习成绩还不错，一心想上大学，也就没参加中专师范预选，结果中考失利，离高中录取分数线还差了几分。参加中考的700多人，只录取90个人。那是我求学生涯中最痛苦的一段记忆，当时我心灰意冷，也不知道接下来怎么办。眼看高中开学已经三周了，我坐在家里，急得像热锅上的蚂蚁团团转，正在一筹莫展之时，竟然收到了一份意外的惊喜：学校破格让我上高中了。我大喜过望，也没有问清缘由，到校后就一头扎进学习中，随后在高一第一学期期中考试中，我考了全班第六名，算是没有辜负学校对我这个落榜学生的厚爱。高中三年，我丝毫不敢懈怠，潜心苦读、努力奋斗，考上了大学。

后来才知道，是老校长提议破格录取我上高中的，理由是我在初中是三好学生，中考差几分可能是偶然的失误，潜力还是有的。李店中学有初中部和高中部，有些学习好的初中生没考上高中，每年都有破格录取的，我也有幸被"破格"上了。虽然学校有先例，但没有老校长对每个学生了如指掌，没有他的提议，当年我恐怕上不了高中，也不一定会有今天北京的这份工作。

这是终生难忘的人生际遇，这是我得到的多么大的爱啊！每当回到家乡，去拜望老先生的时候，他总会亲切地拉着我的手，让我坐在他的跟前，千叮咛万嘱咐，激励我要"扑下身子，挑起担子"，说："咱们是农村人，要理解国家的难处，不能贪图享乐，不能忘本。"要"关心群众，爱护同志，团结同志"，要"上下一条心，拧成一股绳"……每每聆听先生的谆谆教导，便会对先生肃然起敬，心生自我教育的强大力量。我也总以他老人家的思想教育我的孩子、我的下属。也正是这份爱心，激励我这么多年始终勤勉工作，对周围的人永葆一份爱心，必要时倾力相助。

他的这种大爱情怀，影响着他的家人，影响着许多李店中学毕业的学生、工作过的老师，他们把这种大爱牢记在心坎里，落实在行动中，传递在工作、生活上……

记忆中的老校长是无私奉献的老人。

李店中学的"三苦精神"，即"校长苦抓，教师苦教，学生苦学"，是学校教育事业开拓进取的力量源泉，是对以老校长为首的师生们的精神的高度概括。

生活在那个年代，地处西北偏远贫困山村的人们，更能深刻理解"三苦精神"的真切意义。正如《平凡的世界》里说的："我们都是平凡人，但我们不能因为平凡而不去生活，我们要在自己平凡的生活中，勇敢的挑战，努力的进取，在平凡中创造出不平凡。"

正是这种不甘平凡、艰苦奋斗的精神，老校长几十年如一日，扎根教育，如今已是近九十岁的老人了，还经常读《人民日报》，了解一些国家教育政策，孜孜不倦思考农村基础教育的未来，正是老校长这样一生忘我、无私奉献的精神，生生不息，薪火相传，激励着一茬又一茬的李店中学师生苦教苦学，为社会培养和输送了一大批各行各业的优秀之才。

校长是学校的灵魂。李店中学在老校长的带领下，从无到有，从热爱到坚持，硬是在西北黄土高坡上播撒下了希望的种子，结出累累硕果，让一所普通农村中学，成为当时西北山区基础教育的旌旗，老校长工作期间获得了无数荣誉，更获得了"全国教育系统劳动模范"光荣称号！

"春风化雨润桃李，永葆初心育栋梁。"老校长默默耕耘农村教育战线三十余载，一路筚路蓝缕、孜孜不倦，一直率先垂范、甘为人梯，用实际行动诠释了人民教师的初心使命，用爱和坚持书写下无怨无悔的不凡人生。

这就是黄土高坡上基础教育的"拓荒者"，我最最敬仰的李店中学老校长——王自勖先生！

作者简介

王玉生，1991年高中毕业于李店中学，1996年本科毕业于兰州铁道学院，后获北京交通大学管理学硕士学位，现在中国中铁建工集团工作。

师爱如歌

——记我的中学校长王自勖老先生

樊向阳

今年端午节，我和王玉生（我的小学、初中、高中同学，现任中铁建工集团有限公司董事长）去看望了我们中学时期的老校长王自勖老先生。王校长今年接近九十高龄，思路清晰，精神状态很好，就是腿有点疼，走路以挪步为主。我们坐了大概两个小时多点，中间聊了很多小事，勾起了我很多的回忆，也引发了很多的感慨。

坚持不懈，坚忍不拔

王校长现在和儿子、孙子、重孙一起住在静宁县城，四世同堂，其乐融融。生活上主要由孙子王东阳和他爱人照料。王校长腿疼，无法正常行走，也无法自己单独下楼，平时就拄着拐杖在客厅走，就这样每天能走两三万步。我当时听了非常汗颜，想我年纪轻轻，每天也就走个三五千步，本来想向王校长学习，每天也走个两万步，可惜坚持了几天也就放弃了。对于腿疼的高龄老人，能够一直坚持下来，需要何等的毅力！

其实，对王校长而言，这根本算不了什么。李店中学（现在叫成纪中学）在王校长的手里，从一块农田变成静宁县乃至平凉地区的明星中学，这中间经历的困难和挫折不言而喻，如果没有超常的能力和毅力是万难做到的。对于其中具体情况我也了解不多，一些感触分享一下。

王校长平时衣着很朴素，衣服上也时常打着补丁，但对我印象最深刻的是他那顶草帽。记不清是哪一年夏天（应当是初三以后，初三考师范以前我没有去过县城），也不知道为什么，我（应当还有其他人）跟着王校长一起去拜访县教育局的领导，王校长就戴着草帽。印象中领导梳着背头，穿得也很崭新笔挺，看着王校长戴着草帽，一开始我着实为他捏了一把汗，想着领导会不会小看他。后来看着他们谈笑风生，我也就放心了，想着应当是王校长戴草帽见领导也是常有的事。但这个事情对我的触动很大，也养成了我不卑不亢的性格，可能有人觉得说自己是甘肃的或者农村的有点难为情，但我有时候还为此自豪，从甘肃农村奋斗到和别人一样，付出应当比城市里的人要多不少吧。

我在李店中学上学的时候，老师们的平均学历还是很低的，初中阶段的老师，庆阳师专毕业的很少，平凉师范的也不多。我印象最深的是英语老师，记得书中有个用英语布置的作业，我当时不知道要做什么，也没有英汉字典去查，就去问老师，老师告诉我的和第二天讲的完全不是一回事。我这里并不是说老师不好，我一直很感念每一位老师。就是在这样的师资条件下，我们学校的学习成绩还是很好的。我是1991年高中毕业的，那时候李店中学对标的是县一中和威戎中学，别的中学好像不存在一样，当时不知道为什么很多县一中的同学到李店中学来补习。后来听别人说起，才知道在我们之前的好多届学生，为学校争取了很多的荣誉，才引发了这种"倒流"现象。我们这届学生究竟算不算给学校增光，我说不清楚，总体印象当时连补习生共三个班，学生二百人左右，当年大专以上的走了五六十个，在当时录取率的情况下，应当还是不错的，好像有些科目在县里还是数一数二的。当时没有觉得什么，现在想想，师资力量和教辅材料县一中肯定比我们多，别的中学应当条件和我们差不多，之所以我们能够脱颖而出，主要是在王校长的带领下，各位老师们辛勤付出的结果。我2002年到设计院工作后，在迎新座谈会上，我们的总工（我另一个最为敬佩的人）说要把我们培养成一群狼。王校长可能没有说过同样的话，但他应当是这样做的，但不知道他是用什么办法让底子并不厚实的老师变成一群"狼"的，可能是靠着自己的人格魅力、坚持不懈的努力和坚忍不拔的毅力吧。

超强记忆，大智若愚

我刚上初一没几天，有一天放学王校长就喊我的名字把我叫住，安顿了一些要注意的事情，具体说的我记不清楚了，但记得当时很紧张，也很惊奇。紧张的是我一直比较调皮捣蛋，担心是不是犯错误被告到校长那里了，惊奇的是老校长并没有批评我，说明并没有人告状，不知道他是怎么知道我的名字的。一问同学才知道，王校长记忆超强，不用几天（有人说一天）就能把所有新生的名字都记住，时间稍长，连每位家在哪里，家里的大概情况也记得清清楚楚的，这是所有李店中学上过学的同学的共识。这次小聚和王校长说起，我们的同学大部分他都记得。我觉得自己的记忆力还可以，但就算一个班的同学，也要过大半个学期才能记全他们的名字。现在回想中学同学，有很多也叫不上名字了。记得有一次几个同学聚会，视频给我，一个高中同学我认不出来了，还惹得他很不开心。真不知道王校长是怎么做到的，可能除了超强的记忆，还用了很多的心思吧。所以我觉得只要大家愿意去看看老校长，他一定能想起你以前的一些镜头的。

我的印象中王校长带课不多，有幸我初二的时候聆听了他一学期（抑或是一学年）的课程。他给我们教的是《社会发展史》（政治，不知道现在还有没有这门课），这本书很薄，大概就一百页，里面的内容记不清了，说实话王校长讲得好坏我也记不清了，只记得我第一次的考试成绩超高，接近满分，是我政治考试中最高光的时刻。试卷很简单，有 60 分的填空题，别的可能是判断题和选择题吧，估计简答题都不多，否则我也不会接近满分的。对于政治类课程，这样出题很罕见，但我觉得书的内容不多，对我们初步接触政治课，并且是靠近历史课的《社会发展史》，这样的考试题型是很适合的。我是理科生，对背诵的理解不如文科生深刻，但我觉得对于历史地理类的课程，死记硬背也是很必要的。我儿子是 2020 年高考的，有一门课他选了地理，最后一次模拟考试成绩是很差的 D 类（上海小三门，A、

B、C、D 各三档，E 一档，共十档，每档相差 3 分，满分 70 分，白卷 40 分），距离正式考试时间很紧，我看了他的课本，也就薄薄的四本书，考虑到时间因素，我建议他别的什么资料都不要看，就把几本书花几天（正好是五一假期期间）看上三遍就可以了，他听了我的话，最终成绩是满分的 A+ 类。我的建议，在很大程度上也是受了王校长的启发。

厚德载物，平易近人

大家时常提起，王校长为解决师生困难，修锅炉，开菜园，泡酸菜，修校舍，给老师自留地等等，我不是住校生，对这些体会得不是特别深刻，但王校长铲粪的事情我记忆犹新。初二的时候，我们搬到了当时学校唯一的二层楼（操场南边）学习，以前的厕所在关堡山底下，距离教室比较远，为了解决楼上学生的如厕问题，学校特意在操场的西北角圈了个土厕所，男同学可以就近上厕所了（女同学没办法，还要跑远路）。土厕所就一小块地，没有坑位，更没有排污设施，小便还可以，但大便虽然有固定的人员定期铲除，用土填埋（压粪，后期拉走作为农田肥料），但由于人手有限，有时就无处下脚。我时常看到王校长拿着铁锨自己去压，当时我想为什么不多找几个人或者叫别的老师去做，或者安排各个班级轮流值日呢？现在看来，王校长可能觉得是举手之劳吧，抑或觉得压粪毕竟没有人愿意干吧，抑或是让老师学生把时间用在教书学习上吧，当然，多雇人是不可能的，学校的经费实在太有限了。这也是老师学生一条心，教育成绩突出的原因之一吧。

在我的印象中，王校长一直是笑眯眯的，偶尔也有严厉批评人的时候，但没有听说谁被开除。每个班都有调皮捣蛋的孩子，都有违反学校纪律的事情，但王校长处理起来好像不是事情。我们去教室的时候要路过王校长的办公室，早上迟到的学生时常有，王校长见了，说得最多的是"碎怂，赶紧跑，上课迟到了"，和现在时常迟到一分钟就不让进校门的情况相比，简直天壤之别。我记得小时候家里很穷，没有闹钟，早上上学的时候都是我奶奶听鸡叫喊我起床的，尤其是冬天，天亮得比较晚，老人家劳累一天，有时候听着听着天就亮了，这时候我就一骨碌爬起来，脸也不洗，边哭边往学校跑，奈何学校离我家五里多，跑到学校还是迟到了。看门的大爷很和善，从来不难为我，王校长见了，也是一声熟悉的"碎怂，赶紧跑，上课迟到了"。在中学六年，时常有迟到的，逃课的，打闹的，抽烟的等等违反学校纪律的事情，但从来没有听说过谁被开除了，或者谁被勒令转学了，这一方面是当时的学生整体比较听话，没有犯大的错误，另一方面也是与王校长领导下的老师，以身作则的教导分不开的。

相对于下一代的教育，当时的课后作业可以说不叫作业。冬天中午休息时间两个小时，我要赶回家吃饭，五里多路，来回路上加吃饭的时间最少也要一小时，在下午上课前上午的课后作业基本就做完了。下午的课后作业一般在晚自习四十五分钟就做完了，课外活动还可以去跑步、爬关堡山，或者打篮球等。星期日基本没有作业。回想一下，当时的作业是在课后习题中挑着布置的，也是考虑到很多学生放学后，还要帮家里干活吧。我儿子从初中开始，基本没有在十一点前睡过觉，早上六点起床，休息天我对他的要求是至少补觉一个上午。和他们比起来，我们当时做课后作业像玩一样轻松。但我们也确确实实学到了东西，可能是老师们要求我们"学要学得认真，玩要玩得痛快"吧。

宛如慈父，师恩难忘

我在 1985 年上的初中，上初中之前父母都已经去世了，没有亲的叔叔和姑姑，奶奶也六十几岁了，姐姐也只比我大三岁，还有两个妹妹，当时的生活相当困难，但在亲戚朋友的帮助下，我健康快乐地长大成人了，性格上可能有点要强、倔强等弱点，但整体还是比较健全的。我能够顺利成长，也有王校长很大的功劳。

初中阶段，我很贪玩，学习成绩虽说不差，但也谈不上好，在班里的成绩基本上在第五名左右。学校每个学期都有助学金，一个班一名，主要

王自勖校长与李店中学

145

奖励家庭困难、品学兼优的学生。当时大家都困难，所以助学金主要还是发放给学习成绩更优秀的学生。按我当时的学习成绩，正常情况是偶尔拿到助学金，但在我的印象中我们班每次的助学金都给了我，我想大概主要还是王校长和我们班主任张汉云老师的意思吧。当时的助学金一次是几块钱（一般两三块，最多五块），现在看来不多，但当时还是很多的，记得初一第一学期的学费好像也只有几毛钱。这几块钱的助学金，不仅解决了我生活中的一些困难，更让我感到被关心的温暖。当然这也可能影响了学习好的同学的得奖机会，在此表示感谢和抱歉。

初二第一学期开学不久，我荡秋千的时候掉了下来，秋千的木板打到了我的后脑勺，当时就不省人事了。是王校长组织大家把我紧急送到李店乡医院，由于当时伤势过于严重，医院都不收院，在王校长和大家的求情下总算住院了。我昏迷了好几天，好在送医及时，没有大的问题，也没有留下后遗症。考虑到我的家庭情况，王校长给我五十元，让我们去交住院费，并买点营养品。那时候，五十元可是一笔大数字，当时王校长一个月的工资估计也没有这么多，真不知道没有这笔钱，我家怎么办呢？毕竟受伤比较严重，我在家休息了一个月左右，期中考试前我回到教室，一方面觉得落下的课程太多，另一方面也觉得惭愧和感激，后面的几周学习非常努力，这次考试成绩也相当优秀，是我初中学习成绩最高光的时刻吧。

当时大家对吃公家饭的人很羡慕，能上师范早点工作挣钱是求之不得的事情，除了几个稍微见过世面或者有高人指点，知道上高中考大学的同学外，绝大部分同学还是想上师范的。当时的师范是学习好的同学去考，我们这一级教育局给了七个名额，为了公平起见，学校组织了预选，考试结果下来后，选上的我们一班就我一个，二班六个（二班是俄语班，他们平时成绩比我们一班好一点，但这次差距有点大，可能是俄语比较简单吧，也可能是我们班没有参加预选的人比较多吧）。我的学习成绩虽然初三有所进步，但在我们班并不是最好的，在只有一个人的情况下选上我还是很让人意外的，我估计有可能是王校长给我"走后门"了吧。虽然最终结果是我没有考上师范，但这些关心和鼓励我是铭记于心的。

没有考上师范，按当时我的考试成绩连高中都上不了，当时不知道为什么很顺利地就上了高中。前段时间在兰州和老同学聊起这个事情，他们说当时考师范的学生，王校长说不管成绩好坏，一律可以直接录取，我才松了一口气，同时也感受到了王校长的眼光和魄力。当时考师范的那些同学，高中时整体学习成绩明显要更好一点，很多应届考上了大学。当时考大学很困难，强如李店中学，当年应届生录取比例也不到百分之十。

王校长让我们做一个"高尚的人，有道德的人，脱离了低级趣味的人，有益于人民的人，有贡献的人"。自忖难以达到王校长的要求，我索性脚踏实地做一个"对得起自己良心的人"，以正能量的心态去善待周围的每一个人。

作者简介

樊向阳，男，1973年生，工学博士，1985年—1991年就读于李店中学，1991年—1995年就读于西安地质学院（现长安大学），1999年—2006年就读于同济大学。先后就职于上海宝钢冶金建设公司，上海勘察设计研究院（集团）股份有限公司等，现为上海浦郡岩土工程勘察技术有限公司总经理兼总工。

关堡山下 青葱岁月

樊彦荣

一张照片引发的怀念

前几日，李桃花老师给我发微信，问我约稿写得怎么样了，我恍然惊起：夏季，李老师嘱咐我写一篇回忆学校和王自勖校长的稿子，让我从学生的视角，回忆父辈曾经工作的学校——我的母校以及我的老师、我的同学。我迟迟没有动笔，并不是我给李老师搪塞的时间紧、工作忙，我曾经也想写一些文字，回忆我的母校和王校长耿耿丹心育桃李的爱心、仁心、善心，只是读过各位老师和前辈、学长和校友的文章，让我自惭形秽，没有胆量去下笔，每每写出几个文字总感觉言不由衷、词不达意，记忆很丰富，感情很饱满，但文字很骨感，很难将佶屈聱牙的

2018年，李店中学八八届初中毕业生30周年同学联谊会

文字化作一条清晰的思路。

我不知道该用哪个题目最适合我的这段回忆，记得2018年我们初中毕业生在静宁组织了一次初中毕业30年联谊会，还专门成立了一个很像样的筹委会，我作为留在静宁的同学参加了这个活动的组织和协调，遗憾的是在联谊会的前两天因为去银川培训，没能现场参加。为了凝聚我们30年的初中同学友谊，张多生将我们同学群的群名改为"关堡山下"，以纪念背倚关堡山、前傍李店河、在这个际山枕水的摇篮里度过我们求学时光的李店中学。我就借用这个群名称作我这段回忆的题目，或许能唤起更多和我一样走出李店中学的校友们的回忆，感怀并不巍峨但文化底蕴深厚、山水风物幽美的关堡山下静宁教育"三苦"精神诞生地的母校。

由于做教研的原因，我经常会到各个学校去，现成纪中学教学楼楼道墙上都是知名校友的照片和简介，有我的学长，也有我的同学和学弟学妹们。那天我随手拍了一张从李店中学毕业的樊健博士的照片发给他侄子，他侄子就将照片转发给了博士本人，樊健看了很感慨地说，都这么多年了，李店中学的楼道里还有他的照片，让他很感动。李店中学培养出的优秀校友数不胜数，灿若群星，在高中部教学楼的每一层楼道都有关于他们的介绍；同时，还有好多没有简历的优秀人才，在祖国各地不同的岗位上发挥着自己的才智，管理着或大或小的部门、经营着大小不一的公司、引领着不同领域的发展，为各领域的建设和发展贡献着自己的力量，在某一个地方的某一个方面卓有成就、建树颇丰、成绩斐然。李店中学在全国各地、国外名牌大学都有他的学生，博士硕士比比皆是，在校史馆，你就能真正感受到"今天你以学校为荣，明天学校以你为荣"的真切内涵。是学校的博大和厚爱、是教师的情怀和爱心、是环境的和谐和美好给了我们每一位学子成长的机会，给了我们安身立命的资本和养家糊口的技能。

1997年我参加工作并结婚，爱人是泾川人，那些年乡下人出行主要是乘班车，她每次回娘家都要从李店街道坐班车到县城，再从县城转乘到泾川。那时能挤上班车也不是一件容易的事，但每次都会在碰见许多和我们一样赶车的同学或者校友。妻子很不理解，为什么一个不大的李店街道总是碰到这么多认识的赶车人。我告诉她，这都是李店中学的功劳，是这所学校培养出了一届届众多的农家子弟，让他们通过读书改变了自己和家庭的命运，从这里走向了外面的世界，他们遍布于全国各地，在各条战线干得风生水起，是母校给了他们一份荣光。

李店中学承载了广爷川百姓对孩子走出"农门"的热切期盼，百姓们不怕艰辛、倾力助学，用淳朴的感情、纯粹的思想把孩子的未来全部"押"在李店中学的教育上。李店中学也不负重托，塑造了李店中学教育的品牌，为阻断周边地区贫困代际传递作出了卓越的贡献。以拳拳赤子之心、殷殷桑梓之情，躬耕教坛数十年的王自勖校长功不可没，他的荣誉也是实至名归。

每次到母校，我总会看看这些照片，看看照片里的人和事，因为正是这一片土地，孕育了我们的理想、激发了我们的斗志、历练了我们的性格、锻造了我们的精神、培养了我们

李店中学 1988 年初三二班毕业生合影

的品格，学校和恩师一直用关注的目光激励我们成长、督促我们前进，给予我们不断发展的力量和精神支柱。

一所学校精神的建构

好校长成就好学校，好学校成就好教师、孕育好学生。李店中学是我们心之所向的一片沃土，那个时候，提及静宁教育，一定会提及李店中学，一定会想到获得"全国教育系统劳动模范"等多项殊荣的王自勖校长。王

150

校长为人谦逊、性格随和、平易近人、宽厚善良，他对管理有着独到的理解，对育人充满着智慧，躬耕教坛数十载，呕心沥血，不负众望，带领全体教师，让仅有两个高中毕业班的李店中学每年向大中专院校能输送人才70多名，让这一所农村普通中学成为平凉地区教育界的一面旗帜，将李店中学办成享誉一时的陇上名校。

那时候，王校长还给我们带政治课，备课讲课极为认真，批改作业细心细致。有一次他课堂提问我没有回答上来，就问我同桌，我同桌也没有回答上来，他就指着我们说："姐姐穿着妹妹的鞋，一个样子！"他春风化雨般的教诲，给人以醍醐灌顶的警醒。记得有一次考试结束后，我同桌让我把他的试卷也捎着交上去，我就把两个人的试卷放在一起，一看有一份试卷没有写名字，我以为是同桌的，就把同桌的名字写上了。讲评试卷的时候，王校长批评有些同学抄别人的答案竟然把人家名字都抄上了，我还在下面窃笑，结果试卷发下来一看，我悄悄嘲笑过的人竟然是自己！我感到羞愧难当、无地自容。在课外活动的时候，王校长叫我过去对这个事做一说明，我解释真不是因为抄别人答案而把别人名字抄上去的，他将我上课不认真、听讲不专心、学习不踏实、用功不到位等种种浮躁、散漫、粗心的毛病都指了出来，还让我写了"检讨书"，直到高中毕业"检讨书"还挂在他的墙上。他的谆谆教导、循循善诱、即温听厉中饱含着对我的殷切期望，让我在敬畏中多了许多温暖、在威严中感受到了慈爱，心平气和、心悦诚服地接受教诲，并以敬爱回应。

我们上学的时候并不知道很多的教育新词和理念，学校也没有特别提倡哪种教学方式或育人理念，学校很纯粹，学习很单纯。每天早上在我们走进校园的时候，就能看见王自勖校长在学校东门直通操场的那条路上踱着步，看着同学们进入校园，对有些调皮的或者衣衫不整的同学他都会叫着名字提醒。我们感觉他能记住每一个学生的姓名及其所在的村子、家庭情况。那时候每学期也开师生大会，会场就设在操场，我们自带凳子坐在操场，操场有一栋两层的初中部教学楼，主席台就设在二楼的楼道，有一次我们一个同学开会时一直转前转后和周围同学说话，王校长竟能在千名学生中很准确地叫出他的名字，我们既佩服又害怕，都不敢再说话。

我印象深刻，学校的主干道两边栽着四排白杨行道树，那时候还没有专门的勤杂工，王校长一有时间就提一个铁铲子，在这棵树下培培土、在那棵树下铲铲草，一如他对学生的热爱一样培育着这些行道树。十年树木，百年树人，教育也就像种树，需要有教育的情怀，用对学生的挚爱，给他们好的土壤，帮他们修剪旁逸斜出的枝丫，让他们向上生长，触摸阳光，遇见美好。

陶行知曾说："校长是一个学校的灵魂，要评价一个学校，先要评价它的校长。"作为"教师的教师""引路人的引路人"与"学校的灵魂"，校长的精神高度与行为示范深远地影响师生成长和学校发展。王校长就是李店中学精神的建构者，他没有高高在上的说教，也没有东奔西跑忙于公务，他用自己对教育的理解、对教育的热爱、对事业的执着诠释着一个校长的高尚人格、博大胸襟，他用至善的人性，铸就了教育的底色，决定了学校的温度，用一颗心感化了另一颗心，做了"学生为学、为事、为人的大先生"。

教育是一个爱的事业，是一个温暖人心的事业，没有爱就没有教育。王校长把爱作为教育行为的出发点来构建李店中学充满温度的教育，体现着教育的良知和校长的仁心，让我们有一种"处处皆舞台、人人是主角、个个能成才"感觉。那时，教师之间、师生之间、家校之间和谐融洽，为了学生求学上进、成绩提高相互配合紧密，是真正齐抓共管；学生被老师批评和惩戒了，断然是不敢告诉家长的，告诉了家长等待的将是"二次"的家庭教育和惩戒。

一片沉淀理想的沃土

我的家在离学校十里以外的山上，因为所有的山路沿途没有一户人家，路窄坡陡，下雨天泥泞湿滑，落霜下雪走在上面真正是"冰倒雪滑"。每天早上五点多村子的学生结伴上学，我们背着书包或小跑或狂奔去学校，风雨无阻、冰雪无碍，很少听到哪位同学因为天气的原因请假。早上跑到班上以后，住宿生已经在班里点着煤油灯自习半小时左右了，他们在上操的时候会将煤油灯留给我们照明。同学

李店中学 1991 年高三二班毕业生合影

之间非常默契，相互鼓励，阳光积极，心胸豁达，求实上进，这就是学校精神根植于我们心中的内化，也是李店中学这方沃土培育我们的外化。我想走出李店中学的莘莘学子能有卓越的成就，就是形成于学校的文化理念、萃取于学校的精神内涵、成就于个人的品德修养。

李桃花老师来李店中学时我还在初中，依稀记得那一年到李店中学的有好几名女教师。因为当时学校的女教师没有像今天这样多，新来的女教师就很抢眼。李老师一来就当班主任、带语文课。我记得那时候元旦学校也搞文艺汇演，舞台搭建在我们初中教学楼北侧的一个菜园子里，李老师是节目主持人，演出的节目精彩纷呈、形式花样繁多，到现在我还能记得当时有一位同学的街舞（或者叫霹雳舞）跳得很专业。在教师餐厅布置着师生作品展，老师们都有拿手的绝活，展出的有山水画，有书法，有手工制作等。李老师的作品就是用彩色的吹塑纸做的小宫灯，造型复杂，色彩斑斓，让我很是崇拜。工作之后还时时想起，也和李老师谈起过这段记忆。

当时学校没有现在这样专门的实验室，但我们的实验课一样都不落，就像教我们初中物理课的张统治老师经常说的那样：实验不能做，今天大家先看书，等我把仪器修好了咱们再做实验。高初中课本上有的实验，老师都会给我们做，而且都能做成功，每次实验课都让我们很兴奋，都会跃

跃欲试，渴望自己去做，确实激发了学生的探究热情。现在还有好多实验都历历在目：第一次做马德堡半球试验时由于抽气机活塞干，没有抽净空气，四名同学准备上讲台好好拉一下，结果两个人轻松一拉就拉开了，老师就让我们先看书，他自己修抽气机，第二天实验很成功；做钠与水反应的实验时，在水中"奔跑"的钠溅出来把老师的衣服烧了一个洞；点燃的镁条、实验后飘在楼道内的二氧化硫气味、打点计时器上均匀走动的纸条、明晰的洋葱细胞结构等等，现在还能记得当时这些实验的情景。前几天和一个朋友谈起当时的李店中学也很重视学生的全面发展，体育课上我们学了铅球、铁饼、标枪、跳远、接力等田径项目的技巧要领，学了排球、篮球等球类项目的专业技术和"排兵布阵"的方法，也学了简单的单杠双杠动作；音乐课上认识了简谱，也学习了简单的识谱拼谱和打节拍。

记得有一个晚上，我们班上一位同学得了急性阑尾炎需要马上手术，医院等病人亲属签字，那时鲜有私家车，也没有这么方便的移动通信，从雷大到李店骑自行车是最便捷的，但要通知给农村的家长真不是一件容易的事。时间紧迫，我们班主任郭勤勤说："我签！"等同学家长赶到医院的时候，手术早已结束了；出院后，郭老师还带着奶粉到宿舍看望了这位同学。高一的时候对高考分科还不明晰，学生主要以学理科为主，我们几个理科学习有短板的学生"纠集"在一起自发学文科，当时部分学科没有老师，也没有教室，雷军生老师从西北师大毕业后就在一个做学生宿舍的大教室给我们上地理课，他从来没有因为在宿舍上课有怨气、条件简陋而愤懑，他上得很自然、很认真，将乐教爱生、甘于奉献的仁爱之心落实于我们的课堂，将他丰富的学科知识、高度的敬业精神、务实的做事态度传递给了我们。李谨居老师带到我们毕业以后，在带下一届学生时倒在讲台上就再没有起来，在简单的追悼会上我悲从中来，难以抑制地抽泣，他教给我们的文言文阅读方法、句子成分和短语的分析方法等，将现在师范院校都不愿碰触的语法难点讲得很清晰、分析得很透彻，就像一个理科公式一样，做到了万变不离其宗。现在每每想起这些还会热泪盈眶，甚是感动。正是这种责任与担当影响着我的从教生涯，让我努力践行"捧着一颗心来，不带走半根草去"的教育信条，关爱学生，探索"心教"方法，和学生一道学习、共同成长，所带的第一届学生在全县农村学校中上线率最高，获得了县局的表彰奖励，学生来到家里，我就会指着花瓶说："这是你们给我挣的！"

父亲当时也是李店中学负责后勤工作的一名教师，又给我们带历史课。大到校舍的维修、水电等后勤服务设施的管理，小到办公用品采购、书本分发等等，他都尽职尽责、任劳任怨地去做。他的工作很琐碎，也很不起眼，平时也很忙，干的都是师生不太注意的小事情，甚至有时是"出力不讨好"的工作，但他总是无怨无悔、默默无闻，不怕脏苦累，服务于学校、服务于教学、服务于师生。每学年初，他都会提前负责把校舍维修安排妥当，把需要的桌凳等备齐。平时师生缺灯少桌凳，他会在废旧的桌凳里面找出还能修复的，自己修理好后送给师生使用。几年前还有一个同学说，他一直记得他当时没有凳子坐，是我父亲把一个坏了的凳子仔细修好后让他拿去坐的。记得那时我们教室的北面有一片很大的菜园，三个季节都种着不同的蔬菜供应教职工灶，放水打理菜园子，也是占用他时间较多的工作之一，有时候午饭端到桌上都不见他来吃饭。在做好后勤服务工作的同时，他对自己所带的课程也毫不马虎，晚上精心备课，课堂上认真讲授，对学生循循善诱。他虽身兼几项工作，却能统筹兼顾，没有相互影响，也没有听到父亲有过多少抱怨。是学校的文化凝聚了人心，学校精神长久地影响着师生，李店中学的教师心中都有指引的灯塔、成长的路标，少了功利心和浮躁感，多了对职业的敬畏、对教书的专注、对育人的投入。

那时候每天下午有 45 分钟的课外活动时间，一部分学生会走出校园，沿着关堡山的蜿蜒小路而上，山上有一座庙，现在修缮、扩建得已经很有规模了，我们那时会跑到庙里偷吃桌上的供品，为保证按时间返校，就从山上的大路（土车道）或小路（蜿蜒于山上的捷径）上跑步到学校，回到学校，值日的学生已经将教室打扫干净，大家也就陆陆续续开始上自习。老师们的活动时间也很精彩，校办公室会在课外活动时间用喇叭播放音乐，老师们有的会在宿舍的台阶上下象棋，往往剑拔弩张，高声大嗓地争得面红耳赤；有的在操场打篮球打排球，或到教室前面和学生打乒乓球，或在行道树上绑上羽毛球网子打羽毛球，他们脚步矫健、手法灵活、扣杀有力，让我们着实羡慕。那时的老师个个都多才多艺，他们在活动期间就能很快组一个团，笛子、扬琴、二胡、锣鼓、梆子都会上，有时来一段秦腔曲谱，有时来一段现代音乐，引得许多学生驻足聆听。我记得有一年六一儿童节，李店中学师生在李店舞台上演出了一场秦腔《辕门斩子》，王校长扮演杨延景，文武场面和演出人员都是李店中学师生。这些丝毫没有影响学生对老师的尊重、对知识的渴求。我们课间也不安分，教师前脚走，我们后脚冲出教室占乒乓球桌，10分钟的课间也要争抢着打几下。初中的时候课间有吹口琴的、吹笛子的，我同桌经常会在课间吹《三月三》等乐曲，我们也会跟着哼唱；那时买不到带曲谱的歌曲书，只要谁得到一本，我们就抢着抄曲谱和歌词，也会学着拼谱子、唱歌曲。这些丝毫没有影响我们的学习，完全是出自个人的喜好，真正是"我要学"。这就是一个学校教育的成果，也是一所学校的灵魂，让更多的人能展示自我、释放个性，让他们有成就感、获得快乐感，这不正是当下不断强调的五育融合下的素质教育吗？学校让每位老师感受到家人般的关怀，也凝聚了更多志同道合的追梦者缔造了李店中学教育的辉煌。李店中学也成为全市、全省闻名一时的学校，成为教师苦教、学生苦学、家长苦供"三苦"精神（后来发展为静宁教育的"五苦"精神）的发源地，让一批批优秀的学子走出李店中学的校门，走上全国各地的不同岗位，甚至漂洋过海，跻身世界各地，成就着各自辉煌的人生。

一个时代有一个时代的精神追求和理想，也有自己的使命和责任，更有自己的时代性格和价值追求，李店中学教师对工作的敬畏、对责任的担当、对使命的忠诚、对单位的热爱、对师生的真诚让我仰视和尊敬。学校的文化和管理塑造了老师的敬业，老师们的敬业潜移默化地影响着我们、督促着我们、引领着我们。每节课前教师发的飘满油墨清香的试题和精心批改后的作业、课堂上老师严谨的板书演示、抑扬顿挫的语言、各具特色的授课风格、风趣幽默的思想教育……老师的举手投足、言谈举止、音容笑貌、语调气势我现在还能记得来、学得来。

时过境迁，以前土炼铁楼的地方已经成了餐厅，以前的林荫主干道已然不在了，我们偷吃过苹果的果园已成为高中教学楼的一部分，校园被一栋栋不同走向的楼分割成不同形状的小块，全然没有往昔的痕迹了。校园多了延绵关堡山脚的读书长廊，有每年5月左右飘香的合欢树和月季花，有常年苍翠的云杉和龙柏等绿植。站在校园内，目及关堡山，往日的老师和同学、往昔的学习和生活、往昔的教室和课堂、往昔或悲或喜的故事就会在这片精神的沃土上升起、蔓延、膨胀，并包裹了我的思想……

我在李店中学的青葱时光恍若昨日，关堡山下琅琅读书声是我这些年魂牵梦萦的记忆，一位位恩师耳提面命的谆谆教诲让我感念至深，老校长的诚挚厚爱激励着我俯下身子根植教育理想，在教书育人的路上，始终铭记着李店中学的精神、王校长的育人情怀，感恩遇见这些人和事，成为指引我人生道路的明灯，温暖我、激励我、警示我、指导我的成长。

作者简介

樊彦荣，1991年毕业于李店中学，曾在静宁县甘沟中学担任高中教师，现在静宁县教科所工作。有十几篇专业论文发表于省级刊物，被评为平凉市第一届青年教学能手、平凉市中小学骨干教师、平凉市基础教育课程改革优秀教师；被静宁县委县政府评为优秀教师、高三优秀年级主任、先进教育工作者、静宁县推动经济社会高质量发展先进个人等。

中学往事随笔

马放均

　　说起中学时期，掐指头算了半天，我应该是1989年秋到李店中学读初一，那会儿念完了薛胡小学后，附近也没有别的中学可供选择。

　　上了初中，虽然是通校，但对我来说最大的困难是吃不了中午饭，记忆中除了饿没别的。我所在的马邑堡村距离学校步行得一个小时，从家里出发，向西翻过一道梁，下一座大山后过两道河，再一直向西穿过五方河老街道，一路小跑到关堡山脚下，就是李店中学。早晨，天还一片乌黑，老妈早早起来专门给我做早饭。我填饱肚子后一路疾步颠到学校，中午啃几口干粮，再一直熬到天黑放学才能回家，放学进村时候家家户户都点灯了，我才吃第二顿饭。当时村里人戏谑说，吃在家，拉在学校，农村人在家养牲畜还能攒粪肥田，谁家龟儿子不好好念书考不上大学的话，还不如养头牲畜划算。

　　我上初中后好长时间还是懵懵懂懂的，跟着同村的学生在家和学校之间来回跑，老觉得街头巷尾的事总比空着肚子上课更有意思。上学路上手不离棍棒，走山路庄稼地里时有野兔、山鸡，就想抓一只解解馋；看见野狗，就忍不住追着拿砖头砸它；进了校门，也得手指头一路划着砖头缝儿进教室。刚上初一的英语最难学，习惯了汉语拼音，记个单词就很别扭。教英语的小个儿老师叫刘岁茂，特别严厉，上课音调高，喊一嗓子整个瘦小个子配一双大皮靴都能蹦起来。刘老师逼得紧，我就硬着头皮多学一会儿，老师一松手，我就解放了。记得一次快考试了，我问班上同学英语到底属于主课还是副课，同学说他也不知道。在班里我跟最顽皮的几个玩得最好，我跟着王壮壮坐在操场最北侧大木门下的石头上卷旱烟，初中部教学楼是个整栋两层的单侧楼房，门都朝北开，远远能看到一楼老师在讲台上来回走动。班里有个叫马仁仁的会背着老师抽烟，我卷他抽配合得挺好。自习课班主任王世睿老师经常蹲在教室门口的台阶上盯着，不然里面会立刻喧闹起来，吵得门外操场上的体育生都嫌弃。

中午放学，班里大部分学生都会回家吃午饭，住校生回集体宿舍点煤油炉自己煮饭，只有我们三两个离家太远没地方去，只能打杯开水就着干粮吃几口。锅炉房在教学楼的南侧隔一个过道，打开水时我一般都是直接从教室窗户跳过去，从不走大门。有一次，我翻窗刚跳下去差点儿踩到路过人头上，这人个头儿不高，戴着副大眼镜，背着手，天哪，竟然是王校长！我被逮了个正着，被王校长严厉训斥了一顿，后脑勺挨了王校长一巴掌，并不疼，想来是没用劲，然后被带到他办公室门前罚站了一中午。大太阳底下我一直低着头，看着解放鞋沿着胶皮边儿渗出来的脚汗，外面黏上土成了泥，里面脚趾头直打滑。老师们办公室有好几排，外墙统一刷白看着很整齐，王校长的在最靠边上紧邻学校南北中轴通道。我是第一次被抓到这里来，这下可惨了，来来往往的同学、老师都看见我了。在学校里，在校长门前被罚站的基本都是学渣，这是共识，这事再传到村里，我也就是村民眼里只能给学校攒粪的主儿。我斜眼瞅瞅王校长的办公室，常开的木门里，靠窗户一张办公桌，侧面顺着墙摆着木头长椅，地面是砖头砌的，扫得干干净净，靠墙一张床，被褥叠得整整齐齐，既是办公室，也是起居室。这是我第一次近距离看到王校长的办公室，好不容易熬到下午快上课了，我才被"释放"。

从此以后，每当我看见老校长，都是靠墙根儿溜的，不敢正视。他经常在校园里巡视，穿一双布鞋，灰色中山装，后背着双手，侧弯着头，两扇大眼镜，明晃晃的，似乎走哪里都能碰到他，感觉他老是想把我们这些调皮捣蛋的学生赶回教室。有一天雨后，在办公室旁主干道上，我又被老校长堵住了，"马放均，鞋带开了我给你系上？！不像样子嘛！"我低头一看，解放鞋鞋带头上早就踩毛了，鞋带拖到地上糊了泥，我赶紧低头绑上。王校长把我叫到一边儿说："你是马邑堡的，是状元村的，你们村子里就没有差生，你家里困难，更应该努力。"也确实是，我家在村里是最困难的一户，家里困难还顽皮不化的就更该罪加一等！显然，王校长做了了解，这次没打，只是开导，很和蔼。王校长对我们村子了如指掌，村里学生他竟然个个都能叫上名字。难怪大家都说王校长偏爱马邑堡村的学生！

记得第一次开全校大会，应该是我初一学期末的表彰大会。王校长站在教学楼二楼过道上讲话，会上还宣读各年级前十名名单，让我意外的是我们村的学生大都名列前茅，同村的胡小宁、胡接旺、马改相等都是各年级的第一名！放学回家的路上，我们同村学生列队沿山间小路而上，我跟在最后，抬头一瞅，同村的学生几乎个个得奖，奖状卷个筒拿手上或斜插在书包里，生怕压皱了不好张贴，除了我空着手！想起王校长的一巴掌，想起"马邑堡没差学生"，想起王校长难怪这么偏爱"状元村"，我只能低头跟着"奖状队"往回走，感觉跟站在王校长门前一样，同村同学的队伍里，我是个另类，是唯一一个多余的。村子里的家长们大都不识字儿，那会儿谁家墙上奖状的多少就代表家族未来前途的大小，尤其是我们村子，大家就爱攀比这个。

上初二以后，隔三岔五我会被王校长"关照"，大都以过问为主。受教于校长的督促，得益于同村榜样的力量，我幡然醒悟，开始重视学习了，之后成绩一路提升，表彰大会上也能念到我的名字了。1992年中考，记得报考人数达720人，高一录取80人（外加10个体育生等调剂名额），竞争相当激烈，高中第一课，所有老师都祝贺我们在8取1的竞争中荣幸录取，我当时跟英雄一样地光荣。那会儿如能考到第一名，祖坟冒青烟了。我打听究竟谁这么厉害，能考取第一名，没想到竟然是个姑娘，梳个马尾辫，中等个头，眉清目秀，聪颖内敛，写得一手好字儿。我们交流甚多，互生好感，这个叫王小琴的漂亮女同学，后来成了我的妻子，她得亏没见过罚站时的我。再后来，我1995年考到了北京，拿到录取通知书后，我犯愁怎么到遥远的学校去报到，乡下学生进县城考试都迷糊方向，那会儿自己凑个路费都很困难，也根本没有家长送行这一说。我打听到李店中学94届有考入中国青年政治学院在京就读的师兄，就慕名前去到师兄家里拜会。我推着自行车翻过了关堡山后面的一道道梁，嗓子冒烟终于见到了暑期回家收麦子的李常州同学，赶紧搭把手替人家推了两车麦子才进屋，说明来意后，李同学斜眼瞅我半天道："你就是马放均？听我们村马仁仁同学经常说起你。"也没说给我倒杯水啥的，冷冷地干瞅我半天。后来他带着我进京时在火车上给我解密，说能跟马仁仁那个捣蛋鬼混到一起的准没好人，怎么能考到北京呢。于是我给他讲了王校长的一巴掌带来转折的故事。

我参加工作之后，有20年了没见过王校长，听说他退休之后大多时间跟城里的孩子们在一起。四五年前，过年回家，我老爸提起一事，说在县城西苑小区大院，王校长带着重孙，我老爸给我弟带孩子，由于俩孩子正好是玩伴儿，老人坐一起聊天，一开始相互介绍，我老爸说他是从李店马邑堡村进城的，王校长说："马邑堡有个叫马放均的，小时候不好好学，被我扇了一巴掌，后来考大学有出息了，你认识不？"这事儿在我们村传为美谈，因为我是状元村里走出去的大学生里面让王校长最不省心的一个。

最近一次是老乡王学军来我办公室，说起老校长是他叔叔，特意拨通电话问候了半天，电话那头儿，老人家听力下降了，我介绍了在京工作生活情况，我主动提起当年一巴掌的事儿，老爷子呵呵直乐，开心极了。

回想起来，王校长那一巴掌，打得真好！彻底打醒了一个懵懂少年！

多年来我一直想专程去看望老人家，但很惭愧我一直没有做到。今年年初，听李桃花老师说起王校长的近况，我跟几个在京工作的中学校友共同提议写些文字最好能出版，想以此记忆王校长及那个时期李店中学的辉煌，记忆那个热血奋斗的年代。李店中学的教育改变了我们几代人的命运，我们走出大山，看到了更广的世界。我谨以此文表达对母校的感恩，对王校长的敬仰和感激。可惜本人笔墨欠佳，只能罗列些碎片，言不及义，但心是诚的！

作者简介

马放均，1989—1995就读于李店中学，1999年毕业于北京轻工业学院。高级工程师，从事科学仪器研发设计工作，先后就职于北京市仪器仪表工业局、普析通用仪器有限公司研发部门工作，曾任上市公司聚光科技（杭州）股份有限公司总裁助理、事业部总经理等职。2017年创建北京兰友科技有限公司，从事实验室分析检测仪器创新研发及运营业务。

真情教书，真心育人

——记李店中学校长王自勖

李德能

　　求学十余载，有很多老师，我印象深刻，但最难忘的还是时任李店中学校长的王自勖老师了。时隔多年，王校长教书育人的精彩片段，始终浮现眼前，奈何才疏学浅，总感无法用文字记录。

　　在师友的鼓励下，再次坐到电脑前，尝试用拙劣的文字，回忆往事，以此来表达我对王自勖校长朴素的感情。

　　33 年前的中考落榜，也算我求学经历中一次重大挫折。

　　小学的骄傲自满，初中的贪玩，终于狠狠地教训了我。我是家里老小，父母望子成龙的期盼，兄长的谆谆教诲与寄托，均已被我毁灭了。看着昔日同学好友一个个上了中专、高中……我在极度自责中度过了一个暑假。

　　终于熬到了开学，想着去补习，到处打听初三补习的政策和报到日期，可每每都乘兴而去失落而归。

　　一天晚上，去街道赶集的邻居说：李店中学初三补习生开始报名了。

　　怀着忐忑与焦虑，想着之前的种种遭遇，揣摩着第二天报名时的各种可能与不可能，竟一宿未眠。天一亮我就直奔李店中学。

　　现在想起来，还清晰地记得那天乌云密布，秋雨绵绵，心里感觉很压抑，但憧憬着可能有好的结果，又感觉无比清爽。

　　来到了李店中学东二排一号王自勖校长办公室，王校长（我们都尊称为老校长）坐在沙发上，跷着二郎腿，似乎思考着什么。

"报告！"

老校长把目光移过来，"李德能！你上学时不好好念书，看你现在连补习的资格都没有了嘛。"

我初中贪玩是出了名的，难怪老校长这么肯定地认为：中考落榜的我，补习是不够分数线的（当年初三补习分数线是 400 分）。

我微弱地挤出几个字："我考了 420 分。"

我终生难忘的场景：老校长非常惊讶地打量着我，迅速站起来翻阅中考成绩册，确定成绩无误，高兴地说："没想到啊，你个'逛三'还考了420 分，嗯，你这下可要珍惜机会呢，好好学习啊！"

当时在哪搬了一张课桌，如何在众目睽睽之下坐到了初三一班教室的最前排，成了应届班里的"老补"，记得不是很清晰了。只觉得能有这次读书的机会，我就足够了。

其实，上小学时，我就听说过王校长。当时就是我们方圆几个乡镇的"名人"，用今天的话说，就是标准的"大先生"，先生潜心治学、躬耕教育的先进事迹，无人不知。

我还记得上初一时，老校长给我们教授《公民》课程，一套灰白色的中山装，总是洗得干干净净的，藏蓝深色帽子，还有一副老花镜，成了老校长的标配。

老校长上课很有特色。讲课能够围绕教材内容，旁征博引，生动有趣的例子信手拈来。古今中外，田间地头，上能论国家大政方针，下可谈学校的班级管理，东村的逸闻趣事，西村的励志故事，真是包罗万象，无所不有。正当我们听得着迷时，下课铃响了，老校长才收住故事，一只手拿起教本，另一只手拽着眼镜腿子往前拉伸，用那特有的富有磁性的声音喊道：

"嗯，赶紧画，'公民'的概念，什么叫作'公民'，在课本上画下来……"

不管讲什么，老校长都能从所讲内容中概括梳理出教育元素，真是育人无声。同学们都说，听老校长的课，不知不觉地就把我们教育了一通。现在回想起来，老校长真是把教育的火炉烧到了炉火纯青、出神入化的境界。

当我也走上讲台后，检查自己的学生学习情况时，就想起了老校长，为了检查同学们是否课后复习，对上过的内容是否有印象，上课第一件事，老校长就要求我们每个人用手指着上节课上到哪了，同学们前拉后扯地乱指，引来老校长风趣幽默的批评……每每回忆起这一切，感慨良多。

老校长育人更有特色。我们宿舍在东一排一号，刚好在老校长办公室的正前方，晚上同学们个个玩得不休息，说笑的，打闹的，吵闹声此起彼伏。老校长把我们叫到办公室前，挨个批评教育。说谁的爸爸是老念书人，你应该向他学习；谁的爸爸外出打工，挣钱不易，你应该好好努力；谁的哥哥考了大学，你应该以他为榜样……

没有辱骂和讽刺，亦无厉声呵斥。对每个学生的基本情况了如指掌，动之以情，晓之以理，说得大家心服口服，以至于我们觉得，接受老校长的批评就是一种享受。因此，后来我们总隔三岔五故意调皮捣蛋一下，希望再享受一下这种"待遇"。

当然，老校长发起火来是很厉害的。记得有一李姓同学，在初中毕业最后时节，因打架被开除学籍。老校长集合全校师生，详细述说其违纪过程，后宣读处分决定，很少见到他发那么大的火。说到该生家境特别困难时老校长那哀其不幸，怒其不争的表情，我至今记忆犹新，永远难忘。也可能是老校长的"怒批"彻底刺痛了李姓同学，因受处分，他虽然无法进教室学习，但每天坚持早来晚归。其不修边幅，发愤读书，或在校园的菜园地头苦读，或直接趴在地上演算，大有忍辱含垢、卧薪尝胆，不破楼兰终不还的气概。功夫不负有心人，经过努力，当年他以总分第一的成绩考进了李店中学高中部学习。

工作后，我也一直思考，什么是教育？什么叫爱学生？

我认为能够做到因材施教的，就是一名成功的老师。实践是检验真理的唯一标准，检验教育方法最有效的就是教育效果。老校长对李姓同学的教育，拯救了一个人，改变了一个家庭，也教育了全体学生。常说教有原则，却无定法，在老校长眼里，唯一坚定的是对学生那份深沉的爱。

老校长为人随和善良，我们沐浴和享受着方式独特的教育。学生对老校长的"敬畏"，更大程度上成为"敬"，很少有人"畏"了，老师们也非常尊重他。但是，他对课堂教学的要求是很严格的。记得一位新入职的体育老师，每次上课就发一个篮球，男同学打球，女同学在操场角落聊天说话，我之前一直以为体育课就是这样的。老校长看到后，语重心长地给那位老师说："我们乡下学校，条件艰苦，体育器材虽少，但是必须认真备课，要探索在这种情况下如何上好一节体育课的方法呢。"从此，我们上体育课才有了课前热身、体育知识讲解、老师示范、同学们练习等环节，体育课内容充实，不再乏味了。

孟子曰："教者必以正。"身教重于言传，要求老师做到的，老校长都率先垂范，如果没有公务出差，每天的早操，我没见过老校长落过一次，春夏秋冬，寒暑易节，每天老校长总是老早到操场，背手疾走。晨练是老校长的习惯，更是生活的重要组成部分，他的晨练，也是工作，是深入学生，了解学风的必要手段，晨练，也是全校师生的精气神的集中体现，标志着充满激情、紧张有序的一天开始了。

"师也者，教之以事而喻诸德也。"王校长躬耕教坛几十载，多少年如一日，始终能够深入学生，站在育人前线，狠抓教学质量，高考屡创佳绩，拨转了许多学生的人生方向。

低调朴素，淡泊名利的老校长，真是桃李不言，下自成蹊。

作者简介

李德能，生于 1976 年，静宁县李店镇人，1999 年毕业于西北师范大学历史系，同年进入平凉地区师范学校工作。现任平凉职业技术学院教育系党支部书记。

忆母校

樊世科

　　那些年里，奔波异乡阅尽人生沧桑，尝尽世间酸甜苦辣。寒来暑往，日复一日。往事早已忘得一干二净。对未来的迷茫更显得无奈与困惑。唯有闲暇之时借笔书笺，诉说着心中郁结和渴望，也稍有成果。

　　记得有一次，我在全国诗词大会有幸得一等奖。安排去北京颁奖，心情万分激动。来自全国各地的精英多达数千人。颁完奖回到座位上情不自禁落泪了。那泪水淘尽了多少岁月里潜心之苦与委屈，又凝聚着多少无限喜悦和自豪。其间不禁想起，今天的殊荣绝对离不开当年辛勤培育我的园丁们。很想致电把此美誉告诉给当初的老师与同学们，共同欢庆共同祝福。对屏相望，掀翻通讯录，竟然找不到任何一位要找的电话。适才想起，当初未能学业期满便奔波于社会，也就失去联系，亦没有任何功绩回馈老师，内心深处十分愧疚。因此，避之不见，偶尔遇见亦远远溜之大吉，逐渐相互陌生得与异乡人无异。当时的遗憾与失落无法言表。思忖良久，离厅而去。

　　岁月长河里，总有那么一段时光，十分思念曾经某个人或几个人。常言讲道，过目不忘，的确如是。如果总说忘了或不记得了，实则是假话，只不过是没有勇气面对和承认罢了。此生最难忘中学时段几位老师。尤其班主任王栋老师，语文马万隆老师。此二位真可谓铁杆专职教师。学识渊博，为人朴素随和。教学严谨，不厌其烦的精神，深深打动着每位学子。无论本班或他班学生，都对两位老师的学识与为人赞不绝口，敬慕不已。只可

王自勖校长与李店中学

惜当初我认知有误，未能学业预期而自责。在这里深深说一句："对不起，您辛苦了！"

烟尘岁月里那位母校的领航人王校长的形象时时浮现在脑海里。要说具体的故事，我也说不出多少，因为那时我实在不起眼，成绩不好也不差，为人内敛安静，从来没有调皮捣蛋过，几乎跟隐身人一样存在于同学中，但是对他老人家的崇敬是发自内心的，对母校的那份爱已经流淌在血液里了。

今借此良机，随笔附诗几首，以抒怀。

忆持灯人王自勖校长

初抵黉门别有天，

流光点醒那些年。

舌尖旋想酸浆水，

心底翻开青菜园。

心雨轻匀门外韵，

丹书描画广爷川。

口碑扑面时盈耳，

校长持灯梦境安。

班主任王栋老师

常记身频恙，带病亦不休。

那回刚上课，旧病复来忧。

手抖声嘶哑，纵然未回头。

今怀曾往事，已过几十秋。

语文马万隆老师

习文千古名，教诲遂平生。

常记儿时课，朱德忆母情。

襟怀高且远，教子显英明。

昔日一堂课，伴吾万里行。

忆母校

远古羲皇成纪川，

星辰轮转越七千。

气吞天地飞将勇，

千古诗仙韵不凡。

壮志凌云红色路，

立学从教万秋传。

而今疆域红旗下，

后辈更当天下先。

作者简介

樊世科，笔名天云，自由职业者，1973年生，甘肃省静宁县人。热爱中华古典诗词及创作。在刊物发表作品多篇。

每每想起，总有温暖

樊满怀

　　"麦子黄了要割来，杏儿黄了要摘来。人老了要死来，再大的官，再大的贤，再多的钱，都躲不过这一点。身体要健康，精神要振作，心情要愉快，思想要开通。"视频中的话语还是和三十年前同样熟悉，九十岁高龄的老校长说话思路清晰，气势不减当年，顺口溜说得依旧滔滔不绝。今天看到同学发来老校长的视频，三十年前李店中学的记忆涌上心头。

　　记得 1989 年，我刚上初中，由于报名迟了一天，教室里竟没有了我的桌凳和课本，当时我甚至都有不想上学的念头了，正当我两手空空没地方坐也没拿书本的时候，老校长走了过来，问我为什么不读书，我说来迟了没发到书也没凳子坐，老校长就把我带到学校里修桌凳的师傅跟前，给我要了一个凳子，挤在两个同学的桌子中间，并且让我在二班同学跟前借书看。因为当时一班和二班是同一个老师带课，他们上的课跟我们的正好相反，所以书也能错开借用，就这样凑合了一学期。当时我也不明白为什么去晚一天就要付出这样的代价，但是王校长的举动正如雪中送炭，总能温暖一个学生稚嫩的心灵。

　　当时的学生宿舍仅方寸之地，里边支着一个高低床，上下通床各住着十多个人，床前床下都放着各个室友的大木箱子，旁边还放着我们各自做饭用的煤油炉子，宿舍的墙上钉满了钉子，挂着住校生从家里带来一周的馍馍。现在说出来大家可能很难相信，老校长每天都会偏着身子笑嘻嘻地来到每个宿舍，看我们都吃饭了没，并且总是叮嘱我们别吃发霉变质的馍馍（因为当时每星期带的馍馍总是只能坚持到周四便会发霉），让我们做完饭记得把窗子打开通风。他总是滔滔不绝，踏实地扮演着一个妈妈的角色，更像一个后勤部主任。总是会出现在学校的每一个角落，关心询问着每一个学生。记得当时学校的助学金都是发给好学生的，但是我们贫困的学生也都能领到两元钱，用来打三斤煤油，那是王校长特意给我们每个住校生的特别照顾。

给女儿讲述王校长的故事时，女儿问我是不是和王校长接触并不多，我说："每个人和王校长接触的都不少。"印象最深刻的一次接触便是有一次课间排队打水，正好轮到我了，但是上课铃声响了，我准备提着空水壶赶紧离开去上课，恰巧这时王校长看到了，笑着说："樊满怀儿，把你的壶放下我给你打水。"此时我满脸通红，有些无措地把水壶递给了王校长。到了做午饭的点，我跑到王校长的房子去拿水壶的时候，他慈祥地笑着说："瓜子，我放到你宿舍了。"这时我内心非常惊讶，他可是校长啊，怎么会知道我这个学生的宿舍在哪里，结果回到宿舍果真看到了我的水壶，真的难以想象我们的校长竟如此细心，不得不说，这壶水做出来的饭真的别有一番风味。

每年新生入学时，王校长都会挨个问一下同学们的名字，神奇的是他能记住学校里每一个学生的名字和家庭地址以及家庭情况。这在我印象中真是前无古人般的存在。初三的时候他是我的政治老师，记得他第一次登上我们教室的讲台时，他就偏着身子对我们说："你们是早晨八九点钟的太阳，未来是属于你们年轻人的，凡事要从小事做起，从现在做起，从自我做起。"后来我在生活中遇到困难或想偷懒时，王校长的这句话便会在耳边浮现，实实在在地影响着我，提醒着我去做自己该做的事，不断警醒着我一路前行。

王校长曾提出"学生苦学，家长苦供，教师苦教"的"三苦精神"还萦绕在我们耳畔，直到现在，我依然遵循着这句话来教育我的孩子。在昔日的李店中学，无论春秋还是冬夏，每次早操都会出现王校长的身影。即使下雨天，他也会带着一把伞在教室周围转悠，当时不懂他的意图，现在想来，他是在落实"教师苦教，学生苦学"的宗旨吧。

感恩老校长的关心和帮助，让我在困顿中不断成长。此刻特别感谢大数据，为我推送了与老校长有关的视频。看到很多校友对老校长的评价，唯有此句我觉得更能彰显老校长的功绩：李店中学曾经的辉煌，老校长是创造者，我们是受益者。感恩过往，感恩教导我们的学校，我们从来没有忘记过母校，更没有忘记老校长。

王校长，一个不平凡的普通人，影响着每一个很平凡的我们。

作者简介

樊满怀，女，生于 1974 年，治平镇大庄村人，1991 年毕业于李店中学初中部。

我的"劳动模范"爷爷

王　阳

　　小时候，看村里的孩子成天跟着自己爷爷玩耍，我很是羡慕。而我的爷爷去了很远的地方，好长时间才回一次家，最盼望的是爷爷每次回家，都会给我带来一颗红苹果，我拿在手里舍不得吃。上学后，不管是小学还是中学，基本上所有的学生、老师都认识我，但他们却不知道我的名字，只知道我是王自勖老校长的孙子。甚至走在大街上，也会冒出个陌生人来问我：听说你是王自勖的孙子？我点点头，接着他们便会对爷爷夸赞一番，然后笑着离开。从那时起，我总感觉爷爷在别人的眼里不是三头六臂，就是个超人。但在我的眼里，爷爷就是爷爷，他是一个普通而又勤劳的人。

一

　　从我记事起，村里哪家向爷爷借钱，即使他没钱也会爽快地答应人家，就算爷爷厚着脸找人借钱，也会按期把钱交到借款者手中，并嘱咐他们别急着还，办事最重要。逢年过节，爷爷带着礼品拜访他的堂叔堂哥堂弟等亲戚更是雷打不动的事，尤其是对他的堂哥堂嫂，每次回家，爷爷都会或多或少带一些生活用品前去看望。现在爷爷年事已高，双腿疼痛，连上厕所都很困难，可是爷爷每隔一段时间都要专门回老家去看望还健在的堂嫂。记得我小时候，每次看到爷爷要送人的糖果点心时，我们姊妹几个馋得流口水，但是没有爷爷的允许，我们谁也不敢打开糖果袋子。这样久了，免不了我们几个"抱怨"，有一天，爷爷终于告诉了我们原因。爷爷说，在他四五岁的时候，我曾祖父被国民党抓了壮丁，逃回后怕被拉去枪毙，又逃到宁夏西吉县给人打长工，国民党的干部上门要人，扬言交代不了我曾祖父的下落，就抓走我年幼的爷爷，在他们的恐吓下，患有疾病的曾祖母很快便离开了人世，爷爷就成了孤儿，成了吃堂叔婶们家饭长大的孩子。爷爷到了十多岁，开始有了读书的想法，他的堂哥嫂非常支持，并且每天晚饭做熟后会盛出半碗，天蒙蒙亮煮热后叫爷爷起床吃饭上学。如果没有他堂叔们的养育，在那个年代或许他就长不大了，如果没有他堂哥嫂的鼓励和支持，就没有他后来的一切。他一直教育我们：尊敬别人就是尊敬自己，做人要永远记得别人对你的好，要懂得感恩。

二

我五岁那年，爷爷将我的曾祖父从西吉县接到了老家，当时我曾祖父已经八十多岁了。之后的每个周末，不管下雨下雪，爷爷都会回家，每次回家都会给我曾祖父买回来面包、蛋糕和点心等容易咀嚼的食物。每次回来，给曾祖父洗衣服成了他的"必修课"，我母亲曾多次说她洗，可是爷爷总是说，你们每天干农活已经够累了，这些轻松的活我来干，况且这是我父亲的衣服，我这辈子没有尽到做儿子的责任，我亲手洗了心里舒坦。等我长大懂事的时候，我问爷爷，你为啥对我太爷这么好，你从小就成了孤儿，他也没有尽到做父亲的责任。爷爷说，你太爷那是身不由己，但是孝顺父母是我的本分，如果一个人连自己的亲生父母都不能宽容，都不去孝顺，那么，他对谁都好不到哪儿去，他就是一个不值得任何人交往的人。

三

每逢周末或节假日，尤其是暑假快要开学的时候，家里时不时会来人找我爷爷办事。那时候我年纪尚小，只记得他们带的礼品比我们平时走亲戚带的礼品多很多，而且来人对我更是和颜悦色，有的给我塞糖果，有的塞钱。当我伸手去接的时候，爷爷会变得异常严厉，甚至还呵斥我。看到爷爷严肃的眼神，吓得我大气不敢出，撒腿就跑，也就是从那时候起，不管是谁给我送东西，我都会偷偷地观察大人的眼色。而我最惦记的礼品盲盒，总是在未解封之前，在爷爷劝说下原路返回。爷爷劝他们把礼品拿回去，苦口婆心地说：你家里还很困难，你拿的是家里人的口粮；你拿回去给老人吃；你拿回去给孩子吃；你拿回去到商店退了；我拿了你的东西就对别人不公平了，你换位想一下，如果别人家的孩子顶替了你家孩子的上学机会，你是啥想法？有时候遇到特别难缠的人，爷爷动员全家人，强行将礼品退回去。我看着带来的好东西退回去，心里特别不高兴，爷爷看到我脸上的不悦，就会语重心长地教导："不管做啥事，要坚持，要有底线，不该属于咱们的东西千万不能要，人在做，天在看，自己心里要有杆秤，要对得起自己的良心，做事合不合适要换位思考。"

四

我上小学的时候，我们老师上课都是手拿一支粉笔进教室，下课后，剩下的半根就又拿走了，除了给老师上交的作业用铅笔写，其余的都是拿一截树枝在地上写。我从来没有碰过粉笔，有一次，我去爷爷工作的学校，看到爷爷办公室里有好多粉笔，欣喜若狂地拿起一根正要在爷爷办公室的墙壁上写字，爷爷看见后立马说，不能在墙上写，拿到院子里去写。我很不情愿地将粉笔装进了衣兜。过了一会，我跟着爷爷在校园里"巡逻"，爷爷前面背着手走，一会和路过的学生打招呼，一会和遇到的老师聊几句，一会又弯腰捡拾地上的纸屑，尤其在学生宿舍前，爷爷一边捡拾学生丢弃的馒头渣和面条段，一边嘴里念叨学生不知道珍惜粮食，不论我怎么催促，爷爷却是不捡干净不离开，我跟在后面感觉太无聊了，于是摸出衣兜里的粉笔，挨着墙面走走画画，所经之处的墙面，被我画上了一条长线，如果爷爷停下来看什么或捡拾东西时，我也会停下来，在墙面上画几个大圈。当爷爷发现的时候，我已经几乎将学校的墙面画了个遍。记得那天爷爷非

王自勖校长与李店中学

常严厉地批评了我,然后拿着一块抹布去擦我涂画的墙面。在擦除的过程中,有几位老师走过来夺取爷爷手中的抹布,说:王校长,怎么能让您亲自擦呢?我来帮您吧!爷爷风趣地说:是我这个爷爷没有当好,孙子闯了祸,怎么能让大家帮我,还是我自己来擦,算是孙子惩罚我没当好爷爷。后来,我从读中学的姑姑口中得知,爷爷要求所有老师教育好自家孩子,不要在校园内墙壁上乱涂乱画,如果有画的,要求孩子家长亲自擦除。因为我的随意乱画,爷爷还在全校的教职工大会上作了检讨。

五

在我的印象中,爷爷很少给自己买衣服,偶尔买回一件,就习惯性地让我来估价,以前我问是哪里买的,他说在市场上的地摊买的,我就说超不过一百。爷爷说:你估高了,卖家是要八十的,经过我反复讨价,五十买的这件和商场五六百的一模一样,真是物超所值。后来我就知道他是从来不会在商场买衣服,更不用说去专卖店了,之后也不问买的地点直接说价,但是每次估的价都比爷爷付的要高。因为爷爷的"地摊货"衣服质量差,基本上每个周末都要缝补衣服,他在补丁和补线的选择上是有啥用啥,一点不讲究,白衬衫上用红线缝一块黑补丁,黑内衣上用白线缝一块红补丁是常有的事。一双袜子经过一次次一层层缝补,早已失去了本来的颜色和式样,都能当鞋子穿。我说缝得太难看了,还是让我妈妈帮你缝补,或者丢了买新的。爷爷却说:外衣要缝补得好看,就让你奶奶或你妈妈帮忙,其余的还是自己动手吧。再难看穿在里面别人也看不到!自己动手是既锻炼手艺又不麻烦别人。衣服就是新三年旧三年缝缝补补又三年,穿旧衣服是既合身又舒服。

我曾祖父去世后,别人都说把用过的衣物全部烧掉,可爷爷全部留下了,他说,都好好的烧了多可惜,并且我穿上还能感受到我父亲的气息。从此,爷爷给自己几乎是没有买过衣服,他铺的盖的穿的基本都是我曾祖父生前用过的。每当家人给爷爷买回衣服时,爷爷总是一边拿着衣服翻来覆去地看,一边说自己的衣服多，穿不完，以后不要乱花钱。看完后就将衣服收了起来，问他为什么不穿，他说平时穿上可惜了，等以后穿。问他以后是啥时候，他说以后是你们再不要给我买衣服了，把钱用到最需要的地方。

爷爷现在年事已高，虽然耳背眼花走路困难，但是早睡早起，饭前洗手，饭后漱口，睡前刷牙的习惯是从来没有改变。我已经是吃菜塞牙缝，吃肉咬不动，可爷爷到现在还能将核桃、杏核等坚果咬破。问他为什么到现在牙齿还这么好，爷爷说："你懒尿三六九地刷牙嘛！不过从现在开始还不晚。"他一句话说得我哑口无言，从小听爷爷对我说得最多的话就是做事不在大小、早晚，贵在坚持。但我当耳旁风，从来没有放在心上。现在想来，这正是自己一事无成的缘故。而爷爷做事不计大小、得失，始终如一地坚持，1991年被国家教委、劳动人事部授予"全国教育系统劳动模范"称号，也许是对他数十年如一日不忘初心的肯定吧！

而今，爷爷脸上的老年斑随着岁月的流逝与日俱增，头上的银丝日渐稀疏，双手紧握拐杖步履蹒跚，这一切，只是岁月的馈赠，而永远不变的是他那坚定而又深邃的目光，他的目光时刻告诉我们这个四世同堂二十多口大家庭的每一个成员，传承和学习好他做人做事的风格，才是对他最好的回报。

2023 年 5 月 25 日

作者简介

王阳，毕业于定西师专，现在静宁县新城小学任教。

我人生的导师、成长的恩师

王多利

前不久，老同事、老校友李桃花联系我，约我写一篇有关王自勖老校长的文章，这是我夙愿，也是我思谋已久的事，便欣然应承了下来。老校长是大家公认的好领导、好老师、好心人，也是我人生的导师、成长的恩师。我刚从平凉师范毕业，他就把我要回李店中学工作，到后来转带高中数学和高中政治、离职进修、初进学校班子，一直到后来担任成纪中学校长，这一路走来，都离不开他的指导帮助、关心支持。时至今日，过去快四十年了，我从一个意气风发的小伙子变成了一个快退休的人了，但对老校长的敬意和感激从未改变。

我从个人的成长进步和发展感悟，从经过的无数事例和实践对比中，深感他是一个自始至终保持乐观自信，信念坚定，热爱教育，对党忠诚，情系家乡，关爱群众的老教师、老校长。是他帮我成就了事业、成就了人生，是他让我懂得忠诚奉献的意义、为民服务的初衷，坚持敢闯敢干的意愿，形成坚持坚守的毅力，是他教我坚持真理、无所畏惧，学会斗争、敢于斗争、善于斗争，直至胜利，是他帮我始终正视自我、正视现实，一往无前，奋斗不已。

我成长路上的导师

1986 年 6 月，我从师范毕业后，被分配到李店中学任教，听局里有人说：

"多利，你是你们的老王校长硬把你要回李店中学的。"初到李店中学工作，学校分配我带初一两个班的数学，兼一个班的班主任，兼学校团委副书记。但到中期考试过后，由于带高一数学的安老师被调到威戎中学任教，学校决定让我去接高一数学兼班主任，当时我心中没底，非常紧张。王校长不停地鼓励我："年轻人怕啥，要多吃苦、多钻研，好好带去，让你带，就是学校和大家对你的信任，你不仅要带，还要带好。"因此，我鼓起勇气，接受了学校的工作安排。然而，带好高中数学，师范毕业的我，谈何容易！于是我常常"挑灯夜战""闻鸡起舞"，生怕给学校丢脸。老校长的宿舍离我不远，他看在眼里，也替我捏一把汗。不仅经常鼓励我，而且还帮我出主意、想办法，应对工作中的各种困难和挑战，帮我尽快适应新的工作变化。第二年，学校决定又让我带高一数学兼高一二班班主任。

一晃一年过去，正当我对数学充满兴趣、准备复习进修时，第三年，学校又决定让我带原班上高二，转带高一、高二政治。虽然我知道这是新高考来临和学校高中政治老师更为短缺，不得已才做出的决定，却因为我偏爱数理化，文科很不擅长，怕无法拿下工作，心里更加担忧。这时，老校长鼓励我："年轻人始终要有干一行、爱一行、会一行、成一行的信心和决心，要有敢于接受挑战的勇气，要有识变应变的智慧和能力，这样，才不辜负青春，方能堪当重任。"在他的持续鼓励和关心下，我忘记了眼前的困难和艰辛，从来没有觉得工作怎么个苦法，倒是觉得苦中有乐、乐中奋进、苦而有果。

后来，他推荐我去甘肃教育学院进修教育行政管理，进修归来，王校长推荐我进班子，担任副校长、校长。在王校长担任书记，朱春林接任校长，我担任副校长期间，他经常提醒和鼓励我："现在，你肩上的担子可重了，不仅要带头带好你的班课，为其他人做好表率，更要向朱校长学习，你不仅要学，而且还要悟。""不仅要向朱校长学习，更要坚定不移支持和配合朱校长的工作，属于你管、分配你干的事，你不仅要想在前、干在前，还要及时向人家汇报请教，学会沟通。"在这期间，朱校长也不断地鼓励我：

"现在，你我肩上的担子很重，特别你还年轻，更要着眼长远，工作不仅要干，更要细心观察，动脑研究。""教学质量提高，绝非一招一式，一年半载，急不得、慢不得，那是一个系统工程，不仅要看结果，更要落实过程。"我在工作实践中不断地体验感悟，觉得我向朱校长学习借鉴的地方很多，我要学习他严谨治学、一丝不苟的工作作风，学习他注重过程、精益求精的敬业精神，学习他善于钻研、勤于思考的学习精神，学习他追求完美、不到长城非好汉的进取精神。正是有了老校长的科学指导和热情鼓励，我干工作不仅省了很多事，更是少走了许多弯路，我和朱校长的工作配合也一直默契。班子调整后的第一年，1994年"3+2"新高考李店中学就搞了个开门红，高考成绩排名全市绝对第一，被地区教育处邀请在当年的全区教育工作会上作经验介绍。1995年，由于高考成绩再次名列全市前茅，地区教育处组织全市各县教育局长、分管局长，各完中校长、优秀教师代表和市直各学校校长、师生代表共计九十多人住在李店中学学习，全程观摩三天，后在《甘肃教育》上发表题为《贫困山区学校的楷模》文章宣传学校，并发文号召全区各县各校向李店中学学习。当年，县上提出学校更名为成纪中学。

朱校长调任后，我挑起了成纪中学的重担，在教育改革的大潮中，开始负重前行。多少次，我专程向已经退休多年的老校长去讨教治校的"锦囊妙计"，王校长总会语重心长地告诉我："要以学校大局为重，要把个人努力与集体利益融为一体。""要重视和调动教师工作积极性，要始终关心学生、家长的疾苦和诉求。""干任何事不能缺少目标导向，要学会用目标激励。""要懂得积少成多、量变引起质变的道理。""要有忍辱负重和默默奉献的毅力和担当。""要始终做到胜不骄，败不馁""要重视年轻教师培养，要敢于给他们压担子、交任务。""要敢于斗争，学会斗争，只唯实，不唯上，不唯书。"所有这些，我都铭记在心，每次从他那里回来，我都心情沉重，压力很大，觉得自己做不好会辜负了他老人家一片栽培之情，辜负了师生，辜负了这片土地上的父老乡亲。他的句句叮咛，都是对我的教导，是我前进的方向，奋斗的动力，也是我克服和战胜工作中遇到的困惑和阻力的法宝，更为我持之以恒、不懈努力注入活力，是我不断进步和发展的精神支柱。2002年，我接任校长后，学校高中扩招教室不够，学生住宿条件差且住房紧张，老师办公条件差，好多老师两人挤一间宿舍，工作生活十分不便，学生跑操操场容纳不下，等等。在县上和县局的重视支持、各位校友的关心帮助和社会各界的热情关注下，在条件很不具备、经费奇缺的情况下，我和学校一班人决定搞校庆，而且校庆成功举办，实现"让校庆搭台、发展唱戏"的目标，我的信心、勇气和底气，除了当时郭三省局长的极大鼓励、科学指导和鼎力支持外，也是与老校长多年的教导和鼓励分不开的。2004年，成纪中学考了全县文理科两个高考状元，李喜梅被清华大学录取。在学校每年招生够一中录取分数线的只有35人左右的情况下，2011年、2012年、2013年应届生高考上线本科人数连续三年突破百人大关，分别达106人、116人、126人。这些成绩的取得，除了成纪师生的接续奋斗、艰辛努力，也是得益于我向老校长和朱校长学习的结果。

师生心中的"好家长"

他平易近人，包容大度。不仅心里始终装着别人，装着老百姓的酸甜苦辣、家长里短，他有别人不能替代的特长，就是记人名记得特别多、记得非常精准，好多还能说出本人父母、舅舅或姑姑的名字，甚至能说出他家住在哪里、家世和家境如何。当然，这些都是他的学生和他曾经关注关心过的人，受他关心帮助的学生、老师不计其数。雷旭老师在刚恢复高考时，因家庭成分考上大学而不能去，老校长得知此事后，就把他聘请来当学校老师，让他不要灰心，一面教学，一面复习，继续考试。很快，高考制度全面改革，家庭成分问题不能当作高考政审一票否决的条件时，雷旭（现西北师范大学博士生导师、教授）老师第一年就以高分考上西北师范大学。这是一般人看不到、想不到的，更是一般人不愿做、不敢做和做不了的，这一举动，不仅改变了雷旭老师本人的人生境地，是选贤举能、成人之美的典范，更是他为了事业，不拘一格选人用人的人格魅力的真实写照。那些经常因违反纪律而被他批评教育，后来发奋努力、终成正果的学生更是对他念念不忘、感慨万千。

他处事公道，提倡大事讲原则、小事讲风格，与人打交道从不拘小节，也不计较名利。为了鼓励师生向上向善、克服困难，他经常找时间与老师、学生和周围群众拉家常，从中了解情况、平衡心态、鼓励上进。学校评优选先坚持原则，重品行、看实绩，工作决策以大局为重、实事求是，只唯实、不唯上、不唯书。

他为人正派，常说"其身正，不令则行；其身不正，虽令不行"。他的吃穿住行十分简朴。多少年来，上班就穿中山装，要么深蓝色，要么浅灰色。开会就拿一个小笔记本，记事简略、条理清晰、重点突出，会议讲话，政策性强、鼓动性大，而且一直爱用四字句，方便师生记忆。他十分重视团结带领大多数，每当碰到有些老师因评优选先、职称晋升情绪激动或想不开时，他都坚持正面激励、对比分析、引导发展，并及时给予工作和生活上的关照，让人心服口服、客观对待。凡要求别人的他都身先率范，说到做到。

情怀撑起了农村教育

他忠诚党的教育事业。尽管当时物质生活极度艰苦，学校发展缺一漏万，保障发展捉襟见肘，但他始终不畏困难，坚持不懈，一点一点争取、一年一年改善，学校办学条件不断改善。尽管当时人们精神追求相对单一，工作生活容易满足，推动发展缺少机制，但他始终用心用情，热心鼓励，坚持把软的作风要求变成硬的制度标准，把硬的指标杠杠变成软的行动目标，一步一步团结带领教师攻坚克难，奋勇争先。一个落后贫穷的乡镇学校，谁也没有硬要你考个什么质量、出个什么出类拔萃的人才，但是，就凭他的领导和鼓励，李店中学每年高考的上线人数就相当于当时的崇信和华亭两个小县之和,考出灵台或泾川一个大县的人数,每年受到地区的表彰奖励。李店中学毕业的学生,虽然个个家境贫寒,穿衣朴素甚至很土,生活简朴甚至艰辛,但他们个个意志坚定、志在四方、自强不息,在各自的工作岗位上敬业奉献、成绩优异。据2002年学校统计,李店中学在外留学的人数多达13人,樊健在美国留学,就是家庭贫穷、刻苦学习的典型代表;硕士、博士生达百人,薛林隆考上美国哈佛大学博士生、王吉政考上英国剑桥大学博士生、朱艳明考上北大博士就是其中的优秀代表;孔昌生、樊喜兵在国务院任职,孔昌生当时已是人社部政策法规司司长兼人社部新闻发言人,王玉生因参与修建鸟巢喜获"全国十佳杰出青年",杜尊贤在甘肃省政府任职等等。

他忠实服务学校发展。他家住在离学校5公里远的山区,每当秋季来临,总少不了天要下雨,每当天下大雨和秋雨连绵,周末到校总会有人因故缺勤,但他从来不会因为下雨路滑延迟到校,要么披雨衣随子女提前到校,要么浑身湿透、多次摔跤、满身泥巴,挂着他"特制的武器"——铁铲——疲惫到校,这是住在学校的老师们经常见到、问到和常常为此感叹、敬佩老校长的点点滴滴。2008年"5·12"地震后,年过七旬的老王校长,半夜给我打来电话,问我学生怎么安置,操场的那个二层楼上有没有学生?同时,还提醒我,那个楼不太坚固,经不起这么大的地震,你要注意观察、加强防备。挂了电话,思忖良久,我感动得不知所语,多么可敬的人啊!在他心里始终没有离开过他奋斗了大半辈子的学校和师生。

他用实事求是、不懈奋斗的精神赢得工作中的一个又一个主动。老王校长工作40年,当校长32年,特别是恢复高考改革后他当李店中学校长的13年间,学校办学条件差、老师短缺、参差不一、生源质量差、困难问题多,硬是通过他的千言万语、千方百计、千辛万苦,励精图治,学校才得以水行磨转、正常运转、队伍稳定、质量提高、成绩优异、稳步提升,用很多同志的话说就是:"这个人能。"他为什么"能"?通过与王校长的长期接触,我的观察和思考是:无论事情多么凶险、条件多么艰苦、人事多么复杂，他都坚持实事求是、一切从实际出发；他尊重规律、崇尚真理、尊重教师、尊重人才、尊重个性，注重调查研究、善于听取各方意见，注重给年轻教师给任务、压担子，注重年轻教师和骨干队伍的培养，善于统筹运用各种因素全面调动师生积极性，这是他能行的法宝。当时的郭勤勤、孙辉、薛荣学、张宏广等一些师范生和任卫栋、周长内、胡军炜等一批大专生，学历不高却带出的高考成绩届届市县第一就是最好的例证。

他用乐观的态度克服前进中的艰难险阻。20世纪80年代后期，全县教师极度紧张，每年大专学生毕业分配时节，县局都要派人配车到地区去接人，每年还要选一部分师范毕业生充实到各个中学任教，乡里的学校教师普遍短缺。需要特别说明的是，就是在这种情况下办学，当时的李店中学由于每年高考成绩在全区全县名列前茅，也是名声大振、风生水起。当时的李店中学，教师队伍的现状是，既有个别的本科生，也有少量的专科生、大量的师范生，还有少许的高中生、民用教师等。就从老师个人的成绩看，师范生或高中生、专科生个个开花，常常出现低文凭胜过高文凭的"奇迹"。每年高考成绩评比奖励过后，总少不了大家的广泛议论。老校长听后风趣地说："你打你的原子弹，我打我的手榴弹。""我们的杂牌军常常打败他们的正规军。""我们的土八路比过他们的集团军。""我们经常用自家的烂砖头去砸人家的金门槛。"这里面除了始终渗透着办学的寒酸和艰辛外，更是体现着从夹缝中求生存、从危机中求机遇的自信与坚毅，也反映出领导者的乐观自信对于学校稳定发展的重要意义。

他非常注重时政学习和宣传，也十分重视做人的思想工作，政治敏锐性很强，不仅他自己这样做，而且还常常引导教师、学生，向榜样看齐，树立民族自信、文化自信和发展自信，以人为本，生本意识、学校发展教师为重等理念牢牢刻在他的脑海中，也贯穿和体现在他的工作和做人中。

老校长今年已八十八岁，退休快三十年了，但他的人格魅力和教育情怀影响了一代代成纪人，成纪精神将会永远传承下去。

作者简介

王多利，男，生于 1964 年 9 月，1982 年毕业于静宁县李店中学，1986
年平凉师范毕业，本科学历，先后在静宁县成纪中学、平凉机电工程学校
工作，现为静宁一中正高级教师。

提灯引路点亮乡村　追梦教育赤子情怀

——记全国教育系统劳动模范、原李店中学校长王自勖

静宁县成纪中学

　　他挚爱教育，不忘初心、牢记使命，认真贯彻党的教育方针，立足薄弱谋求学校发展，励精图治谱写教育华章；

　　他以身作则，严于律己，恪守职责，潜心探索教师发展方略，精心打造教师队伍，努力提高教育教学水平；

　　他持之以恒，率先垂范，春风化雨，把爱的光芒播撒在学生的心田，让每一个农村孩子都能获得奋发向上的力量；

　　他满腔热忱，情系山乡，爱校如家，在平凡的岗位上，执着坚守，是孩子们通往成功道路上的一盏指明灯。

　　他，就是原静宁县李店中学（因学校毗邻"成纪故城遗址"，静宁县人民政府静政发〔1994〕123号文件，更名为"成纪中学"）校长王自勖。

　　三十六年的从教岁月里，他坚守初心，用赤子情怀践行着自己的理想信念，默默耕耘，无私奉献，培育着偏远乡村里的孩子们，培养出一批又一批优秀人才，让他们一个一个走出大山走向外面广阔的世界，用一腔赤诚演绎着不平凡的人生风采，书写着山乡教育传奇。

　　三十二年的校长生涯里，他一直奋战在教学的第一线，对他所到的每所学校精心建设打造，用智慧和心血筑起了一个个桃李芬芳的学苑，为教育事业付出了辛勤的汗水，他在李店中学办学中首提的"三苦精神"，成为静宁教育持续发力、提高质量的宝贵财富，至今为人津津乐道。

筚路蓝缕　奠基成纪

　　王自勖，生于1936年，男，汉族，中共党员，静宁李店人。1957年考入平凉师范学校，毕业后又于1960年被保送上平凉师专，先后执教于静宁县的原安、白草峁、梁马、深沟、治平、雷大、李店等中学，从教足迹遍及静宁南北。其中1970年至1974年、1980年至1993年这两个阶段在李店中学任教并担任负责人，1993年9月至1997年元月担任成纪中学党支部书记，1997年4月退休前两个月，还被县教育局抽调，去原安、高界、贾河、三中开展督导工作，可以说他一天都未"歇过"。从教36年，光阴匆匆，职业生涯弹指一挥间，王自勖校长是静宁教育发展的见证者、参与者和亲历者。作为一名党员，他坚守初心，矢志不渝，发光发热，传递正能量，为党旗添彩，为党徽增辉；作为校长，他一丝不苟履行着教育管理职责；作为党支部书记，他廉洁自律、身先垂范，把教育党员们勇挑重担、争做先锋牢记心上；作为教师，他又始终坚守在教育教学的一线阵地。在他的职业生涯里，总是乐于学习探索，勤于思考研究，善于谋划总结。正如他所说：没有什么比教学更重要，没有什么比与学生在一起更快乐；选择教育，就是选择了一种奉献的人生，一种甘为孺子牛的人生。坚守一线，统筹安排，乐教乐育，是他永远不变的初心。清晨，他与师生一起在操场奔跑呼吸；午后他沉浸在乡村校园里，与学子一起喜怒哀乐。从事教学三十多年来，他扎实备课，认真上课，夯实学生基本功，培养人文情怀，渗透家国意识。

　　1970年至1974年，他担任李店中学革委会主任，那时办学条件极差，教师无住房，学生无教室。为了改善学校的教学环境条件，他积极与县上联系，争取资金支持，给时任李店公社革委会主任邓思义写申请，选校址，并与本校教师李建忠联合绘图，带领班子成员和教师走村串户，宣传修建学校事宜，争取当地百姓支持。在县财政局、教育主管部门、当地政府的支持下，以王家沟和五方河两个村庄为主的全公社百姓鼎力相助，全校师生全力以赴，夜以继日，用财政划拨的10000元，修建了6座土木结构教室，

22间土木结构教工宿舍。1971年8月，全体师生仅用一夜时间，点起火把，打着灯笼，肩挑背扛，架子车转运，就将学校从10里开外的白草屲村迁到了李店五方河，完成了学校的"战略"转移，开启了学校发展的崭新阶段。王校长常给后来的同事们讲，李店中学是从白草屲中学一点一滴搬来的，而那点仅有的"家当"，就是学校的全部。刚搬来时，二十多名教师挤在一间潮湿的通铺里，其艰难程度，可想而知。当初修建那几间教室时，用来和泥的麦秸秆，也是从五方河的农家"化缘"来的。暑假才上的教室泥墙，秋季开学的时候还是湿的，墙上长满长长的麦芽。艰苦的条件，挡不住师生高涨的热情，如此简陋的教室里，时常书声琅琅。作为拓荒者的第一批老师，从不因条件简陋而有丝毫懈怠，依然认真地、规范地给仅有的两个高中班上课，惠及百姓数十家，造福乡梓几代人。1972年，学校有了首批毕业生。这一批学生中，有好多凭借着初、高中的文化课基础，通过推荐、招工、聘用等多种方式，参加了工作；有的在高考制度恢复后，考上了大学，有了更加广阔的天地，从此改写了人生。

后来，当地农村孩子求学人数增多，师资增加，学校规模不断扩大，王自勖校长又着手新建教室、教工宿舍，初步满足了教学用房和办公用房，一定程度上改善了当时学校的办学条件，建成了一所"农村完全中学"。学校就是在这样的艰苦中创办、磨砺、坚持、发展过来的。其时，校园占地30亩，有教学班6个，学生200多人，为县办农村普通完全中学。1973年，学校合并了治平中学高中2个教学班，扩大了规模。1974年，上级号召"开门办学"，要求学校办养殖场搞养殖，办水电站搞滴灌，办工厂烧砖瓦、石灰，开设农机、木工、医疗专业班，与社队挂钩，参加生产劳动，教学秩序一度混乱，学校处于风雨飘摇之中。即使在这样的环境下，他也没有因此放松对学生文化课的教育。

1974年5月至1980年8月，王自勖先后在梁马中学、深沟中学、治平中学、雷大中学担任领导职务。

聚贤纳才　引领队伍

百年大计，教育为本；教育大计，教师为本。王自勖校长始终把培养德才兼备的高素质教师队伍，看作学校发展的生命线。在那个物质条件非常匮乏、师资力量十分薄弱的时代，他就像一位旗手，又像一位号手，把大家团结在一起，从学校实际出发，书写出了李店中学发展史上辉煌的篇章。

1980年9月至1993年8月王自勖再次返回到李店中学担任校长，这个阶段是李店中学发展的一个高峰期。20世纪70年代末，国家高考制度恢复，教育获得了新生。但80年代初的李店中学，百废待兴，教育基础薄弱，学风、教风、校风都有待提升。"是组织的信任，把我安排在李店工作，我一定要用自己的实际行动对得起父老乡亲，对得起渴求知识、渴望走出山沟沟的孩子！"这时候，王自勖校长再一次走马上任，以一个共产党员的坚定信念从事着自己的教育理想。他审时度势，思考着发展学校、成就教师的办法。首先，他从领导班子抓起，把工作重点放在了班子队伍建设上。在抓班子时，他摸索出了"统一步调、分工协作、各负其责、齐抓共管"管理模式。他统一班子成员思想，把大家团结起来，整章建制，规范学校办学行为，形成依章办事、高效运作的良性管理机制，有效推进了学校各项工作的进一步发展。他牢牢抓住民主管理这个治校之魂，建立了民主、和谐、平等的工作关系。当时领导班子成员比较少，但是他们个个师德高尚，作风过硬，忠于职守，身先士卒，生活节俭自律，为人诚实谦和，工作一丝不苟，业绩突出。像副校长朱春林、教导主任李兴业、总务主任贾映星等，作为班子成员，他们分工负责，独当一面；作为教师，在教学上又个个带重课，高考成绩名列前茅，优秀的领导集体为教师树立了良好的榜样。其次，抓教师队伍建设。王校长通过走访、召开座谈会等方式，了解教师的所思所想，与他们交流谈心，虚心倾听他们的意见，以自己个人经历勉励青年教师积极上进，给他们谈心鼓劲，解决他们工作生活上的难题，努力为青年教师创造较好的工作生活条件。不仅如此，他还关注关心青年教师的婚姻，撮合成了好几对教师的婚姻，成就了他们的终身大事。这让老师们受到了很大的鼓舞和感染，看到了希望和光明，教师积极为学校的发展出谋划策，助力学校发展。再次，优化教师带课结构，让能者上，平者让，庸者下，把年龄长、有思想、有管理水平的老师，提拔到领导岗位上，把专业能力强的优秀老师放到重要岗位上，起到了示范引领的作用。四是重师德，强师能，充分运用各种学习平台，建立"重责任、重贡献、重实绩"的评价激励机制，逐步强化教师队伍素质，提高教学质量，提升办学水平。努力为教师创造进修的机会和条件，教师的业务能力提高了，教研工作也有了活力。老师们手里的各项荣誉证书也多了起来。教师的干劲足了，不到两年的时间，整个教师队伍精神面貌焕然一新。

王校长之所以非常注重教师队伍的培育建设，是因为他深知要教出好学生，必须要有好老师。他身先垂范，要求教师能做到的，自己首先做得更好。他家距离学校十多里路，周末一直步行回家，像个住校的学生一样戴着帽子背着挎包，挑着馍馍面菜，行走在陡峭的山路上。从来没有因为路途遥远而迟到过一次，也没有因天气原因旷过一节课。上班时间，他总是那个起得最早而睡得最晚的人。他跟普通教师一样一直坚持带课，从校长岗位再到书记岗位，直到退休前两个月，从没有间断过。他虽然不是班主任，但又是全校所有班级的班主任，他对班级的检查经常要比其他班主任先行一步，对全校每一位学生的情况都了如指掌，常常给班主任"汇报"工作，替班主任找学生"谈话"，甚至让犯了错误的学生在他的办公室接受批评教育。现在有许多接受过他教育的学生回想起当年的事，仍然记忆犹新，如在昨日。正因为了解到许多学生的"特点"，在学生填报中考、高考志愿时，他便理所当然成了学生的参谋。

王校长还非常注重教师的思想培养和人生观教育。他认为，"忠诚""热爱""奉献"的六字师德是教师正向发展的关键，打造一支政治过硬、师德好、业务精湛、能出成果的优良师资队伍，不仅可以维护教育的良好形象，更是守护一方教育的支柱。王校长是做教师们思想政治工作的行家里手。一是把党支部活动搞得扎扎实实、有声有色，发展党员的教育工作非常严格，通过扎实的党课学习、时事政治学习以及先进事迹学习，党员们深受感染启迪，能够把教育工作入脑入心，从而落实在各自工作生活中。王校长经常在党员会议上强调："党员要努力为其他教师做好模范带头作用。"二是"润物细无声"的日常教育。王校长用他独特的个人魅力、"亲民"行为和朴素话语，使得老师们心服口服，尽力为教育事业挥洒汗水。他和每一位教师都很"熟"，发现谁有什么做得不好的方面，就会在三言两语的诙谐幽默交谈中，点出问题所在。有个别青年教师有时思想波动，工作上忽冷忽热，他也会像老父亲一样，在不经意的"走访串门"中化解他们的"心结"。他通过自己独有的方式，深入了解每一位教师的家境、社会关系、品性、特长，努力发掘出他们的潜力，让教师们爱岗敬业，安居乐业。三是在业务素养提升上，倡导"传、帮、带"的结对成长，以课堂教学改革为抓手，与班子成员、一线教师一起边实践边总结，提炼出相互补充、关联一体、成熟有效的课堂教学方法，诸如"读、讲、练、评"四字教学法、"分步教学法""三段式教学法""三阶段三为主教学法"和"整体性、序列性、辐射性、对应性四原则教学法"。这些方法的实践与长期坚持，极大地提高了教师的专业素养和岗位能力。大部分青年教师快速成长起来，如周长内、孙辉、郭三省、王盛吉、任伟栋、王多利、胡军炜、曹来成、郭勤勤、张宏广、薛荣学、王海璧、李自来、王智毓、李牛子等。1981 年至 1988 年，李店中学被确定为县办重点中学。

关心教师的成长，关心教师的生活，这是学校一贯的作为。

当时大多数教师收入低，拖家带口，生活窘迫，为了让老师安心于教学，解决吃饭问题和困难，他把闲置的校园划分成若干小块，分给老师作"自留地"，号召师生一起栽种瓜果蔬菜，开辟"菜园子"，种植韭菜、菠菜、水萝卜、黄瓜、瓠子、辣椒、茄子、白菜等，基本保障了老师的"菜篮子"，大大地丰富了老师们的餐桌。张老师那时候是民教，工资低，孩子多，家庭拖累大，家境困难，王校长就把学校的果园承包给张老师，以多出的一点收入补贴家用。周老师想把老母亲带到学校赡养，但是没地方住，王校长知道后，就专门在校园西侧关堡山下修建一间小房子，盘了大土炕，为周老师解决了大难题。学校始终把解决教师的困难问题放在第一位，想方设法为教师解决困难。1993 年，王自勖担任书记，朱春林接任校长。学校通过国家补、学校拿、教师集的办法，筹资 48 万元，修建教师住宅康居工程一处，906 平方米，解决了 24 户教师的住房，这在当时全县农村学校还是第一家。更令人感动的是，部分教师搬入了新居，王书记、朱校长他们依然住在原来的旧宿舍里。两位领导的高风亮节让教师们感动不已，至今仍为人所称道。

王自勖校长经常深入一线听课、评课，积极鼓励青年教师参与各级各类赛教活动。在他的带领、鼓舞下，学校广大教师扎根乡村，吃苦耐劳，踏实肯干，比奉献比境界，涌现出了一支优秀教师群体，培养出了省级教学能手 1 名，市级教学能手 5 名，县级教学能手和教学新秀 8 名。学校在他第二任期内，有 4 个年度在全县、全地区名列前茅。朱春林副校长带的物理课多次全平凉地区第一，传为佳话；李兴业、程效贤、薛效科、王修业、王俊杰、李谨居等老师都带出了优异的高考成绩，深得学生好评；王栋、马万隆、李随兴、王志忠、柴尚金、张汉云等老师带的中考成绩也常常名列前茅。还有一批崭露头角的年轻教师，就不一一列举了。

苏霍姆林斯基说过："校长对学校的领导首先是教育思想的领导，其次才是行政的领导。"王校长经常与教师进行平等的心与心的交流，进行平等坦诚的沟通，真正走进了教师心灵，真正懂得教师需要什么，真正满足了教师的需要。在这样的校长手下工作的教师，有一种幸福感。正是这些看似平淡的工作措施，真正激发了他们的内生动力和高涨的工作激情。这种相互理解、相互赋能的工作作风成就了一大批年轻教师。教师中能唱的让他们搞音乐，器乐合奏唱大戏；能写的让他们辅导文学社；能画的让他们辅导美术。虽然学校教师文化程度参差不齐，专业人员缺乏，但是王校长知人善任，让教师们人尽其才，在努力中进步，在进步中最大限度地发挥特长，挖掘潜能，使得学校蓬勃发展的浩然正气徐徐上升，中高考成绩节节攀升，学生在德、智、体、美、劳各方面全面发展，不但从学校走出去了好多大学生，也为当地农村培养出了大批优秀的技术人才。

培桃育李　乐育英才

铁肩担教育，笑脸培桃李。

王自勖校长秉持全面理解贯彻党的教育方针，不断提高学生综合素质，培养学生拼搏精神和能力的办学思想，率先在全校提出了"领导苦抓，教师苦教，学生苦学"的"三苦"精神，倡导有教无类，践行因材施教，推进教育教学改革，引领乡村高中建设，教育教学改革效果显著，学校办学事业不断取得新的突破。

王校长是农村穷苦孩子们的贴心人，听到有的困难家庭的孩子交不起学费，王校长就会主动采取减、免、缓方式，解决他们的后顾之忧，让他们能够安心念书。学生的助学金虽然只有两三元钱，但是对助学金的发放方案，王校长审核非常严格，一定要把那两三元钱发给最穷且学习优异的孩子。对有些特别的孩子还给他们发"特等"奖学金，有一位姓樊同学提起他得到的奖学金，意义非凡，至今还念念不忘。

用各种方式了解学生，贴近家长是王校长的法宝。无论是去街道赶集，还是乘车出差访友，凡是与教育有关的话题，与学生相关的事情，他都格外关注。一旦遇见有家长来学校找孩子，王校长总会和他们亲切交谈，拉到宿舍中喝茶，常常千叮咛万嘱咐，"教导"他们如何供好孩子上学，再穷再苦也不能让孩子辍学。曾经考入兰州大学核物理系、现为北师大教授的王同学，就是王校长曾劝说她父亲卖掉了家里的耕牛，才供她完成学业的。成纪中学退休教师李桃花回忆说，当时自己如果初三毕业升入高中的话，家里供不起，可能得辍学。纠结迷茫中，王校长开导她说，选择师范是先走一步的捷径，只是不上高中考大学，觉得有点可惜。有一位王姓学生因家境贫困几度想辍学，王校长反复给家长做思想工作，得以完成学业，如今供职杭州，事业干得非常顺利，还经常扶危济困，他说那是深受老校长的影响，幸亏当年没有辍学，才有今天的生活。有几位优秀校友，在县归雁工程的工作人员赴北京联络的时候，他们总是踊跃响应，积极作为。他们说，是母校，特别是王校长那种造福家乡父老的品格，给他们的人生铺就了底色。是啊，这种鲜亮的底色，历经了时空的考验，愈加耀眼，愈加夺目！

王校长敦厚质朴，待人如亲，以人为本，凝心聚力。他热心教育的"丰功伟绩"可以用那一个个奖牌佐证，但是，更能佐证的是他的学生、他的同事、他的家乡父老记忆中的故事。他在那片土地上洒下的汗水，付出的心血已经渗透到每一位学子的心田；他播下的"忠诚、热爱、奉献"的六字师德是一代代成纪人的灵魂之根；他那抱朴守拙、永葆赤子之心的人格风范已长成参天大树，枝繁叶茂；他的光芒如北斗之星光，总是闪耀在莘莘学子前行的路上，闪耀在同事们的心里，闪耀在父老乡亲们的记忆里。他每次学生大会所提的"心往学习上想，脑往学习上用，劲往学习上使，功往学习上下"的忠告，成为一届届成纪学子奋斗拼搏的座右铭。毕业后的好多学生谈起王校长，记忆最深刻的就是他在校园里遇到学生随即都能喊出自己的姓名，哪个庄里的，家里几口人说得非常清楚，甚至每个学生的祖宗三代和远房亲戚他都知道，让学生感到莫名惊讶和真心佩服。作为校长，校园里数百成千的学生，能记住自己的姓名、家庭状况真的会让学生内心温暖和感动！他对学校每一个学生的情况都了如指掌，也正是因为这一点，王校长被大家公认为"神人"。

在王校长的带领下，李店中学师生朝气蓬勃，学校教育教学质量呈现出追赶超越的发展态势。1984年，高考成绩得到很大提升，1985年，高考成绩在全县遥遥领先，全县教育界都震撼了，以绝对优势高居平凉地区第一名。当年秋季开学，平凉一中组织两大车教师前来学习参观，当年地区教育现场会也在静宁县召开。李店中学是一所农村中学，能取得这样优异的成绩，这在全省农村中学也是罕见的。

此后，李店中学在王自勖校长及其继任者朱春林校长等班子成员的带领下，在一大批专业素养精良，业务本领过硬的教师的辛勤努力下，领导苦抓，教师苦教、家长苦供、学生苦学，学校进入良性发展，质量不断登攀，学风浓厚，教风扎实，校风纯正。1992 年、1993 年、1994 年高考，大中专生上线人数不断攀升。连年增长的升学率，反映出学校的教风、学风和校风，让学校脱胎换骨，重新焕发着耀眼的活力。当时仅有两个高中毕业班建制的李店中学，每年向大中专院校输送优秀人才，他们中后来获得硕士学位20 名，获博士学位 7 名，出国留学 5 名。学校 10 次受到县委、县政府表彰奖励，6 次受到地委、行署表彰奖励，1990 年获省委、省政府嘉奖，县委、县政府颁发了"师德典范"的巨匾，方圆三乡老百姓先后自发送上了"教化功赫""造福桑梓""桃李竞艳"的牌匾，表达感激之情。李店中学由一所农村普通中学成为贫困山区教育的楷模、全地区教育界的一面旗帜。1990 年 8 月，静宁县委、县政府发出《关于向李店中学学习的决定》的文件，1995 年 10 月，平凉地区行政公署发出《关于向李店中学学习的决定》的文件，平凉地区教育处以《贫困山区教育的楷模》为题，全面总结了学校的成功办学经验，《平凉报》《甘肃教育》《甘肃日报》等报刊从不同侧面报道了学校在教书育人、服务地方经济、带领乡村脱贫致富方面所取得的辉煌成就。

教师最大的快乐，是培养出值得自己崇拜的学生。在王自勖校长看来，校长的快乐在于和他一起并肩工作的同事得到成长，在于学生超过自己、超过老师，为社会作出更多贡献。正是缘于王校长历任多校校长，任李店中学校长期间对静宁教育的突出贡献，也是缘于他一腔朝圣般的教育情怀，静宁各界尤其是以李店为中心的南部干部群众众心推崇，冠以"教育家"的名号；原国家教委和国家人事部授予王校长"人民教师"奖章的崇高殊荣，成为教育系统的一名劳模。这些荣誉，对他而言，授之应当，当之无愧。在他身上，不难找到静宁新时代教育的来处和根基。以王自勖校长为代表的这样一个优秀教师群体，是无数不计功利、默默奉献的静宁教育工作者的缩影，他们奠定了静宁教育的发展基石。

永葆情怀　精神丰碑

微笑，是心与心之间最近的距离。在李店中学，在李店辛勤耕耘了近20年的王自勖校长，无论何时，你见到他，总是有发自内心的灿烂的笑容，浮现在脸上。

他，低矮的个子，花白的头发，红润的面庞，走路习惯性地侧着肩偏着头，精神矍铄；那双明亮睿智的双眼，时刻透射着自信、坚毅。大会讲话、作报告，每一次都是一种启迪，那种经过长期思考的沉甸甸的见解、加上出口成章的敏捷，显示了作为一名教育管理者的人文积淀。作为聆听报告者，每每都会从会场吸收到各种正能量。此后，便有了新的想法，新的行动。

或许，只有内心富足宁静的人，才会自带这种纯天然的滋润环境的"表情包"。走进他的办公室，你一定会为他琳琅满目的资料书籍所震撼：一位校长的世界，一定是书报的海洋，在这样宽阔明净的海域里，浸润过的灵魂，怎么说也是开朗亲切的。他的寻觅，他的向往，一定是在远离尘埃的地方。

当然，师生们也见到过他的憔悴。那是他为了争取基建项目，熬红了双眸；那是他为了一届届高三低进高出，运筹帷幄；那是他为了学校长远规划，呕心沥血……即便如此，也没有停下前行的脚步。清晨，他准时出现在校门口，迎接师生进入校园；傍晚，办公室又亮起璀璨的灯光。

任职校长32年以来，无论在哪里工作，他总是不骄不躁，不急不慢，一直以一名普通教师的心态，谦和智慧地管理着学校。他提出的"校风学风教风作风要正，规格品格人格风格格格莫歪"治校要求，已成为一代代成纪人口口相传、身体力行的自觉行动。以身作则，服务于师生，服务于社会各阶层；兢兢业业，为学校之发展计长远。当一届届毕业生的成绩处于上升的通道时，作为领路人的他，在梦中都忍不住露出甜美的微笑。

三十年教书育人，水滴石穿，恒兀兀以穷年；八千里教育途程，以心为灯，永孜孜为育人。

王自勖出生在农村，成长在农村，从教也在农村，对当时家乡李店的贫穷落后有深刻的经历和感受。他出生于静宁县李店一个农民家庭，父母都是地地道道的农民，家境贫寒。父亲为生计所迫，逃荒至宁夏西吉县落户，后因家庭变故，独自返回原籍。在爷爷、二嫂的倾力支持下，王自勖开始了他艰辛的求学生涯，先后在治平刘河小学、静宁中学就读小学和初中，其间寄宿学校，做饭常用三个石头撑一个锅，柴火做饭，有一顿没一顿，饥饿是常态；草帘子，花被子，木箱子，门缝子是他对那时深刻的记忆。但恶劣的条件环境无法撼动他强烈的求学欲望。古成纪历史悠久，广爷川素来人文积淀丰厚；凤龙山的绵延，打磨过的朴实的生命；成纪河水的清澈，历经过波澜不惊的坎坷。带着贫困山区亲友的殷切期望，带着对知识的渴望对命运的叩问，背着干粮苦读的他，1957 年 7 月初中毕业后以优异的成绩考入平凉师范，毕业后又于 1960 年 9 月至 1962 年 7 月就读平凉师专。毕业后就有了一份令周边百姓羡慕的教师职业，从此便开始了他曲折而辉煌的教育生涯。王校长用他那淳厚质朴的本色，把自己融入造福桑梓回报家乡父老的队伍中。参加工作以来，无论在哪所学校执教，他都一步一个坚实的脚印，以丰厚的学识、精湛的教学水平，很快成为学校的顶梁柱。教师生涯一路风尘，他始终以一颗平常心，尽心尽力于社会；在荣誉面前，总是再三谦让。可荣誉却从来也不曾缺席他奉献的人生，政府给予的各种殊荣见证了他的光辉历程。今天，他已耄耋之年，当孙子把学生们写的回忆文章拿给他看的时候，他却认真地摇头说："我没有那么大贡献，成绩是全校师生共同干出来的。"在和王校长聊天，询问他印象中的骨干教师时，他欣然提笔写下了一串长长的教师名单，跨度从 20 世纪 70 年代到 90 年代中后期 20 多年，有些是同他一起奋斗半辈子的，如程效贤、周志俊、李兴业、贾映星、李谨居、张安、朱春林等老师；有些是大学毕业，到偏远地区来支援的外地大学生，如杨国安、李芝梅、王引环、张佩敬、甘棠禄等老师；还有些是快速成长起来的"小青年"，如周长内、胡军炜、曹来成、王多利、刘岁卯、王效宗、杨仲祥、王海璧、雷军生、李桃花、闫学文等老师。王自勖校长一直把"功劳"记在老师们的身上，在他的心里，老师们才永远是学校的"功臣"。

王自勖校长是爱岗敬业，开拓进取的表率；是以校为家，勤政务实的表率。他为振兴地方教育兢兢业业、克己奉公的敬业精神得到全社会的广泛赞誉，曾 13 次获县级"先进教育工作者"和"优秀教师"奖，6 次获地级"先进教育工作者""优秀党员""先进教师"称号，受到地委行署奖励。1991 年被评为全国教育系统劳动模范，并被授予"人民教师"奖章，成为从西北贫困山区走出的"国家级劳模"。1994 年被评为甘肃省中学特级教师。其先进事迹被收录在《陇原园丁颂》一书中。

路漫漫其修远兮，吾将上下而求索。30 年多年教育历程，他总是不畏风霜，直面砥砺，勇毅前行。始终如一，坚守着献身教育的初心，坚守着作为教育者的真正的自我。

岁月如流。王自勖校长踩着无数前贤的足迹，提灯引路，点亮心灯，默默燃烧自己，照亮学子的锦绣人生，照亮成纪大地。

一个好校长就是一所好学校。一所出色的学校总会有一个出色的校长。他以身作则，严于律己。要求老师做到的自己首先做到。他每时每刻牵挂着学校的各项工作，用心血和汗水书写着自己的教育人生。王校长退休后，依然关心着学校的发展，多次给上门请教的学校领导班子成员提出了非常中肯的意见建议。他在一次教师节退休老教师座谈会上说，感恩生逢这个伟大时代，党和国家对教育事业高度重视，为广大教师提供了舞台，让教师有幸扎根岗位一线，践行职业理想、提升职业水平；教师们应该感恩遇见的每一位学生，才有机会走进他们的青春年华，彼此成就、共同成长。他还说，回望来时之路，常念"感恩遇见"；审视脚下之路，秉持"执着专注"；远眺未来之路，坚定"守正创新"。勉励学校广大中青年教师，"思想大解放、能力大提升、作风大转变、任务大落实""放开胆子、甩开膀子、迈开步子、干出样子"，奋楫笃行，引导学生用长远的眼光思考人生，用敏锐的头脑观察社会，用智慧的力量创造未来。

　　岁月不居，光阴荏苒。多年来，王自勖校长曾经以自己的青春守望过的那方教育沃土，始终树木参天，枝繁叶茂，姹紫嫣红，桃李芬芳。越来越多的成纪人赓续教育使命，砥砺奋进前行，以先进的办学理念，卓有成效的管理方法，严谨务实的工作作风，敬业高效的态度，一步一个脚印，在教育战线上谱写着耕耘者之歌，在静宁这方热土上培育着更多更美的花朵……

贫困山区学校的楷模

平凉地区教育处

　　成纪中学原名李店中学，地处静宁县南部山区，是一所普通农村完全中学。学校始建于 1971 年，现有教学班 20 个（高中 8 个，初中 12 个），在校学生 1025 名，教职工 75 人，其中专任教师 68 人；专任教师中本科学历 9 人，专科 34 人。长期以来，由于学校全面贯彻教育方针，坚持不懈抓教育质量，为国家和当地培养了大量合格的人才。恢复高考制度以来，学校为高一级学校输送合格新生 800 多名，为学校所在地区的李店、治平、深沟三乡平均每 10 个农户培养了 1 名大中专学生，每个农户培养了 1 名科技致富带头人。特别是近两年，高考质量上升幅度很大，两个高中毕业班，每年高考上线 70 多人，实际录取达百人左右：1990 年以来，高考单科成绩居全区第一的有 8 科次，前三名的有 21 科次。成纪中学取得的显著成绩得到了各级领导的充分肯定，先后 10 次被评为县级先进，6 次评为地级先进，并获得全省"教育系统先进集体"称号。方圆三个乡的群众先后赠送"教化功赫""造福桑梓""桃李竞艳"等巨匾表达感谢之情，今年教师节，又集资 1 万元慰问教师。

　　成纪中学之所以一年一个新台阶，每年都能取得新成绩，最重要的经验是领导有无私的奉献精神，教师有可贵的敬业精神，学生有顽强的拼搏精神。成纪中学的领导班子具有把质量作为学校的生命线，全身心投入到办学中的献身精神；扎扎实实、一丝不苟抓队伍建设、抓学校管理、抓"三风"建设的务实作风；率先垂范、带头教主课、超负荷工作的吃苦精神。全体教师具有情系山乡、无私奉献、爱校如家、爱生如子的敬业精神；勤奋钻研、精益求精、敢为人先、争创一流的竞争意识；立足常规、着眼改革、潜心教学、严谨细致的负责精神；团结协作、互相促进、奋力拼搏的群体意识。广大学生具有立志成才、自立自强、刻苦自励、勤奋钻研的进取精神。苦抓、苦教、苦学的"三苦"精神互为因果，有机统一，使学校在十分艰苦的条件下，创出了一流的质量和办学效益。

无私的奉献精神

成纪中学连续两任领导班子立足于农村实际，怀着对山乡人民的深厚感情，以对党、对后代高度负责的精神，满腔热情地投身于教育事业。他们"以德团结师友，以情感染学生"，在长期的实践中探索积累了一套符合本校实际，出质量、出效益的治校思路和措施。

一、坚持把办学的根本目的放在多出人才、出好人才上。20世纪80年代初期，面对外地教师相继调离，本地教师不安心从教的实际，老校长王自勖带领教师深入李店乡开展乡情调查，结果表明，李店乡1.6万多农村人口，文盲、半文盲占35%；高、初中文化程度仅988人，不足6%；小学文化程度2087人，占12.5%。劳动者文化素质低下，技术人才奇缺，严重制约着农村经济发展，全乡1/3的人口生活在贫困状态中。这一现状，对教师触动很大，他们纷纷表示：别人都可以调走，唯独我们这些农民的后代不能走。我们要扎根在这里，为父老乡亲办学，培养造就一代又一代的新型人才，让他们为改变家乡的贫困面貌贡献聪明才智。为国家、为家乡培育人才，一直成为两任领导班子和全体教师办学的精神追求。

二、坚持把教育质量作为学校一切工作的中心。创建于"文革"期间，饱受创伤的成纪中学在经历变迁、磨难后，开始步入健康发展的轨道。学校一班人清醒地认识到办学校不下决心提高质量、多出人才，学校是没有生命力的。为了强化质量意识，营造抓质量的良好氛围，学校多次组织教师开展教育质量大讨论，统一思想。同时，在制定发展规划时，把质量摆在中心位置；在安排部署一个时期的学校工作时，重点强调质量；在实际工作中，注重质量形成的过程，层层落实抓质量的措施；在评价教师工作时，以质量为核心全面考核，兑现奖惩。形成一切围绕质量运转，全面为提高质量服务，人人想质量、抓质量的局面。

三、坚持把培养一支情系山乡、无私奉献的教师队伍作为提高教育质量的根本。成纪中学的领导班子有一个共识，那就是指望上级大量分配高学历、高水平的教师不现实，必须立足于在教学实践中培养自己的队伍；教师的学历高低固然重要，关键还在于教师有无献身教育的热情，有无心系家乡的感情，有无积极进取的精神。为此，成纪中学坚持把锤炼良好的职业道德、提高教师的业务水平作为根本措施来抓，常抓不懈。

——深入持久地对教师进行职业道德教育。先后在教师中开展了"忠诚于人民的教育事业""三心四对得起"等一系列大讨论，在激烈的讨论中帮助教师树立正确的人生观，坚定教师扎根山区、教书育人的信心，不为市场经济大潮所动，寄追求于树人的大业中。

——坚持不断抓教师业务素质的提高。在充分发挥老教师传、帮、带作用的同时，学校致力于培养青年教师，促其成长。一方面给青年教师交任务、压担子，让他们在教学第一线经受实践锻炼。新分配的青年教师，不论学历层次高低，学校全部安排担任班主任，教主课，由低年级向上循环。并明确提出"一年看起步，两年看发展，三年看成效"的要求，让青年教师有压力，有施展才华的机会，干中学，学中干，迅速脱颖而出。另一方面，积极创造条件，选派教师到外校、外地参观学习，开阔视野、增长才干。支持教师在职、离职进修提高，鼓励教师自学成才，已有5名教师通过自学等途径取得本科文凭，17名教师取得大专文凭。

——在力所能及的情况下为教师排忧解难。学校一班人认为，教师虽不指望从困难的学校得到多少实惠，但作为校领导只寄希望于教师理解学校的难处不行，要千方百计地为教师办一些实事，让教师感受到学校的关怀和温暖，增加凝聚力。一位教师的父亲谢世，母亲孤身一人在家，自己孩子又小，两相奔走，苦不堪言。学校知情后，设法盖了一间小房子，把老人接到学校，老人有所养，又替教师照管孩子，这位教师解除了后顾之忧，一心扑在工作上，教学成绩屡屡在全县拔尖。去年，学校通过国家补、学校拿、教师集的办法，筹资48万元，修建教师住宅楼1000平方米，解决了24户教师的住房，在全区农村学校还是第一家。

四、坚持从形成质量的全过程抓起，把质量建立在扎实的基础上。成纪中学的教育质量十多年来呈现稳定上升的趋势，绝非出于偶然，这与学校一贯重视过程打基础，立足常规抓管理分不开。

——初中、高中并重，形成互相促进的良性循环机制。成纪中学一直认为初中、高中一起抓，既是普及九年义务教育的需要，又是全面提高教育质量的需要。在具体措施上，学校把初中、高中同规划、同安排、同落实。分配师资力量做到高初中统筹兼顾，层层有人把关，级级有骨干教师。在教学过程中，重视"双基"，面向全体学生，好、中、差全面抓，使每个学生得到生动活泼地发展。近年来，成纪中学高中招生和后来升入高等学校的新生大部分为本校初中毕业生。

——立足常规，形成科学、规范的管理机制。经过不断完善，成纪中学形成了一套健全的、规范的常规管理制度，共35种400多条，这些制度贯彻了从师生中来又到师生中去的原则，侧重于教学常规管理和学生的行为规范养成，涉及学校工作的各个环节，细致全面，切合实际，它保证了教育教学工作有条不紊地运行，达到按部就班、循序渐进的状态。

——健全质量目标管理，形成良好的竞争激励机制。每学年开始，学校坚持从本校实际出发，确定新的质量目标，并层层分解到各级各科任教师。在执行中，改变过去重结果、轻过程的做法，把着眼点放在质量形成的全过程上，为教师提供全程服务，通过开展以"设计一份最佳教案、上好一堂最佳课、组织一次成功的课外活动、写一篇高质量的教学心得"为主要内容的四活动和“四评”活动，组织教师大练教学基本功，形成人人比、赶、超的局面。年末考核，既看过程，又看效果，对成绩优异的教师大张旗鼓地给予表彰奖励，调动教师工作的主动性和创造性。

五、坚持从班子成员自身做起，发挥带头、垂范作用。成纪中学的领导班子对自己有六条不成文的严格规定：一是脑子要清，二是心灵要诚，三是心气要平，四是耳聪眼亮，五是嘴勤腿长，六是手短身正。两届领导班子以此要求自己，一直是群众信赖、务实高效的好班子，在办学中发挥了关键性作用。他们勇挑重担，以身作则，既当师德典范，又做教学骨干。班子成员没有一人不教主课，他们肩挑教学与管理两副重担，超负荷工作。总务主任贾映星教高三政治课，连续多年取得全县第一的好成绩。副校长王多利一身兼教导主任、班主任几职，教高中毕业班政治，成绩突出，被树立为县教师标兵。副教导主任孙辉、周长内，政教主任杨仲祥等，也先后被树立为学科带头人或教师标兵。他们的实干精神起到了润物无声的效果。

可贵的敬业精神

工作在成纪中学的教师，虽年龄、资历、学识、教学方法各有差别，但在献身教育的热忱上，对事业的刻苦追求上，对工作的负责程度上，极其相似。他们把“成纪精神”作为顽强拼搏的内在驱动力、含情办教育，竭力育人才，收到了事半功倍的效果。

一、情系山乡，忘我奉献。成纪中学的老一辈教师大多是学校的创建者，自从调进学校，他们就把根扎在这里。王自勖、李兴业等老教师既为学校的振兴和发展贡献了全部精力，又身体力行地实践和培育了“扎根山区、献身教育”的成纪精神。程效贤老师不恋条件优越的县城，主动申请到成纪中学任教，为学校呕心沥血、辛勤奉献了大半生。李谨居老师连续多年在毕业班把关，负重跋涉，以致积劳成疾，永远倒在三尺讲台上。老教师无怨无悔的奉献精神，默默地感染和熏陶着后来的每位教师。年轻教师在

"成纪精神"的感召和激励下，甘于寂寞，安心从教。他们不以学校地处偏僻、条件设备简陋、文化生活单调贫乏为苦，以奉献为荣，以育才为乐，一心扑在教学上，成为成纪精神的继承者和发扬者。他们自己说得好："作为年轻人，我们并非不愿追求时尚，但家乡的教育事业更需要我们，需要高于一切；成长于成纪中学，学有所成，我们有责任继承老教师的光荣传统，为农村教育事业贡献一份力量。"

二、勤奋钻研，苦练内功。20 世纪 80 年代初，成纪中学只有两名大专以上学历的教师。面对不断提高教育质量的新要求和学生求知的强烈欲望，他们深切体会到自身业务水平与日益变化发展的新形势不相适应。教然后知困。他们一边从事教学，一边刻苦钻研，提高业务素养。现任校长朱春林只有高中文化程度，走上工作岗位初从事体育教学，因教师短缺，学校安排他教高中物理，凭着当体育教师培养的韧劲，他自学完了大学物理专业的全部教材。为适应教学需要，他利用节假日骑自行车赶到了县城，向经验丰富的教师请教，钻透教材，备好下周要上的课，再返回给学生上课。几年时间从不间断，业务素质迅速提高，连续担任高中毕业班物理教学，成绩在全县以至全区领先，被破格晋升为副高职称。他摸索总结的"读、讲、练、评"四字教学法，简洁凝练、出神入化，深受学生欢迎。在他的带动下，教师岗位自学、苦练教学基本功的热情日见高涨，出现了周长内的"分步教学法"、薛荣学的"三段式教学法"、孙辉的"三阶段、三为主教学法"、任伟栋的"整体性、序列性、辐射性、对应性四原则教学法"等等行之有效的教学方法，运用于教学，产生了显著效果。

三、敢为人先，争创一流。成纪中学的教师从不满足于已有的成绩，随着教育质量的提高，他们不断确定新的奋斗目标，大胆创新，锐意进取。年轻教师通过"三比"激励自己，一是同本校老教师比师德、比责任心和事业心；二是同静宁一中的教师比成绩、比贡献；三是同本校其他青年教师比拼搏精神、比教学方法。"三比"比高了年轻教师的思想境界，比高了出发点，共同为争创一流的更高目标迈进。

四、勤勉自励，团结拼搏。在学校设备极为不足的情况下，教师们自己动手制作了大量教具。资料短缺，他们自己搜集，动手刻印，经教师自己刻印的复习资料每人每年成百套，从没人叫苦。他们自觉地向工作出色、成绩出众的教师学习，借鉴骨干教师的成功方法，以此为榜样，发奋工作。有长处的教师毫不保留自己的经验，向虚心请教者送真经、传真才。全体教师既是竞争对手，又是教研挚友，心往质量上想，劲往教学上使，形成群体优势。

顽强的拼搏精神

领导苦抓、教师苦教，使成纪中学多年以来保持了"团结求实、拼搏进取"的良好校风和"忠诚、热爱、奉献"的教风，也促进了良好学风的形成。

成纪中学的学生大都是农家子弟，他们家境贫寒，交不起书杂费的现象时常发生。但越是贫困，学生成才的决心越大；越是艰难，学生求知的欲望愈加强烈。近年来，在农村学生辍学率一直居高不下的情况下，成纪中学的高中学生无一流失，初中学生按时毕业率高达98%，年辍学率在1%以下。他们不比吃穿，不比花费，不比自身，而是比学习、比成绩、比成才。以苦学为基本精神风貌，在成纪中学的学生身上有四个鲜明特点：一是成才决心大。不论生活多么艰苦，不管天资好或差，他们都立志成才、成大才。二是学习热情高。学校住宿条件紧张，十多名学生挤住在每间不足10平方米的宿舍里，饮食起居相当困难，但大家从不因此放松学习；实验课开不齐，他们认真阅读钻研实验图式，硬记实验原理和实验步骤;学习资料紧张，他们自己动手抄。除刻苦学习外，还积极探索新的学习方法，变苦学为乐学、会学，养成了课前预习、课后复习，课内课外自我约束、勤奋学习的良好习惯。三是行为习惯好。学生中从没有追星族、打架斗殴、吸烟酗酒等不良现象，他们以《中学生日常行为规范》严格要求自己，尊敬师长、助人为乐、互帮互学，自觉地同不良习气做斗争。四是自理能力强。他们远离父母，住校学习，自己做饭、洗衣服，培养了较强的生活自理能力。学生樊健，家庭贫寒，幼年丧母，受尽磨难，但虽贫却不失志，刻苦学习，一举考取了兰州大学，毕业后出国留学，取得博士学位。从成纪中学毕业升入高校的学生中，有12人取得硕士学位，3人取得博士学位。他们在学校学有所成，走向社会成为各条战线的业务骨干。

回到农村的高初中毕业生，已有900多人成为村社干部或致富能手。治平乡刘河村收入过万元的有30户，其中28户的户主是成纪中学的毕业生。他们带头搞科学种田，带头发展果园经济，带头推广致富新技术，有力地促进了当地经济的发展和社会的全面进步。

（原刊于《甘肃教育》1996年第1~2期合刊）

后记

　　《山乡传灯人：王自勖校长与李店中学》终于出版了，我感到非常欣慰。这本书从联系组稿到策划结集、从编辑校对到出版发行，我都参与其中，见证了它诞生的全过程。这本书能在较短时间内结集出版，可以说，是偶然中的必然。

　　说偶然，是因为其缘起的偶然性。今年春天，平凉职业技术学院退休教师孙兴和（我上平凉师范时的数学老师）约我写一篇关于王自勖校长的文章，在他的"成纪不老松"微信公众号上发表。孙老师认为，家乡的老百姓耕读传家，一靠教育，二靠苹果。李店中学从一所名不见经传、默默无闻的乡村中学发展到全省农村中学的一面旗帜，王自勖校长功不可没。写一写这样一位静宁教育特别是静宁南片教育发展史上的功臣，让大家学习他、感念他、记住他，既理所应当，也很有意义。对孙老师的提议，作为王自勖校长的学生、同事，我没有理由推脱。我在尽力完成孙老师交给任务的同时，又觉得凭我一己之力和对王校长了解的局限性，无论如何，是写不出王校长在静宁教育上的功绩，也写不出一个立体化的校长形象。王校长的意义不仅在于他把李店中学办成了全省"贫困山区学校的楷模"（《甘肃教育》1996年介绍李店中学事迹时的文章题目），让更多的农家子弟走出山区、走向更加广阔的天地，成为各行各业的有用人才，更在于他的教育理念、教育思想、优良作风、崇高品德已经融入他的同事、学生甚至熟知的社会各界人士的灵魂深处，潜移默化地影响着他们的人生之路。所以说，写王校长，需要众人拿起笔，多角度、立体化地来写。我的这个想法，得到了孙老师以及众多校友、同事的高度认同和大力支持。于是，在很短的时间内，就有了十多篇文章，陆续在"成纪不老松"公众号上发表（另外还有几篇文章因成文较迟，没有来得及在公众号上发表）。

说必然，是因为其成书结果的必然性。像王自勖校长这样一位有着广泛群众基础、事迹突出、口碑良好的老前辈，理应有一本专门介绍其事迹、回忆其经历的书籍，供后来的人们学习和研究。这些文章一经面世，便引起了众多校友、同事以及社会各界人士的关注，他们纷纷转发、点赞、评论，表达对文章的认同，表达对李店中学、对以王校长为代表的众多老师的深情回忆和肯定。从这些饱含深情的留言中，能深深地感受到王自勖校长对教育、对家乡深远的影响，能感受到李店中学在几代人心中留下的印记，已经成为大家共同的精神家园。因此，将这些文章结集出版的倡议一经提出，很快便成为大家的共识。这是对这一必然性最好的注释。

当然，李店中学、王自勖校长及老师们需要挖掘、总结的地方很多，不是只写这十多篇文章就能表达得了的，相信还有众多的校友、同事有很多话要说，只是因为种种原因，没能形诸笔端，形成文字，或者还没来得及写出来。其实，写不写出来并不重要，重要的是，只要大家心中保持着浓厚的李店中学情结，深怀着对王自勖校长和老师们的感恩感戴之情，就足够了。

《山乡传灯人：王自勖校长与李店中学》在组稿、编辑、校对、出版的过程中，得到了原李店中学、现成纪中学广大教师、校友的大力支持和鼎力相助。北京的马放均、王玉玉，武汉的胡小红，上海的樊向阳，兰州的薛媛等校友不仅积极写文章，表达自己的心声，更令人感动的是，他们慷慨解囊，解决本书的出版经费；校友王智国为书籍的出版多方奔走呼吁，积极协调；静宁县教育局局长梁斌为本书撰写了序言；孙兴和老师第一时间在公众号上发表文章；杨华、李世恩、樊瑛等同志在本书的策划、组稿、编辑、校对等方面做了大量工作；杨继军校友为本书的出版、印刷提供了很多的便利和高效的服务；还有不少同志为本书的结集出版提出了许多好的建设性意见。对他们的辛勤付出，在此深表感谢！

一点说明：本书篇目的编排顺序大致思路是社会人士、同事、校友，校友的文章按照中学毕业的时间先后顺序，同届毕业同学按照成稿时间先后安排；最后三篇系李店中学原校长王多利的文章、成纪中学的总结以及原平凉地区教育处 1996 年报道成纪中学的一篇文章，具有较为全面的总结性（此文发表于当年的《甘肃教育》）。

编　者

2023 年 12 月 22 日